一条解放路，连接历史，通向未来。

编委会

百家电台庆祝新中国成立70周年

融媒体系列报道《我家住在解放路》同名图书

湖南广播电视台广播传媒中心　编著

我家住在解放路

指导单位：人民日报全国党媒信息公共平台

山西出版传媒集团　山西教育出版社

序

一条解放路，读懂中国七十年

2018年7月，中心创新研发部的同志跟我说，明年是新中国成立七十周年，希望联络全国的广播人，做出一个融媒体的广播产品来，记录时代故事，就叫《我家住在解放路》。众所周知，在中国的很多城市，都有这么一条路，大多和“解放”有点关系，而“解放路”又大多在城市的中心地带，非常容易展现这七十年的繁花似锦、沧海桑田。

我一下子被这个策划击中了，因为我的出生地——河南省安阳市，也有一条解放路。那是一条东西向的路，在老城墙北侧，紧邻护城河。路不长，和老城一个宽度。路西头，就是安阳老火车站，在京广线上，通向远方，通向未知。路的东头，是人民公园，总有老人在跳舞、孩子在游玩，安逸舒适。这样的布局，似乎是一种隐喻，一头指向梦想，一头连接现实。

振臂一呼，应者云集。转瞬一载，在流金铄石的七月，庆祝新中国成立七十周年融媒体报道《我家住在解放路》“先网后台”，携手人民日报全国党媒信息公共平台、腾讯新闻、芒果动听APP及全国107家电台开播了。它顺着城市的血脉流动，流经繁华，流经幸福，如星火燎原，充满朝气：长沙解放西路的霓虹里，有多少青春肆意；温州解放路上，中国第一位个体工商户从摆小摊、做纽扣开始，踏着改革开放的浪潮一路前行；杭州解放路解百商场，可有一款衣服、鞋子曾经穿在你的身上；坐在广州解放路的音乐茶座，可曾听着李春波的《小芳》追过那个女孩；绵阳解放街17号公安大院里，生命守卫者徐根发会告诉你什么是坚如磐石的共产党人信仰……一条路，一个缩影，一道流动的历史，一个国的昂扬向上。吾国斯民，不同城市，同一条路，遥相守望。

在时空坐标中，每一篇解放路的故事都是一段筚路蓝缕的横切面，每一条解放路的变迁都是一座伟大复兴的里程碑。付印此书，不仅想要表达对所有媒体人笔墨付出的珍重，更期许在传播生态上打破守成惯性，在拓展合作上建立联机思维，爆款不是说爆就爆，爆款方法论呼之欲出，乃本书立意之初衷。

五星红旗飘扬在长沙解放西路上

习近平总书记在中共中央政治局第十二次集体学习时，对深入推进媒体融合发展、建设全媒体作了顶层设计，具有重要指导意义。我们媒体工作者，不仅要敢于内容创新、形式创新，还要善于思考、善于总结。寄意此书，让更多人看到广播人在媒体融合实践与探索中的成长与蜕变，让更多人加入进来形成互相学习的氛围，让我们这支党媒队伍释放与时代同行的长久活力，让党的声音传得更开，传得更广，传得更深入人心。

一条解放路，读懂中国七十年。这篇序写于三伏时节，愿情感共鸣到你心中的那条解放路。

念兹在兹，不负使命。

是为序。

湖南广播电视台广播传媒中心党委书记、主任　牛嵩峰

目 录

天津·东方华尔街往事 001

石家庄·老字号的温暖 005

唐山·唐山的“康复”之路 009

张家口·一条铁路带来半座城 014

太原·“大辫子”串起的旧时光 018

临汾·三尺讲台三代人 一生情怀一本书 023

赤峰·解放街上的老八路 027

巴彦淖尔·蒙汉一家亲 031

沈阳·为了外公的遗愿 036

大连·刘永路和他的解放路舰院 040

抚顺·永不退休的“辅导员奶奶” 046

锦州·托起新鲜生命的你的手 051

长春·向奔腾的年代致敬 055

吉林·砥砺前行致青春 一路初心染芳华 059

延吉·讲好延边故事 064

哈尔滨·解放街上的科普公益图书馆 069

上海·张惠老师的“爱心路” 074

南京·守护秦淮灯火的“地下金龙” 080

无锡·百年工厂从这里出发 084

苏州·一条路的见证 089

连云港·不平凡的雷锋车 093

盐城·回归——盐城解放路纪实 097

扬州·洗不尽的老扬州记忆 103

杭州·杭州解放路的商业转型 108

温州·中国第一位个体工商户 113

湖州·张文华：解放路走出的新茶商 117

南昌·南昌解放路上的追风者 122

瑞金·新长征路上的红色基因 128

马鞍山·一位伟人跨越时空的凝视与期许 133

福州·福州解放大桥旁的老字号 139

泉州·百万安溪侨胞心中的“大祖厝” 143

龙岩·一家三代的观影人生路 147

济南·芳华绽放解放路 152

潍坊·昌邑丝绸：从解放路到“一带一路” 158

德州·回汉大家庭 浓情解放路 162

临沂·解放路上的兵妈妈 167
郑州·逐梦商界 书写传奇 172
安阳·一端是希望，一端是眷恋 176
南阳·一条路，一位诗人的家国梦 180
武汉·永远争当“弄潮儿” 185
宜昌·高峡平湖 生态先行 189
荆州·水的故事 193
长沙·长沙解放路：引领时尚美好生活 198
湘潭·威武战车从这里驶来 202
衡阳·神秘的“核六所” 207
郴州·解放路头的郴州站 211
永州·听，解放路又唱起了花鼓戏 216
广州·吴国材和东方宾馆音乐茶座 220
深圳·深圳解放路与麦当劳 224
南宁·寻梦老南宁 童声诵民谣 230
玉林·变化的时代，不变的情怀 236
百色·文豪的故居 文化的传承 240
海口·海口解放路上的“闯海人” 245
三亚·祖国最南端的解放路 250
临高·从车马邮路走进万物联通 254
重庆·重庆解放碑，重庆的魂 258

成都·解放路上的剃头匠　263

绵阳·解放街上的生命守卫者　267

自贡·画笔中的解放路　271

南充·在烈火中永生　276

贵阳·贵阳人的“常旺”情怀　280

遵义·红色基因的传承　284

个旧·赖庆国与个旧斑锡技艺　290

拉萨·共产党带来的好日子　293

西安·井盖上的解放路　297

渭南·华阴老腔的荣光与困境　302

兰州·老马一家三代的牛肉面情怀　308

西宁·西宁解放路的故事　313

银川·老照相馆里的银川记忆　317

固原·不变的“长征情结”　321

后记　327

扫一扫
听音频

天津

解放北路利顺德饭店旧影

史料链接

天津过去被称作“万国建筑博览会”，解放北路曾是天津法租界的重要道路。早在清朝末期，随着帝国主义的经济掠夺，中街（解放路旧称）凭借临近老龙头火车站（天津站旧称）和海河码头，又是租借地的地理优势，成为外国金融家虎视眈眈的“风水宝地”。1882年，英国汇丰银行率先在这里破土兴建，法、德、意、日、俄紧随其后，开设了多家银行，解放路逐渐成为外国银行的集中地，被誉为“东方华尔街”。

新中国成立后，中街更名为解放路，国家开始对金融业统一管理，绝大部分的银行、金店银号、证券交易所被取消。伴随着改革开放的脚步，天津市政府重建解放路金融一条街的设计得以实施。如今的解放路上，近百家金融机构林立，再现了当年的雄姿。

东方华尔街往事

天津经济广播 / 刘鑫、殷卓怡、李志强　采编

由天津站向西，通过海河解放桥，便进入被誉为“东方华尔街”的解放路金融一条街了。这是一条不算宽阔的马路，沿路的法国梧桐枝叶茂密，绿荫遮盖着路面。两旁一幢幢建筑物造型独特，哥特式、罗马式、俄罗斯古典式等中古时期的西洋建筑，让人时常误以为自己置身于国外。走在这条街上，各种名目的银行、信用社、信贷社、证券交易所、信托公司、投资公司、保险公司、金银首饰店等让人眼花缭乱，目不暇接。

位于解放北路29号的原法国俱乐部，如今已经被改造成天津金融博物馆。早期货币、金融票据等展品在这里借助声光电影等现代手段，向人们讲述着一段段发生在东方华尔街上的故事。

博物馆内，90岁的王钟声老人正在摆弄着账箱里的老物件。这位精神矍铄、满头银发的老人，上身穿格子衬衣，脚蹬牛皮鞋。虽然年事已高，但他的思路仍然很清晰，举手投足间流露出“见过大阵仗”的从容和风范。

1945年，年仅16岁的王钟声的第一份工作就是进入银号当学徒，坐柜台、跑拨码、学买卖，干遍了银号的所有活计。最让他记忆犹新的是给客户办理存折。“我们这些小伙计，开始只负责送款、取款、送票，有点像现在ATM机的功能。当时，客户往来的凭证主要是存折，大小各不相同，和银号业务往来多的，银号就给个大存折，业务往来少的就给小存折。”

背着账房先生记账常用的小工具箱，王钟声往来于解放北路的各家银行之间。在他心目中，当时的“东方华尔街”是富有和身份的象征，解放北路上各类金融机构最热衷于服务的就是上流社会人士。“当时很多银行都有代保管业务，有钱的人拿了金条、证据、房产证等要紧东西，都放在银行锁起来代保管。”

当时天津解放北路有162家私人银行。新中国成立后，这条路上的所有银号全部收归国有，统一为“人民银行”。那一年，王钟声刚满20岁。后来，随着天津银行事业的发展，王钟声曾在多家银行任职，凭借丰富的金融知识和管理经验，工作到70岁才正式退休，亲历了近代天津解放北路的金融发展历史。

原英租界中街（解放北路前身）

那么，90岁的王钟声老人是怎样与天津金融博物馆志愿者这份工作结缘的呢？用王老自己的话说，退休后的生活让他感到乏味难耐，这样的日子一直持续到天津金融博物馆开馆。当王老得知自己干了一辈子的行业开了博物馆，激动得马上赶了过去。进入博物馆，他仿佛再次回到了自己年少的时光，忆起了那些在解放北路的难忘往事。“解放北路上演的天津金融史大部分我都经历过，也算是一个见证人。”老人自豪地说道。

和王钟声一辈子跟金融业打交道不同，67岁的卞安琪虽没有从事过金融业，却与解放北路有着不解之缘。作为著名银行家卞福孙的孙女，卞安琪从小就在解放北路长大，这里的一草一木都有着她儿时的记忆。

“60多年了，这一晃仿佛就在昨天。我是从7岁开始就在这附近住，平时经常到中国银行玩儿。解放路上的邮政局，也是我们小时候经常去的地方。我父亲跟我讲，新中国成立前这条街上就都是银行。因为我父亲在银行是办理对外业务的，当时家里好多单据，我有时会撕几张来写作业、打草稿。”

解放北路不单单是他们居住过的地方，更承载了天津金融业的辉煌过往。19世纪末到20世纪初，天津作为北方的金融中心，解放北路上遍布各大银行，金融流通空前活跃。在这里，以卞白眉、卞喜孙两兄弟为代表的银行家们，斡旋于纷繁的国际国内争斗中，努力发展民族金融业，见证了中国经济的一段独特历史。尤其是20世纪30年代，大量民族工业企业由于资金短缺陷入发展困境，积欠中国银行大量贷款，在卞氏兄弟的力争下，这些贷款变成了投资，支持了刚刚兴起的民族工商业的发展。

如今，卞安琪会时不时回到解放北路看一看过去学习、生活的地方。她说，解放北路改变了很多：路变宽了，车也越来越多了，当年独自前行的有轨电车有了很多新伙伴，她自己则由少年走向老年；唯一没有改变的是那份关于家的记忆。“我1983年前后才从这条路上搬走。我住在这里的时候，每天都在解放路上来来回回，对这条路很有感情。”

历经百年风雨，这条2300米长的金融街及其附近保留下来的金融建筑大多仍保留了原有风貌，记录着百年金融街的辉煌过去，也见证了金融街的历史变迁。今天，这里仍有26家常设金融机构，中国人民银行以及中国银行等7家中资银行天津分行都在此办公，使这里成为天津金融机构集中的地区和全国闻名的金融一条街。

一座城一条街，解放北路不仅留下了每个天津人的足迹，更见证了新中国成立70年的发展与变迁。未来，这条路还要陪伴我们走过更多的历程，陪伴我们的祖国欣欣向荣。

解放北路上的中国银行

扫一扫
听音频

石家庄

从1946年到1994年，老万宝百货商店在其存在的48年间，都是石家庄无可争议的地标建筑。后来因城市规划，老万宝商场被拆除，从此退出历史舞台。 石家庄档案馆提供

··· 史料链接 ···

河北省石家庄市共有两条解放路，一条是东西走向的老解放路，曾是市区最繁华的道路；另一条南北走向的解放大街即将通车，二者交会点为城市的中央商务区。

老解放路位于石家庄市区中心，连接建设大街以东的长安西路，西至中山路地道桥，接通桥西的中山路，最早是一条无名土路。1937年以后开拓成石子路，取名新民路。1945年，改名为中正路。1947年12月，为纪念石家庄解放，改名为解放大街，后改称解放路。1995年，解放路与中山路、长安路合并，统称“中山路”。现在，客流量稳居省城各地铁站前三位的“北国商城站”所在位置就是当年解放路的东起点。当年的老解放路，如今已是“河北第一商业大道”，沿线的新老商圈留下了许多老石家庄人的珍贵回忆。

老字号的温暖

石家庄音乐广播 / 罗兰、张丽、丁宁、刘媚、马丁、加菲　采编

河北民歌《回娘家》中“左手一只鸡，右手一只鸭”唱得好，老百姓的菜篮子无肉不欢，家家户户的下酒菜少不了各种肉类、熟食坐镇。

提起石家庄解放路肉食店，上了年纪的人们无人不知。它是当时解放路上唯一一家肉食店，在食品行业中，日销量居全市第一。每当春节临近，解放路肉食店的员工总会天不亮就全员上阵，开启12小时无休的工作状态。店门口那块牌匾上的“全心全意为人民服务，卖肉想着吃肉人”几个大字，浓缩了肉食店人的精神风貌，这句话冯文彩说到做到，一干就是38年。

冯大姐圆脸短发，说话时语调轻柔，干起活儿来利落精干。说起40年前解放路肉食店里的那些美味，冯大姐如数家珍：“那时候石家庄市食品四厂在咱们全市是最大的一个食品生产加工厂，八毛五一斤的肠特别受欢迎；一块三一斤的小肚，切开后，油都往案板上流——正宗的小肚就得放香油，不偷工减料；小火腿两块四一斤，还有精肉三块八一斤……”

肉食店80年代使用台秤，90年代换成了电子秤，售货员能做到称重一把抓、找零一口清，现在窗口挂着微信、支付宝的二维码；以前是零售为主，人们骑着“二八”式自行车早早在门口排起长队，现在网络订单清楚明了，车到提货，省时省力。

老顾客腾铃大姐说：“不是只有站到舞台上的才是明星，周围就有咱们自己的明星。我追星追了冯文彩20年，她在，我心里就踏实。”店铺曾几次搬迁，老顾客们不管路途远近，都会冲着冯文彩到解放路肉食店来买肉。一个普通的售货员，能做到让别人如此信任自己，便是做出了自己的招牌。

据腾铃回忆，那时做菜炖肉只能靠前人传授经验，年轻人煎炒炖煮都会请教冯大姐。她会细致地问你想怎么吃，告诉你什么样的肉适合包饺子、什么样的适合炖，叮嘱之细，关怀之至。中国人总说和气生财，冯大姐现在上万的订单，都是当年善结良缘的结果，从单位员工食堂到幼儿园园餐，润物无声的服务换来了

遍地开花的芬芳。

46岁的李芳是当年解放路肉食店的老顾客，回忆起与冯姐的交情，她依然津津乐道："冯姐是咱们石家庄食品公司的一张名片。计划经济时代能买到肉就不错了，根本不敢想着让店员为我们顾客服务。但咱们老解放路肉食店就不一样，多少年服务态度一直都特别好，这家老字号能让我们感受到温暖。"

60岁的庞玉英认识冯大姐40年了，始终对她神一般的口算和"一刀准"的技能赞不绝口。"每周六还没开门，肉食店门口就排起了长队。顾客要多少，她手起刀落，一刀下去，一过秤，要多少就是多少。那时不像现在有计算器，算账都是心算，几毛几分的，她一下子就说出来了。一个是'一刀准'，一个是'一口清'，真让人佩服。"

冯文彩说起自己当售货员的经历，感慨万千："那会儿就是师傅带，不像现在，电视网络上什么都有，想学什么点开就能跟着学，那时就得跟着师傅学。"

从20世纪50年代新中国商业战线上的旗帜张秉贵，到70年代冯文彩的师

华灯初上的解放路

傅、特等劳模许恒素，这些行业内声名赫赫的标杆，是年轻人最好的榜样，老一辈人的传帮带让一团火的服务精神一脉相承。提到自己的师傅、解放路肉食店经理许恒素，冯文彩很动情。她们是上下级关系，更是师徒关系，冯大姐对师傅甚至比对母亲的感情都要深。工作是师傅手把手教出来的，冯大姐从来没叫过一声经理，都是叫师傅。衣裳破了师傅给缝补，生活上像母亲对女儿一样，师傅连她去作报告时穿什么衣服，都会细心地给出建议。

转眼很多年过去了，人们或许已经忘记了冯文彩曾是石家庄市第一位挂牌售货员，也是全国五一劳动奖章获得者，但人们对这家老字号、对冯文彩的情谊，历久弥坚。

朴素的东西是最美的。计划经济年代，这条路上汇集了人们的柴米油盐、布匹针线，如今这里地铁贯通，商业综合体鳞次栉比，见证着这座城市发展的速度与高度。

石家庄超大型城市综合体
勒泰中心俯瞰图　陈炜坚摄

扫一扫
听音频

唐山

1949年10月1日新中国成立，唐山解放路红旗飘扬、鼓声阵阵，人们走上街头庆祝这一伟大历史时刻的到来。　包伟摄

史料链接

1881年，中国历史上第一条标准轨距铁路“唐胥铁路”建成通车。次年，开平煤矿（开滦煤矿）为开展这条铁路的客运业务，建起一座火车站，由此延伸出三条商业街：粮市街、便宜街、新立街。1949年唐山解放后，三条商业街分别更名为建国路、胜利路、解放路。这三条路的交会处就是唐山曾经最著名的繁商区——小山。

1976年7月28日3时42分53秒，河北省唐山市发生了里氏7.8级地震。一座城市的毁灭是可怕的，而人的精神崩溃更加可怕。无数事例证明，遭遇重大天灾人祸，有的人会消极沉沦，陷入强烈的悲痛中而无法自拔。

然而，唐山人在灾难面前凝结出来的“公而忘私，患难与共，百折不挠，勇往直前”的抗震精神，是支撑、激励唐山人民最终战胜地震灾害、重建家园的精神力量。在全国军民的无私援助下，唐山依靠这种精神支撑，以最快的速度恢复了灾区的生产生活。震后不到一个月，灾区供电、供水、交通、电信等初步恢复；震后的第一个冬天，灾民全部住进了简易房；震后一年多，工农业生产得到全面恢复。

10年的重建，唐山人住在简易房里重塑了一座城市，修筑了心灵的城墙。

唐山大地震后解放路两边的建筑化为一片废墟

唐山的“康复”之路

唐山交通文艺广播／包伟　采编

走在河北唐山的解放路上，如同穿越过一段时光长廊。阳光下，年轻人将打包好的布匹装上货车；背阴里，老人们围坐在棋盘前指点江山，生活是如此从容而且美好。

随着城市的发展和市中心的迁移，唐山市曾经最繁华的老街安静了下来，商业几经变迁，形成了如今以家纺为主的商业街，康复商场是这条老街为数不多的老字号。

唐山这座城市有一个独特的纪年方式：地震前、地震后。

1976年唐山大地震，将包括解放路在内的整个城市夷为平地。大地震后，依靠祖国的八方援助和唐山人百折不挠的精神，唐山百业再兴。康复商场在一片废墟的解放路上建了起来，1982年建店，1985年建楼，是唐山地震后拔地而起的第一批楼房。

您可能觉得奇怪，“康复”——怎么听都不像是一个综合性商场的名字，为什么偏偏要叫这个名字呢？原来这里最早是由民政系统建立的国营商场，建立的目的是为了抚平地震的创伤。康复商场最早的一批员工，大部分是在地震中受伤的残疾人或其子女。

如今已经退休的包小雨就是其中的一员。地震发生的当晚，上高中的包小雨正在离家20多千米的地方参加集体劳动，一时间地动山摇，身边的一切都化为瓦砾，幸好有一辆自行车还完好无损。没有路，包小雨就沿着铁路摸索着回到位于解放路的家，他不顾一切地挖出自己的父亲。父亲在地震中被砸成了高位截瘫，胸部以下完全失去知觉。当时那种无助的感觉突如其来又难以抵挡，父亲本来是这个家的顶梁柱，却在地震中倒下，生活何以为继？好在第二天，解放军的身影出现在残垣断壁之中，用包小雨的话说，就是“一下子找到主心骨的感觉”。在这之后，包小雨的父亲住进了截瘫疗养院，他自己在高中毕业后则被政府安排到康复商场工作。生活逐渐有了起色，父子俩的心情也渐渐好转，给当时

已经完成历史使命的康复商场如今安静地矗立在解放路上

还不能下床的父亲讲一讲商场里的新鲜事，是包小雨一天当中最快乐的时光。如今43年过去了，已到耄耋之年的老父亲还是会坐着电动轮椅去解放路转一转，看看当年的那些老字号，顺便给他的重孙买一袋他爱吃的棋子烧饼。

康复商场最初建立的时候是一座只有56平方米的简易房，为了给在地震中遭受创伤的人们提供切实的帮助，国家给予了康复商场3年免税政策。借助政策利好，也借助解放路的区位优势，3年时间，康复商场就发展成了1200平方米的综合性商场。

1985年，一座3层的楼房从地震的废墟中站立了起来，这也是地震后解放路上矗立起来的第一座楼房。很多老顾客至今记得，经历了唐山大地震之后，又一次站在高楼上的那种振奋。家住解放路附近的许阿姨回忆说，当时的那种兴奋是没有经历过地震的人很难体会的，家家户户都带着孩子来逛康复商场，一定要从3层的窗户往下看一看。时隔多年，唐山人终于又站到了楼房上！

许阿姨特别记得当时康复商场窗外的场景，远处的乱石瓦砾已经不见踪影，到处是正在建设的楼房，对面的九美斋饭店生意红火……这个场景永远印在了许阿姨的脑海中，因为对她来说，站在康复商场的高楼上往下看的那一瞬间，代表着地震留在心里的伤痛真正地康复了。

斗转星移，康复商场完成了时代赋予它的特殊的历史使命。随着截瘫疗养院和康复村的先后建立，截瘫患者受到了更加全面的护理。如今的康复商场依然矗立在解放路上，一辆辆摩托车、电动车安静地排列在商场内。康复商场的总经理苗俊山说，康复商场经营范围的变化，充分印证着人们生活水平的提升。从日用百货到家用电器，从自行车到摩托车……21世纪，汽车社会来临，路也越走越宽。

逝者如斯夫，70年的唐山老街解放路不断变迁，它像一位宽厚的长者，注目并见证着唐山这座城市令人目不暇接的飞速发展。从解放路向西北方向看，2700米外，唐山百货大楼—万达广场替代了解放路、老小山成为新型商圈，大型购物中心、国际生活超市、高档影剧院、甲级写字楼彰显着都市生活的多姿多彩。放眼唐山的东南西北，类似的商圈星罗棋布。向西南方向看，3500米外，一湖丽水，四面烟霞，南湖生态公园完成了从采煤沉降区到世界园艺博览会景区的华美蜕变，成就了一份从工业文明走向生态文明的“唐山样板”。市民和游客可以在“曲栈清荷”景观中领略园林风情，去大剧院看一场精彩的演出，选图书馆一角享受阅读，还能不时赶上自行车锦标赛、电子音乐节等活动。依托“一带一路”的建设机遇，按照“港口龙头带动、壮大产业支撑、城市宜居宜业”的发展思路，唐山正在探索一条具有唐山特色的港产城融合发展新路。未来，唐山港将追逐着打造世界一流大港的目标，而唐山市主城区和曹妃甸滨海新城，则构架起开放创新包容、宜居宜业宜游的风骨，如同双星交相辉映。

70年风雨走过，未来的征程就在脚下。

平和的解放路，目光沉静，心情跃然。

解放路西南3.5千米处，以前的采煤沉降区已经变成流光溢彩的南湖公园　杨世尧摄

扫一扫
听音频

张家口

新中国成立初期的北站。在张家口解放路上，最有历史纪念意义的建筑，莫过于张家口站。由于后来建设了南站，市民习惯称其为北站。

史料链接

张家口解放路北起解放桥东口、五一大街南口一带，南接宣化路北口，长约750米，形成于1909年京张铁路的终端张家口火车站建成之后，原名中央大街。此后，中央大街陆续被改为解放大街、中央大街、解放大街，如今被称为解放路。

张家口站坐落于张家口解放路上，由于后来建设了南站，市民习惯称其为北站。张家口站是京张铁路的终点站，自1905年修建、1909年启用以来，经历了100多年的风雨，见证了无数重大历史时刻。

火车拉来半座城，而张家口解放路，正是张家口这座城市曾经繁华的起点。

一条铁路带来半座城

张家口986音乐广播／霍刚、刘晓娅、张翔　采编

解放路是一条横穿张家口市中心的道路，塞外明珠张家口，它的解放就是从解放路开始的。这是一条十分有纪念意义的道路。在100多年前，一条铁路横跨京张两地，将终点定在了解放路，从此，一条铁路繁荣了半座城的景象就这样拉开了帷幕。

从零到有　书写历史

站在解放路上，仰望张家口北站，白云翻涌，横卧天空，仿佛历史的一幕幕又在这里浮现。封建社会的中国没有技术、没有人才，处处受到外国势力的压制和压榨，但是，在祖国的疆土上，那些为了国家崛起而奋斗的有志之士从来不会

今天的张家口北站。2014年7月1日，停止办理上下车业务后，北站逐渐退出了历史舞台。

被尘封在尘土里等待腐坏。排除外力，风雨无阻，四年光阴，全力修建，京张铁路在1909年成功投入使用，宣告了我们中国人完全可以自行设计并建造铁路。大国之富强，从修路开始。京张铁路的修造成功，大大加快了中国工业化和近代化的进程。100多年以后的今天，中国的铁路建造技术已然处于世界先进水平。

解放路车水马龙，人来人往，熙熙攘攘。作为京张铁路的终点站，张家口北站依然矗立在解放路。如果说张家口北站是张家口这座城市繁荣的一个起点，那么，京张铁路就是中国崛起的一个标志。沿着张家口北站一路往南，就会到达张家口南站原址，也就是如今的京张高铁张家口站的建造现场。钢结构造型宏伟庞大，视觉冲击力足够震撼，不时会传来阵阵钢铁的碰撞声，这里就是年底即将投入使用的京张高铁的终点站。

京张高铁　百年传承

目前，京张高铁的其他站点也正在紧张建造当中，这些造型或炫酷、或优美的站点被高铁道路连在一起，构成了整个京张高铁的模样，就像一条横卧在北京和张家口两地的巨龙，将原来4个多小时的车程缩短到1小时以内，这是京津冀

张家口解放路

今天的解放路经过重新铺路再换新颜，搭配两侧浓密的树木，成为张家口市最具观赏性的道路之一

协同发展的重要基础工程，是北京冬奥会的重要交通保障设施，诸多的“第一次”，让京张高铁被誉为中国铁路发展“集大成者”、智能高铁的示范工程。这是国家的骄傲，让世界叹服。

100年后，京张高铁的修建以及冬奥会的举办将张家口推到了世界的面前，独有的地理特点、优良的空气质量和完备的雪场设施，张家口将敞开大门迎接四方来客，而中国也将凭借冬奥会的举办再次腾飞。正如新京张高铁总体设计师王洪雨所言，从老京张铁路到新京张高铁，是一种传承！

解放路，一条从历史走来的大路，见证了张家口这座城市的历史变迁，未来，也还将继续见证张家口的辉煌发展，成为世界级旅游胜地。日出日落，车来车往，历史已经走远，我们活在当下。行走在解放路，望着张家口北站，清风拂面，鸟鸣阵阵，仿佛正在诉说着一个又一个动人的故事。

扫一扫
听音频

太原

1989年，太原解放路新兴大厦航拍图（左上至右下方向的道路为解放路）　太原市档案馆提供

··· 史料链接 ···

山西太原解放路始建于1955年，是太原第一条沥青马路。解放路的前身，是数十条宽窄不一、相互交错的旧街巷，后向南延伸，为纵贯南北的重要城区主干道。

这条路上，满满的都是这座城市的历史。始建于1958年的解放百货大楼，曾是太原人心目中的“王府井”，如今与不远处的万达广场相比虽已相形见绌，但依然坚守着这片土地；于1960年开业的宽银幕电影院，曾是许多老太原人娱乐的首选之地。2016年，太原地铁2号线一期工程沿解放路开始修建，预计2020年10月试运行。未来，解放路将成为太原市上有桥梁、下有地铁的立体交通新典范，重新绽放新的活力与生机。

“大辫子”串起的旧时光

山西音乐广播、山西经济广播／杨洁、郭磊、高婕 采编

快到中午，贺艳萍的包子店陆续迎来了顾客。在这之前，她早已把店里打扫得干干净净，一笼笼热气腾腾的包子等着出锅。这家小小的包子店开在解放路上，来来往往的都是附近的居民，不少人早已和她熟识。

贺艳萍曾经是一名电车司机，驾驶着101路电车每天行驶在这条路上。2016年，解放路因修建地铁2号线封闭施工，101路电车也随之停运，闲不下来的她就守着解放路开了一家包子店。

解放路和电车线网 蔡建国摄

20世纪90年代，太原市主城区第一座人行天桥——宽银幕立交桥坐落在解放路上　太原市档案馆提供

青　春

1984年，刚刚毕业的贺艳萍来到101车队成了一名售票员。那时的电车很大，有两节车厢，每辆车需要配备两名售票员。除了售票工作，贺艳萍还要掌握口播报站的技能："开车了请您扶好坐好，下一站是解放大楼站，请大家做好准备。"这些熟悉的话语，如今我们只能通过统一标准，却没有感情的电脑语音听到。说起那时的101路电车，贺艳萍总有一种说不出的自豪感："当年公交公司的微笑服务在全国还是挺有影响的，很多城市都会到太原进行观摩学习。"101路作为电车中的排头兵，成为太原市解放路上的一道亮丽的风景线。

在之后的日子里，贺艳萍逐渐对驾驶产生兴趣，经过培训、考核，她如愿以偿地手握方向盘，成了一名电车司机。原本特殊工种45岁就要退休，贺艳萍却一直拖到了46岁才依依不舍地离开工作岗位，她说："如果可以的话，打算做到50岁。"对她来说，"卖票也好，开车也好，都是自己喜欢做的事"。

在那个物质并不富足的年代里，分段停电是让电车司机很头疼的一件事。在贺艳萍的回忆里，每次遇到这样的情况，乘客们都会主动下去推车，而且一推就要推一两站地。这样的默契举动，让每一次的停电都变得暖心。

对于贺艳萍来说，最好的年华就是驾车穿梭在解放路上的时光。如今，人生进入下半场，这个小小的包子店让她与解放路的情感有了更绵长的延续。

纽　　带

从小在解放路上长大的雯洁是个90后。小的时候，妈妈总会带着她坐101路电车回外婆家。为老人打扫清洁、收拾整理，一家人在一起蒸花馍、做点心，这都成为雯洁童年记忆里最快乐的家庭时光。逢年过节，外婆家更是热闹。雯洁的姨妈和两个舅舅也都住在解放路上，他们会约定坐同一趟101路电车，一起回姥姥家。记忆里这些温馨的画面中，都少不了101路电车的身影，在这个女孩的成长轨迹中，101路电车是连接他们一大家人亲情的纽带。

在太原市还有很多这样的家庭，一代又一代人沿着解放路落地生根，101路电车就这样连接起了他们之间琐碎的日常。

标　　尺

从1960年解放路通车至今，这条路先后经历了三次大规模改造。随着路面的不断拓宽、延长，人们的生活也在发生着变化。这其中的变化，对于在解放路生活了50多年的蔡建国来说更为真切。

在蔡建国的印象中，那时候解放路最大的特点就是窄，但很繁华。到了20世纪70年代末80年代初，解放路进行过一次大规模的改造，路两边盖起了6层高的楼房。蔡建国是太原市第一批搬进楼房的居民，不用再担水、生火、倒炉渣，还用上了自来水和煤气。伴随着国家的日新月异，人民生活水平不断提高，在解放路两侧，陆续出现了解放电影院、副食品大楼、解放百货大楼、解放洗澡堂等。说起那时的日子，蔡建国觉得自己赶上了一个好时代。他说："这些你们如今称呼的老字号，都是我们那一代人亲身经历过的，都去过，见证过。"而南北贯穿的101路电车是人们去这些老字号的首选交通工具。

对于生活在解放路上的蔡建国来说，101路电车是一把标尺。电车的每一次停运、升级都和解放路的变化息息相关，也与他们的回忆融为一体。

对于在解放路上成长起来的90后女孩雯洁来说，101路电车是连接亲情的纽带。大时代下的家庭越来越小，可这列电车串联起了他们一个大家庭的每一次团聚。

对于工作在解放路上的贺艳萍来说，101路电车就是青春。那些手握方向盘驾驶着101路电车的时光，是她最幸福的年华。

也许，在一千个太原人的回忆里，解放路有一千种样子，可101路电车和这条历经岁月变迁的道路却在所有老太原人心底留下了温暖的记忆。不同个体的命运有时就如穿梭在解放路上的“大辫子电车”，与这条路有交会也有错开，可也正是解放路，将他们彼此又联系在一起，而这条路也成为凝聚人们最好的通道。

如今，因为修地铁的缘故，101路电车已经停运3年。短暂的沉寂之后，2020年的解放路将成为上有桥梁、下有地铁的太原市现代化立体交通的典范。解放路的变化只是新中国成立70年来太原这座省会城市飞速发展的一个缩影，随着国家《促进中部地区崛起“十三五”规划》政策的出台，这座位于中部的古老城市正在加速发展，生发出新的活力。

鸟瞰太原解放路

扫一扫
听音频

临汾

1977 年，临汾市解放路上出现了新式建筑　孙宝索摄

··· 史料链接 ···

1948 年，山西省临汾市解放。由于临汾解放攻坚战爆破口位于平阳广场旁的一条路附近，为了纪念临汾解放，这条路便被命名为解放路。过去，解放路就是一条通往地里的土路，两边基本上都是老百姓的菜地、麦田，人家很少。临汾解放后，政府填埋了沟壑和城壕沟，渐渐有人依城墙建房，慢慢形成了可供汽车通行的路。曾有一段时间，解放路都是由城墙砖砌成的“人字形”路。现在，解放路已由原来的东起平阳街、西至鼓楼北大街，延伸出解放东路和解放西路，成为临汾政治、文化、经贸中心。2018 年，市政规划解放东路拓宽改造及开建高架立交桥，对提升城市品位、改善城市整体形象具有重要意义。

三尺讲台三代人
一生情怀一本书

山西广播电视台农村广播／唐小东、刘炯利　采编

学生：起立，老师好！

老师：同学们好，请坐。今天我们学习课本第57页《寓言二则》，请大家翻开课本。

……

回忆起半个世纪前，自己走进教室、站上讲台的情景，王安民仍旧历历在目。再次回到临汾市解放路小学，年近八旬的老人激动不已。

1962年12月10日，王安民毕业后被分配到临汾市解放路小学任教。他把铺盖一卷，被单一裹，往肩上一背，手里提个网兜，就步行来到解放路小学。

解放路小学位于临汾市尧都区解放西路25号，是一所有着近百年历史的学校，前身是1921年创建的省立第六师范附属小学。1948年5月17日临汾解放后，于1956年迁入现址。

能到这所学校当老师，王安民想都不敢想。回忆起走进学校的情景，“当时都不敢吭气，”王安民说，“解放路小学可是在省里都是出了名的，当时既高兴又激动。学校当年一共就5排房子，一排4间教室，有一个小土操场。”

刚到学校任教的王安民，也是第一次踏上临汾市解放路。王安民说，过去解放路不宽，路面都是用原来城墙上的砖铺的，路两边没什么店面，很冷清；路上没几辆汽车，行人也少。那时候，人们的出行方式基本靠走路，所以，解放路小学的老师们吃住都在学校，已经成家的王安民也只是在周末才回家。

1968年，家里买了一辆破旧自行车，王安民便骑车带着儿子穿梭在这座城市，“我上班，他上学”。王安民的三个子女都是从解放路小学毕业的，大儿子王金萍回想起小时候父亲带着他上班的情景，感觉犹如昨天。“1978年我转学到了解放路小学，学校的校舍和农村的土坯房没有多大区别。那时候，解放路上几乎

没什么车，也没什么人。”同样就读于解放路小学的王安民的孙子王源辰，小时候上学的情景与爷爷和父亲如出一辙。他回忆道：“大早上我爸骑着自行车带我去学校，车子是那种有横梁的，坐在上面一路吹着风就到了学校。”也许是巧合，留在祖孙三代人心中的记忆仿佛有了重叠。

随着高考的恢复，儿子王金萍也面临着人生的一次重要选择，是考高中上大学，还是考师范当老师，问题摆在了一家人面前。王金萍回忆说：“恢复高考后第一年施行初中考师范，父亲问我要不要考，我不知道。父亲说，考上师范可以把户口转到城市，毕业出来就可以挣钱，上学期间每月还有18元的补助。于是，我就这样报名参加了考试。”

最终，王金萍以第4名的成绩考上了师范。经过3年的学习，1985年10月，身份由学生转变为老师重新回到解放路小学的王金萍，心情十分感慨。“面对的都是自己的老师，我从之前调皮的学生，变成了他们的同事，但心里仍然把他们当作老师，他们永远都是我的老师。”就这样，王金萍由一名普通教师，逐步成长为骨干教师、教研组组长、副校长，现担任解放路第二小学校长。

如今的解放路　苏亚兵摄

源于父亲的影响和对自己的严格要求，任教之后王金萍再无他念，一心只想做好教师的工作。而在王源辰的印象中，爷爷严肃、认真的态度也在影响着他这一代人。“刚上小学的时候，爷爷在学校任支部书记，因为家教严格，我在学校从没称呼过爷爷。直到现在，在工作场合见到我爸爸，也是称呼王校长。”王源辰总结了三个字——“拎得清”，爷爷这样教育父亲，父亲也这样教育自己。王源辰刚参加工作也在教育部门，他能真切地感受到教师的辛苦，“教师是一个良心职业，燃烧自己，照亮别人”。

40多年的坚持与坚守，一丝不苟的工作态度，对教育事业的执着和热爱，王安民为家人树立了一个榜样，他经常对孩子们说：“不管干什么都要干好，别丢人！”

从20世纪60年代至今，一家三代人生活、工作在临汾市解放路，他们见证了学校的变化，学校也凝聚了他们的初心与理想，解放路更是见证了临汾这座城市的日新月异。王安民说：“我这辈子一半的时间都是在解放路度过的。每当路过解放路的时候，总是不由得想多看几眼，对解放路的感情永远忘不了。”

现在，王安民家里有了第四代，他们希望未来可爱的小孙女也能在这里读书、工作，他们的故事还将在临汾解放路上延续。我想最美的故事也应是如此，三尺讲台三代人，一生情怀一本书。

二排左五是王金萍，二排右五是王安民

扫一扫
听音频

赤峰

20世纪70年代，赤峰解放街刚刚建成，街上除了公交车、公务车外，最多的就是自行车　白显林摄

··· 史料链接 ···

内蒙古赤峰市解放街为纪念全国解放而得名，1970年形成街道，1977—1983年开辟成街，2005年进行全面拓宽改造，沿用至今。解放街东起红星路，西至迎宾桥，沿线与新华路、昭乌达路、园林路、宁澜路相交，是红山城区东西交通主干道。解放街西段紧邻赤峰市新建的高铁，未来百姓出行将更加便捷。解放街上集中居住着赤峰的铁路工人、建筑工人和教育工作者，他们为赤峰的经济建设作出了突出贡献。

解放街上的老八路

赤峰广播电视台交通广播 / 闻晓　采编

他17岁参军入伍，先后参与了解放战争、抗美援朝战争、援越抗美战争，在战火中负伤而归。他1974年从部队转业后，在赤峰解放街上辛勤奉献了45个春秋，离休后还把流动党支部建在了自己家里。他的前半生解放旧中国，后半生建设解放街，他是有着70年党龄的老党员，拥有全国解放金质奖章的吴云志。

今年88岁的吴云志于1931年出生在赤峰市喀喇沁旗的一个小山村，他在家里排行老三，有两个哥哥和一个弟弟。1948年，年仅17岁的吴云志参加了八路军，1948年8月改编为中国人民解放军。当时正值解放战争时期，穿上军装就有可能立刻奔赴战场。吴妈妈心疼儿子，让他偷偷跑回来，吴云志点点头说："好的，我一定回来！"谁知这一走就是7年没有回家！

在新中国成立70周年到来之际，老军人吴云志戴上军功章，敬了一个标准的军礼，表达他对祖国的深深热爱。

吴云志浓眉大眼大高个儿，浑身上下透着机灵劲儿，到了部队很快就当上了通信员。1948年10月，吴云志光荣地加入了中国共产党，如今他的党龄已经有70多年了。回忆起当年解放北平，吴云志仍然激动不已。1949年1月，包括吴云志所在部队在内的90万人民解放军兵临城下，围住了北平。时任国民党华北"剿总"总司令的傅作义最终接受了解放军提出的条件，北平和平解放。

最让吴云志记忆深刻的是解放太原。1949年3月，解放军攻打太原。守城的是阎锡山的部队，因为之前遭受了解放军长期的围困，阎锡山的部队已是内无粮草、外无救兵。4月20日，解放军对太原发起总攻。22日全部肃清周围据点，24日攻破城池，攻入太原城之后就转入了巷战，最终将太原守军全部歼灭。据统计，在这次攻城战役和攻城后的巷战中，伤亡人数超过3.6万人，是解放战争中战斗最激烈、付出代价最大的城市攻坚战。

1950年10月，中国人民志愿军入朝作战。1951年1月，吴云志所在部队跨过鸭绿江参加了抗美援朝战争。到了朝鲜后，吴云志才给家里写了信，日夜盼他回家的妈妈哪里知道，她的儿子此刻正冒着生命危险穿越敌人的封锁线，传递战况情报。在一次送信的路上，吴云志险些碰到地雷。在那次战斗中，吴云志所在营部的8个通信员牺牲了4个。

1954年，已经是连长的吴云志第一次回家。他在大同上了火车，到北京转车再到叶柏寿，才坐上回赤峰的火车。下了火车后，他一路步行走回喀喇沁，从太阳初升走到日落，终于到了家门口。迎面看见弟弟正在干活，便上前搭话，可是弟弟已经不认识他了。说话之际，吴云志的父母从院子里走了出来，吴云志赶紧跪下给父母磕了个头。看到7年未见的儿子归来，老母亲泪流不止。这一年，弟弟都已经当爹了，他却还是个光棍，父母操持着非得让他在家结完婚再回部队。吴云志答应了，但是有个条件——不允许大操大办，摆两桌菜，拜个天地就得了，部队上的作风是一定要节俭。在家待了14天后，吴云志告别了新婚的妻子和年迈的父母，再次回到了部队。

1965年，当上了营长的吴云志参加了援越抗美战争。回国后部队整编归为

赤峰解放街上的标志性建筑赤峰气象局，与解放街上的人们一直相守至今　白显林摄

新解放街　韩印墨摄

第二炮兵部队，他任团参谋长，在湖南驻军。眼见国家已经进入了稳定的发展时期，这时候他竟然向部队提出了转业的要求，理由是要照顾身患癌症的妻子。部队不答应吴云志的转业申请，最终他选择了复员。1974年，吴云志复员后到赤峰解放街大修厂任行政科长，直至离休他从未离开过解放街，他这一生注定离不开“解放”两个字了！

吴云志说自己一生对得起党、对得起人民，但是最对不起的就是自己的妻子。那时部队经常换驻地，妻子生了3个孩子都没人伺候月子，只能亲力亲为，因而落了一身的毛病。吴云志复员后在大修厂每月领54元钱的工资，还要时常陪妻子去求医问药，过着琐碎而平常的日子。身边很多人都不知道他曾经上过战场，负过伤、杀过敌。直到1980年中发〔1980〕3号文件出台，明确提出1969年至1975年7月期间的军队复员干部中符合转业条件的，应当改为转业手续，恢复在部队时的工资级别，享受地方同等级别干部的工资待遇。吴云志正好符合条件，这才恢复了干部待遇和工资级别。

在枪林弹雨中穿梭送信的吴云志幸运地活了下来，一想起自己的很多同乡、战友在战争中牺牲，老人不禁潸然泪下。吴云志感恩党和国家，一直在党务工作上兢兢业业直到离休。离休后，他将流动党支部建在了自己家里，这个党支部2011年还获得了赤峰市委组织部颁发的“先进离休干部党支部”的称号。1955年，根据毛泽东的主席令，全国人大常委会通过决议和条例颁发了一批解放奖章，解放奖章授予的是解放战争时期参加中国人民解放军两年以上，或者不满两年但因作战负伤残疾的连级以下人员。这枚解放奖章已经跟随了吴云志老人64年，时至今日依旧金光闪闪，像新的一样，每逢过年过节，吴云志老人都会给儿孙们讲起这枚奖章背后的故事……

扫一扫
听音频

巴彦淖尔

20世纪80年代初，解放路上的街巷大都还是老旧棚户区

··· 史料链接 ···

内蒙古巴彦淖尔市临河区解放街始建于1953年，是当地最古老的一条街道。它留印着一代又一代河套人的珍贵记忆：第一家百货公司、第一家电影院、第一家照相馆、第一家图书馆……它传承着革命的红色基因：1927年，这里诞生了中国共产党在河套地区建立的第一个地下党组织——中共临河支部，秘密开展学运、农运、兵运工作。时光荏苒，如今的临河解放街，高楼大厦鳞次栉比，人流熙攘，车水马龙，已成为当地人口最为密集的片区。蓝天碧水下，花草掩映中，解放街上的居民们悠然享受着新时代的岁月静好，繁华安宁。

蒙汉一家亲

内蒙古广播电视台新闻广播、内蒙古广播电视台交通之声 /
王玉甫、张利忠、段忆涓、蒋名妍　采编

清晨，解放街在晨光中苏醒，刘春柱的家中和往常一样，又飘起了浓浓的奶茶香味儿。

刘春柱今年61岁，虽是地地道道的汉族人，但他家几十年来却养成了吃蒙古族早餐的习惯，奶茶、手把肉、炒米、奶皮子……一样也不能少。一边喝着早茶，一边从窗外远眺解放街的繁华景致，这是他一天中最惬意的时光。

临河区是巴彦淖尔市政府所在地，一提起解放街，当地无人不晓。解放街是临河区最古老的街道。20世纪70年代初，这条道路兴建为当地第一条渣油马路，我党在河套地区的第一个地下党组织——中共临河支部就诞生在这里。这里还有临河区第一个百货公司——三八门市部、第一个电影院——城里影剧院、第一个食堂——东方红食堂……

时光荏苒，岁月匆匆。如今的解放街，历史与发展并存，古老与时尚结合，仍是当地经济、文化的中心地带之一，两边都是高楼大厦，路上车水马龙。每天，数不清的居民、行人在街头来来往往，享受着岁月的静好，也在追逐着远方的梦想。

要说解放街上最让刘春柱心中牵挂的，当属这里的新华书店了，这要从他的童年说起。刘春柱自幼生活在偏远的蒙汉杂居地区，当年家里很穷，在蒙古族乡亲的不断接济下，他家才得以屡屡渡过难关。所以，他对蒙古族饮食一直情有独钟，这里面蕴含着他对蒙古族人民深切的怀念之情与感恩之情。

除了生活艰辛外，刘春柱的求学之路也一波三折。在那个特殊年代，从小学到高中，他在学校时而学习汉语，时而学习蒙古语，地方的教育模式比较混乱，并且由于取消了高考，他只能早早参加工作。

继续求学深造之门关闭了，但刘春柱内心对知识的渴望，从未停止过。当时解放街上有临河区第一个新华书店，那里成了他念念不忘、心驰神往的地方。

20世纪80年代初的解放街北二街市场，小摊贩云集，各种商品种类开始变得丰富起来

为了能买上一套做梦都想要的《三国演义》，他不知往书店跑了多少遍，但总是扑空。有一次，书店里只剩下蒙古文版的《三国演义》，他看了又看，想了又想，最后下定决心：既然自己在中小学已经有了蒙古文的底子，不如捡起来勤学苦练，不愁看不懂蒙古语。

无心插柳柳成荫。买了书后，刘春柱每天都捧着书读，不认识的字查字典，难理解的句子就反复地琢磨，务求通透……就这样，他的蒙古语功底越来越扎实，知识积累越来越深厚，不仅能看懂蒙古文，也能写，还会说。

1979年，21岁的刘春柱迈入高考考场。他报考了以招收蒙古族学生为主的内蒙古蒙古族专科学校，并以高出分数线51分的成绩被录取，成为全校80多名编译专业新生中唯一的汉族人。

在梦寐以求的大学生涯里，他的身边，不论是教师还是同学，都是清一色的蒙古族人，从生活到学习，大家都给予了他无微不至的关照，这让他至今每每想

解放街上的经纬广场。2018年10月28日，中共临河支部党组织联络站纪念碑在这里正式落成。如今的经纬广场已经成为临河区解放街居民的休闲娱乐广场。

起都心潮起伏，感慨万千。他常说，在内蒙古这片热土上，蒙汉等各民族历来亲如一家，你中有我，我中有你，相互包容扶助。

1982年，以优异成绩毕业的刘春柱被分配到当时的盟委机关工作。来到临河区，他首先想到的，就是在解放街上找间房子安顿下来，这条街道对于他来说，有着非同寻常的吸引力，对他的人生成长意义重大。

洪流滚滚，时代变迁，他所钟爱的解放街，日益焕发出崭新的生机与活力。漫步街头，刘春柱亲眼目睹了道路两边的商铺、店铺，如雨后春笋般不断生息壮大，但是有一个现象引起了他的注意。原来，按照规定，自治区内所有商铺的牌匾必须用蒙汉两种文字书写制作才能悬挂，但像临河这样的汉族聚居区，真正懂蒙古语的人不多，不少牌匾上的文字出现了令人啼笑皆非的错误。比如有家五金商店，蒙古语硬是译成“五块金子商店”，还有的牌匾上蒙古文的书写大头朝下，完全颠倒……

对此，精通蒙古语和汉语的刘春柱无法置之不理，一看到街上有书写错误的牌匾，他就忍不住登门，向店主不厌其烦地一一告知，并写下正确的书写方式。这个青年人的急公好义让店主们颇感意外。不少人心存感激，及时更换牌匾的同时，对他感谢不已；但也不乏有人恶言相向，冷嘲热讽，说他纯粹是多管闲事，有时甚至将他轰走。

吃了“苦头”的刘春柱并没有打退堂鼓，后来他直接向民政部门一再反映此事，终于引起了重视。解放街上，他“蒙汉通”的名气也越叫越响，很多单位开会时要悬挂会标，商家开业时要悬挂门匾，机关部门要下发文件，蒙汉语翻译吃不准时，都会来找他询问。

乘着改革开放的东风，刘春柱也得以在更为广阔的天地里发挥自己的才能。2010年，作为蒙汉兼通的特殊人才，刘春柱被国家外交部、文化部联合选派到蒙古国乌兰巴托中国文化中心工作，在更高的层次上为中蒙两国文化的交流发挥了特殊的作用。

“羁鸟恋旧林，池鱼思故渊。”不管离家多远，刘春柱心中始终装着临河区解放街。几十年过去了，昔日那个打拼上进、勤奋好学的年轻人如今已到花甲之年。现在，这位老人每天早上熬一锅喷香的奶茶，和左邻右舍把茶言欢。当年，他在灯下苦学蒙古文，为沿街商铺翻译校对蒙汉语牌匾，为蒙古族乡亲代写书信、代发电报，为蒙古族孩子辅导汉语的一幕幕场景，又活生生地浮现在眼前……

无垠的内蒙古草原，绿了又黄，黄了又绿。数十年来，刘春柱以真挚的情怀和行动，实践了自己用知识回报蒙古族乡亲的内心承诺。他说，他要让接下来的生命绽放出更多的光和热，为把民族团结、守望相助的内蒙古打造成祖国北疆亮丽的风景线，尽一份力量，添一抹亮色！

入夏的解放街，鲜花绿树掩映。华灯初上，各种流光溢彩的闪灯，把解放街点缀成临河区最美丽的夜景。

扫一扫
听音频

沈阳

东北解放纪念碑上镶嵌的和平鸽　沈阳市和平区档案局提供

··· 史料链接 ···

在沈阳市和平区的和平大街与新华路、民主路的相交处，有一座标志着东北解放40周年的纪念碑，威严矗立在和平广场正中央，它就是东北解放纪念碑。和平广场总面积18521平方米，始建于1932年，当时称朝日广场，国民党统治时期称崇德广场，新中国成立后定名为和平广场。主碑外侧是顶部相连向下呈三角形环绕主碑的三条拱带，象征着东北三省人民对英烈的崇敬与悼念和载歌载舞共庆胜利的欢乐场面。该广场现已成为沈阳市人民和国内外友人参观、休闲的好去处，同时也是沈阳市乃至东北三省人民的革命传统教育基地，每天都要接待游客5万余人次。

为了外公的遗愿

辽宁音乐广播／马丹　采编

沈阳，东北解放纪念碑下，一位女兵从衣兜里拿出了一枚锈迹斑斑的军功章戴在胸前，向纪念碑庄严地敬了一个军礼，并在这里拍下了一张照片。她叫王宇，中国人民解放军火箭军沈阳某部队上尉。

这枚军功章是外公留给她的，外公曾说过，每年辽沈战役纪念日的时候，他都要带着这枚军功章去纪念碑前看看他的战友，在这里合影。2010年，外公过世以后，一直都是王宇代替他来到这里。

王宇在高高的解放碑下驻足，凝望。碑文上记录了中国共产党领导的中国人民解放军解放东北全境进行的坚苦卓绝的斗争，以及建立的历史功勋。这碑上并没有外公的名字，但王宇知道，像外公一样参加过解放战争的无名英雄还有很多。站在这里，王宇想到了习近平总书记提出的向老英雄张富清学习，积极弘扬奉献精神的指示。深藏功名，一辈子坚守初心、不改本色，朴实纯粹、淡泊名利，这是习近平总书记对张富清老人的高度评价。这也正是外公一生的写照。

外公过世的那一年，王宇大学毕业，作为中国传媒大学南广学院的高材生，她完全可以直接被保送读研。毕业后到电视台做一名编导，这是王宇从小的理想，但大学毕业那天，为了外公的遗愿，她毅然做出了另一种选择。

外公在弥留之际，把王宇叫到眼前，用尽全身的力气抓紧她的手说："小宇啊，我走了，咱家可就没当兵的人了。咱是军人之家，不能没有军人啊！"外公的话让王宇犹豫了。选择军营，这不仅是爷爷的遗愿，也是自己曾有过的从戎报国的心愿。当时，在这个家族里，能当兵的只有她，她不去谁去呢？尽管她是一个女孩，尽管她有机会保研，但她还是决定了——当兵去！

当时的王宇还不能完全理解，在外公生命的最后一刻，最大的心愿为什么是这个，对于一位军人来说，那是怎样的一种情怀？又是怎样的一种遗憾？作为家里的独生女，去军营摸爬滚打，这个决定家里会同意吗？在毕业的那一年，她瞒着爸妈，在应征入伍报名表上，郑重地写下了自己的名字。

王宇的外公是辽宁本溪人，巧合的是，本该被分到南京部队的她，却阴差阳错地来到了沈阳。入伍的那一天是12月30日，火车开到沈阳的时候，下起了大雪，她看着纷纷扬扬的雪花，低声说了句，外公啊，是不是你在召唤我！

王宇的行李里，有一件东西看上去很特别，那是一个旧盒子，里面装着12枚军功章、两张发黄的战功书、几张外公的照片，还有一条外公用过的皮带。东北解放的军功章、华北解放的军功章、中国解放的军功章、抗美援朝的军功章……外公活着的时候，王宇并不知道，他参加过辽沈、淮海、抗美援朝三大战役，是战功赫赫的英雄——外公从来都没跟她和家里人提起过。她只知道，外公经历过枪林弹雨，饿的时候吃过皮带……

王宇的外公叫于庆湖，他的入党志愿书已经泛黄，但依然保存完好。一张战功书上，是彭德怀给他的题词，在那次战役中，他荣立了一等功。在抗美援朝战役中，他的一条腿被敌人的子弹打断了，王宇小时候曾笑话外公腿瘸，可外公说这是光荣的！长大后，在王宇的心里，谁也没有外公站得挺拔而笔直。

1988年11月2日，东北解放纪念碑揭幕仪式 《沈阳市志》提供

外公转业后，参与并见证了新中国波澜壮阔的发展历程，先后在安徽省濉溪县煤炭公司任股长、在县蔬菜公司当办事员。工作中，他对自己的要求是恪尽职守，踏踏实实干好自己的事，不出一次事故，不发生一次纠纷。他将军人的优良作风，带到了他所在的每一个岗位。

外公一生艰苦朴素，淡泊名利，默默奉献。他经常告诉晚辈要做一个正直的人，做一个实在的人。现在王宇已经在沈阳买了房、安了家，生活变好了，什么都有了，但外公留下的这些仍

和平广场全景　沈阳市和平区委宣传部提供

然是她最为宝贵的财富。

正是谨记外公的教诲，王宇入伍后刻苦训练，多次荣立战功。王宇爱笑，热情开朗，但也有流泪的时候，还是一个写过遗书的人。一次，她在部队接到了一项特殊的任务，生死难料，领导让她给家人写一些话，其实就是遗书。她躲到洗手间里大哭起来，一瞬间想到了很多，想到妈妈养她这么大自己还没好好报答，想到自己可能永远都回不来了……

今天，这封没有寄出的遗书还放在角落里，但它一直在提醒着王宇：服从命令是军人的天职，军人不能选择，即使有一天离开军营，只要国家需要，召必回！

“听吧，新征程号角吹响，强军目标召唤在前方，国要强，我们就要担当……”《强军战歌》是王宇最爱唱的一首歌，她说，歌里唱出了现代中国军人的精、气、神。在和平年代，军人有了不同的使命和担当，但坚守初心、为国奉献的伟大情怀，自强不息、铮铮铁骨的精神品格，一直都在延续和传承，无论过去，还是未来！

扫一扫
听音频

大连

曾经的解放路

··· 史料链接 ···

大连解放路始建于1899年，1946年为纪念大连解放，更名为解放路。解放路位于大连市中山区，是东南部城区一条南北走向的交通主干道，北起繁华的青泥洼商业区，南至风光秀丽的老虎滩海滨，全长6.6千米。解放路沿线是大连市中心城区，自北向南贯穿大连商业、居住和旅游三大城市功能区，曾被市民称为城市的“迎宾大道”。

解放路上，有闻名全国的大商集团、劳动公园和火车头体育场。位于这条路上的大连二十四中，有“东北小清华”之美誉，创建于1949年，学校的第一任校长是中国教育的先驱、当时大连市第一任市长毛达恂，第一任教务长是革命烈士杨开慧的堂妹杨开英。1951年元旦，周恩来总理还亲临这所仅仅成立了两年的学校，并留下了亲笔题词。

1949年11月22日，海军大连舰艇学院的前身——大连海军舰艇学校在解放路南端落址开建，被称为“中国人民解放军海军第一校”，中国海军的人才母舰由此起航。

解放路上，大连的老建筑和新地标共同经历着这座城市的变迁。作为与大连城市同龄的百年老街，解放路承载着大连的历史，也见证着大连的未来。在大连，没有一条路能像解放路这样，从一砖一瓦、一人一院一街巷，就可以窥见大连70年的巨变。

大连解放路老照片

刘永路和他的解放路舰院

大连新闻传媒集团新闻广播／智伟、李婧　采编

清晨六点，刘永路准时走出舰院大门，穿过解放路，对面就是晨练的小龙街广场。此时，广场上已有不少像他这样的退休老人或散步慢跑，或踩着节拍翩翩起舞。

往南望，200米外的老虎滩，海鸥依旧在追逐着海浪，但涛声和海鸥的叫声已逐渐被城市的喧嚣淹没，只有那大海还在视野里延展，伸向浩渺的远方。

城市已经醒来，刘永路也在这慢慢习惯的场景里开始了他退休生活的新的一天。但在心里，他觉得自己还是舰院人，生活的半径依旧是这条路，这片校园。

“解放路舰院”，这是他每每告诉别人的住址，也是他奋斗一生的地方。春夏秋冬，路上院里，从事了30多年历史教学的他也书写和见证着新的历史。

海军大连舰艇学院1号门　刘岩摄

刘永路，吉林省双辽县人。1978年，也就是恢复高考后的第二年，本已在工厂上了班的他匆匆走进考场，没想到最终被辽宁大学历史系录取。4年后，刘永路因成绩优异率先被来学校选人的海军大连舰艇学院选中，一毕业便来到大连，在舰院讲授历史。由青年到长者，从学子到教授，30多年过去，乡音未改，工作和生活的地方却牢牢换成了一个标记他一生的名字——“解放路舰院”。

历史不相信偶合，但人生的境遇却充满机缘。刘永路从小生活在东北内陆，心却向往大海，喜欢读书也渴望军营生活，来到海军大连舰艇学院教书可谓天遂人愿，而他那篇毕业论文《张学良与东北大学》，也似乎昭示着他注定与解放路、与舰院有着不解之缘。

刘永路说，他在写毕业论文的时候查阅了很多史料，当时就知道张学良有个弟弟叫张学思，是我党著名将领，曾参加“四保临江”等战役，但自己来到舰院才知道，舰院的选址、创建都是张学思将军亲自策划实施的。那是1949年初，东北全境解放，在解放大军一路南进的同时，建设一支强大的海军也成为毛泽东等领导人的殷殷期盼。在周恩来的推荐下，张学思奉命创办海军学校，培养人民军队急需的海军人才。为了选好校址，张学思带领专家和苏联顾问几乎走遍了辽宁、山东沿海各地，最终决定把校址定在大连解放路南端的老虎滩畔。

作为舰院的前身大连海军学校的创办人和主要负责人，张学思将军为学校的发展付出了许多心血。刘永路怀揣敬佩之情，历时3年，采访了300多人，完成了《张学思将军》一书，畅销全国，国内报刊纷纷连载。刘永路因此荣立二等功，这也激励着他笔耕不辍，不断挖掘解放路南端这所“海军第一校”里的人和事。随后，《花甲舰长》等书接连出版，涉及300多个任务，行文500余万字，不仅填补了海军史的多个空白，也记录和见证着舰院砥砺前行的铿锵历程。

舰院坐落在老虎滩畔，依解放路一侧逶迤而建。

刘永路工作在舰院，住在解放路边的舰院宿舍区，解放路和舰院几乎是他工作和生活的全部。在他心里，二者分不开，是工作，也是生活，是日常，也是理想。

每天傍晚，沿着解放路走一走是刘永路的习惯。他喜欢解放路上街巷的名字，青云街、桃源街、秀月街、白云街……这些街巷充满了诗意和柔情，而老虎滩畔的鸥声船影，又让人的思绪重回历史的沧桑与辽远。

刘永路说，从上世纪80年代，也就是他毕业来工作的时候，舰院的发展开始加速，为了提升和展示舰院精神，学员们每周进行分列式检阅，每月进行军游活动。特别是五一等节日，全校学员身穿礼服，列队行军在解放路上，常引得大

海军大连舰艇学院2号门　刘岩摄

连市民驻足观看，成为解放路上一道独特的风景。

与解放路相伴70年，舰院这两个字，早已融入沿线居民的血脉里。解放路与舰院，不仅是方位与地标，更是军民鱼水情深的载体。刘永路记得，一年夏天，解放路最北端的大连商场由于突发洪水，地下仓库被淹，舰院官兵第一时间赶到商场把地库的东西全都转移到地面上。为了减轻商场损失，身着一身白色海军服的舰院官兵一起帮着营业员卖货，赢得赞赏声、叫好声一片。居民谢延红自幼患小儿马蹄足内翻，双胯脱臼，重度残疾，却酷爱游泳，舰院体育教员戈捷坚持两年手把手教他各种动作要领，终于让谢延红实现了与冬泳者同场竞技的梦想。2002年，谢延红成功横渡琼州海峡，2003年又横渡英吉利海峡，成为世界上第一位成功横渡英吉利海峡的残疾人。

时光荏苒，当舰院即将迎来建校70周年的时候，刘永路却到了退休的年纪。

刘永路说，他是幸运的，也是幸福的，舰院70年历史，他经历了一半，36年的教学生涯，见证了舰院迈向现代化军事院校的历程。虽然退休了，但刘永路依旧住在原处，“解放路舰院”依旧是他的坐标。如果有所不同的话，那就是像这样的清晨，他可以更从容地走出舰院大门，来到解放路另一侧的广场，迎接老友新朋的问候，汇入他们晨练的队伍。

此时，苏醒过来的解放路和绿荫下的舰院校区都已笼罩在清晨太阳的光辉里，美丽而祥和。

刘永路说，做了一辈子历史教学，他对脚下这条路的前世今生也有所考究。作为与城市同龄的百年老街，这里的一草一木、一砖一瓦都凝结着包括他在内的一代代大连人的情感，它的未来令人充满期待。

解放路是大连第一条柏油路，第一条开通有轨电车的主干道。眼下，地铁5号线正在建设，不久后，南起老虎滩畔的这条地铁新线将穿越这里奔向大连湾北岸的新市区。退休在家的刘永路非常关心工程建设进度，常常跑到工地去打听。他说，地铁5号线建成后，将与全市路网形成有效联通，对方便市民出行、加快城市发展具有重要意义。据说，地铁建成后，刘永路居住的小龙街一带将被命名为“解放路站”。

“可不可以叫舰艇学院站呢？”一开始，刘永路闪过这样的念头，随后他就否定了自己：解放路站也好，舰院站也好，叫什么不行呢，这本来就是连在一起的啊！

想着想着，他笑了。

夏日里的解放路　刘岩摄

扫一扫
听音频

抚顺

新中国成立前的千金大街（今解放路） *卢然提供*

··· 史料链接 ···

抚顺解放路前身为千金大街，是20世纪30年代末日本侵略者在抚顺站前新市街商业区规划中的一条重要街道。新中国成立后，千金大街改名为解放路，体现了一座城市的新生。抚顺解放路是一条重要的城区主干道，起点为南站火车站广场，斜穿西一街、西二街、西三街和西四路、西五路、西七路等多条站前大小街道，与曾经是抚顺最繁华的欢乐园东出口连接。解放路及其周边一直是抚顺市区的繁华地段和交通枢纽，街道上有多家饭店、电影院和照相馆，其中有很多是商业老字号。多年来，光顾解放路的人们始终络绎不绝。

永不退休的“辅导员奶奶”

抚顺广播电视台经济交通广播／吕京遥、郭春雨　采编

“竹板这么一打，我心怦怦跳，有多少感激的话，不知从哪儿唠。今天就把解放路的巨变向大家做介绍：过去的解放路，别提多糟糕，居民住的是简易房，夏天像火炉，冬天赛冰窖，走的是黄土道，下雨两脚泥，刮风沙尘暴……来了共产党，旧颜变新貌：住的是高楼，院前院内植树栽花环境特别好，铺的是柏油路，晚上有路灯照，学校医院离得近，上学看病都方便，生活没烦恼……过上好日子，不能忘初心，使命要记牢，幸福不是毛毛雨，靠斗争来创造。紧跟习主席，奔向大目标，撸起袖子加油干，明天会更美好！”

抚顺解放路老照片　卢然提供

樊桂云老人正在布置“少儿之家” 富谢光摄

这段小小的快板书，文字质朴，感情深厚，须得是有过亲身经历的人才能有的感悟，其作者正是我们生于斯、长于斯的主人公樊桂云老人。樊桂云走过解放路的黄土道，沾过下雨后的两脚泥，真切地体验过解放路昔日的荒凉。

随着时间前进的脚步，曾经的豆蔻少女，已然年华老去，可生活却越来越精彩。她一点点品尝着幸福生活的滋味，一日日享受着解放路日渐的繁华，感慨良多：解放路的变化是如此之大，家乡的发展是如此之快，新时代成长起来的孩子们还记得幸福生活的来之不易吗？自己是不是应该做点什么？于是，她就做了。

1993年退休之后，樊桂云开始投身于公益事业。2009年老伴去世后，她与因公受伤的儿子和智障的孙子生活在一起，仅靠她的养老金和儿子微薄的工资度日，日子过得紧巴巴的。因为樊桂云工作认真、性格直爽，不少人想请她去帮忙，并给出了不错的报酬，但都被她婉言谢绝了。也许是孙子的残疾让她多了一份对孩子的爱心，也许是因为随着年龄的增长而加深的一缕缕乡愁，她主动承担起了社区关爱下一代的工作。

她把自己家一楼80多平方米的房子腾出来布置成了社区“少儿之家”，义务看护孩子、辅导孩子，成了一名“课外辅导员”，还对孩子们进行课外德育教育，已有近十年的时间。为了让孩子们不忘历史、了解过去，她自创了许多儿歌与快板书，又自学了打字，把内容打印出来。有时候躺下准备睡了，可突然灵感来了，她便又立刻爬起来，把想法记录下来。就这样经过一点点的积累，这些年，樊桂云摘编整理出学雷锋故事50余个，编写儿歌、快板300余首。为了适应孩子们的学习特点，她还把一些故事制作成纸贴画和布贴画，提高孩子们的兴趣，孩子们因此也学得津津有味。

文章开头的这段快板书就是樊桂云为“少儿之家”的孩子们特意编写的。在这间特殊的教室里，孩子们大大小小，从5岁到12岁都有，有的人每周都来，有的人个把月才冒个泡。不过，樊桂云并不介意，她说：“来一个我也不嫌少，来多了也不嫌多，能做啥就做点啥。”

樊桂云今年已经82岁了，虽然身材瘦小，但是依然精神矍铄、思路清晰，大家都亲切地称她为“樊奶奶”，她是解放路地区人人称颂的“明星”！樊桂云经历过解放路的荒凉与繁华，见证了新中国的初生与壮大，她想让孩子们明白这“解放”二字的分量——它代表的不仅仅是一条路，而是一番风雨，一段历史，更是一种胜利。

通过樊奶奶的讲述，“解放”二字变得具象生动、通俗易懂，孩子们乐于诵读，由口入心。樊桂云说，自己只是一个播种人，把社会主义核心价值观的种子播撒在孩子们的幼小心灵里，静待种子发芽、长大、开花、结果，这也是她的责任。

如今，孩子们的课业负担较重，家长、学校更重视分数，孩子们上的补习班多了，来樊奶奶这儿的时间也就少了。不过，樊桂云有办法。她说：不能当坐堂先生，要做往诊大夫，串百家门，见缝插针。

她走访过很多家庭，关注着每一个孩子的成长。每当孩子们有了进步，樊桂云都会自掏腰包，购买一些小文具作为对他们的奖励。有时候，孩子们下了课，顾不上吃饭便赶到樊奶奶家，还可以在樊奶奶这儿“蹭”上一顿。樊桂云的“少儿之家”充满了老一辈人对后代的关爱和情义，也受到了孩子和家长们的认可。

2016年，樊桂云创办的“少儿之家”被辽宁省妇联评选为“辽宁省奉献妇女儿童事业志愿服务示范基地”。2017年，樊桂云被评为抚顺市“百姓雷锋”。她的事迹也被刊登在《中国火炬》《中国妇女报》等新闻媒体上。无论世事如何变迁，樊桂云都一直坚守着自己的原则：不在编制，不要俸禄，甘愿奉献，就地就

樊桂云和孩子们

近，量力而行，一件不少，多了更好！

从1993年开始做关心下一代的工作，到2010年创办“少儿之家”，再到现在，樊桂云几十年的无私奉献，换来的是邻居们对她的爱戴和亲人般的挂念。谁家新摘的蔬菜一定要给樊奶奶送去，出门旅游都要给樊奶奶带回精美的纪念品，孩子们有什么不愿意和父母讲的悄悄话就先跟樊奶奶说说……

孩子们的健康成长和对她的信任，让樊桂云觉得快乐很简单，只要置身于孩子们中间，只要能把爱祖国、爱生活的种子播撒到更多孩子们心中，让孩子们健康茁壮地成长，她便觉得很快乐。她坚信，爱国主义教育必须从娃娃抓起，作为解放路上的时代见证者，她愿用自己一生的时间去传播与守望，做一名永不退休的“辅导员奶奶”。

抚顺解放路新照片　吕巍摄

扫一扫
听音频

锦州

20世纪末的锦州解放路

史料链接

锦州解放路原名中山路，伪满时期曾叫中心路，新中国成立后，更名为解放路。如今的解放路全长约8千米、宽60米，是横跨锦州城东西的一条市内主干线，东与东联路相连，西与中信快速干道相通。

新中国成立后，作为全国50家新兴工业城市，解放路上兴办了如印染厂、纺织厂、重型机械厂、塑料花厂、服装厂、百货大楼、中百商厦等诸多企业，被市民誉为锦州的“长安街”。新中国的第一支塑料花、第一根锦纶丝、第一只晶体管和第一台高举消防车也都是从这条路上走向了全国各地！

托起新鲜生命的你的手

锦州新闻媒体集团 / 刘景、袁春阳、朱洪亮　采编

辽宁省锦州市是一座有着2000年悠久历史的古城，两条蜿蜒的河流从城中穿过，最后在城市的东侧交汇，一起奔向大海。然而近代以来，让这座古城名闻天下的却是刀光剑影、硝烟弥漫的几次战争。沧海桑田，古城锦州换了人间。新中国成立后，一条长约8千米、宽60米，横贯城市东西的街道被命名为解放路，托起这座城市经济命脉的工厂、商店和银行大多分布在这条道路的两侧，默默见证着这座城市的日月变迁。

解放路三段2号，有一座特殊的建筑，外墙鲜艳的彩绘充满了童趣，人们进进出出，紧张的脸上又往往露出一丝得意。每天这里传出的阵阵哭声都会引起许多人欣慰的笑容，甚至欣喜若狂，这就是锦州市妇婴医院，一个诞生生命的地方。

朱蕊，锦州市妇婴医院的主任医师，她红润的圆脸上总是洋溢着会心的微笑，从相貌上很难想到她已经是年过花甲的老太太了，看着不过50岁左右的年纪！朱大夫每天骑着单车穿梭于解放路上班下班已经36个年头了，作为恢复高考后的第一批医科大学生，她总是感慨自己很幸运，但她怎么都没有想到自己毕业后会被分配到妇产科，而且一干就是30多年。她说："那时候妇产医生特别缺，风

解放路上80年代的锦州市妇婴医院

险又大，没人愿意干，单位领导做了好多工作。”30多年过去了，从青涩的年轻姑娘到今天被延聘的老专家，无数个生命从朱大夫的手中诞生，无数个危重病人得以重获新生。朱大夫说她特别骄傲。

新建成的锦州市妇婴医院

每天不忙的时候，朱大夫都喜欢透过医院的玻璃窗眺望窗外熙熙攘攘的解放路，有时会到对面的老字号人和美茶食店买点糕点，加班饿了的时候垫垫肚子。去年，停业20年的人和美又重新开业了，只是糕点的味道和以前相比有了许多不同，店面更现代了，品种也更多了，还能现场制作生日蛋糕。朱大夫说，原来医院对面是第四中学的两层教学楼，课间还能看到孩子们在黄土操场上踢足球，如今一栋20层高的金厦大酒店挡住了视线，而第四中学也在隔壁盖起了新的教学楼和实验楼，铺上了塑胶体育场。自己的女儿就是这所学校毕业的，如今已工作好几年了。

妇婴医院建院60周年时，黑山历家乡的张大姐被作为特邀嘉宾来到医院做客，看到新的医院大楼，她连声叫道“不敢认了，不敢认了”。提起妇婴医院和朱大夫，张大姐就忍不住掉眼泪，她有些羞涩地喃喃道：“我一个农村人生个孩子，竟然给医院医生出了个大难题，足月的宫外孕！要不是朱大夫和妇婴医院，我和闺女就都不在了!”朱大夫接过话头：“那天确实是惊心动魄，都可以拍成电影了。足月宫外孕世界罕见，据我了解全世界不过10例，当地医院打开腹腔看到的竟然是胎囊而不是子宫，马上重新缝合送到妇婴医院。我们当时也没有这方面的临床经验，抢救设施很简陋，断胎盘的时候血柱喷得把外科大夫都吓坏了，好在成功了。”

行医多年，各种病例经历得多了，苦辣酸甜自不必说。每天清晨带队查房前，朱大夫都会给年轻的大夫们讲5分钟课，积少成多，集腋成裘，她想把自己的经历都讲给他们听。朱大夫一直有个梦想，等闲下来就写本书，写自己失败的病例和教训——别人写自己多么成功，她只想写失败，让年轻的大夫们吸取教训，少走弯路。

36年过去了，朱大夫说她见证了3万多婴儿的诞生。3万婴儿对于一个人口仅有80万的城市来说是个不小的数字，于是，无论是在街头，还是在菜市场，朱大夫成了最闪亮的明星。有时进了菜市场，她还没想好买什么，菜篮子里就已经被商贩们装满了。朱大夫笑着说，他们说我是神，我可不是神，我就是年资略高的老医生。30多年过去了，这些呱呱坠地的婴儿有的做了政府干部，为这个城市新时代的规划指点江山；有的做了艺术家，走出锦州，在北京、上海寻找着自己更大的舞台；更多的人则默默耕耘着这座城市，让这座城市变得更大、更美、更繁华。而朱大夫依然骑着她的单车，每天早晨6点迎着解放路的晨曦上班，晚上7点又在华灯的映照下下班，周而复始，迎接着新的生命，生生不息。

解放路素有锦州长安街的美誉，几十年来道路两边的建筑几乎每天都在发生着变化。随着汽车时代的到来，道路拓宽了，路中间的花坛拆掉了，机动车道变宽了。解放路又向东西各延伸了几千米，两边的建筑也几乎都翻建了，低矮的平房变成了住宅小区，企业搬迁到郊外，腾出的土地上耸立起了大型的商业广场和写字楼。妇婴医院原来4层的小楼也早就变成了现代化的医疗大楼，唯一不变的，是她依然耸立在解放路上，把一个个新鲜的生命交付给这座充满活力的新鲜的城市。

锦州解放路近照

扫一扫
听音频

长春

长春解放大路旧照

··· 史料链接 ···

吉林省省会长春市解放于1948年10月18日。长春市解放大路原名兴仁大路，伪满时期，沿途规划建设了伪新帝宫、伪国务院等建筑。1949年3月31日，长春市政府发布了关于更改街名的布告，正式将其更名为解放大路。长春市解放大路东西方向横贯市区，地铁2号线沿线运行，是长春市的主干道路之一，长春文化广场、吉林大学前卫北区、吉林大学第一医院、长春国际金融中心等地标性建筑沿途分布。

向奔腾的年代致敬

吉林广播电视台交通广播／王阿木、赵英敏、于跃　采编

在网上曾流行一种说法：有两种人，往那一站，张嘴说句话你就能知道他的身份，一种是军人，一种是东北人。这种说法在从鹏利身上体现得淋漓尽致，他的身上既有军人的威严、挺拔，也有东北人的开朗、豁达。已过不惑之年的从鹏利是中国第一汽车集团有限公司的一名普通员工，但在不少车迷眼中，他却是全国知名的收藏家。他收藏的并不是邮票、古董等小物件，而是有“新中国汽车第一品牌”之称的解放卡车。

沿着长春市解放大路一直向西，就到了一汽集团厂区。初见从鹏利就是在其中近一千平方米的“解放卡车”展厅里。展厅中陈列着2007年至今他自费收集的8辆各类老解放汽车，其中既有CA10型老解放卡车，也有因雷锋而闻名全国的老一代国产货运主力车型CA30，还有后来一汽换型生产的解放车CA141。

还没作更多交流，从鹏利便跳上了一辆CA10型解放车。“咱先看看车再说。”打开钥匙门，挂空挡，踩启动机，踩离合挂挡，随着从鹏利一脚油门，那辆老旧的解放车像一只从冬眠中醒来的野兽，颤抖着发出阵阵轰鸣声。发动机散发着热浪，排气管喷出气流，这辆车逐渐恢复了往日的光辉，而此时，从鹏利脸上也露出了孩子般的笑容，这笑容也将我们拉回到他与解放卡车相识的年代。

1973年，从鹏利出生在吉林省辽源市，童年时代便随父母来到了长春市。从鹏利的父母都是一汽的老员工，按照他的话说，自己从小就“坐解放、看红旗”，这看似简单的六个字却是一句只有生长在一汽大院里的孩子才懂的行内话，因为在那个时代，红旗轿车都是配属给重要客户的，孩子们只能在红旗轿车试车或出厂时看一看。相对于“只可远观”的红旗轿车，可以坐进去“鼓捣”的解放卡车显得更加亲切。

在从鹏利的老家，一直流传着他小时候与解放卡车的一个故事。从鹏利五六岁的时候，父亲的一个战友将一辆解放卡车停在一段下坡路上，从鹏利带着小伙

20世纪80年代与现在的长春解放大路对比

伴们在车上玩儿，一个误操作，把刹车摘掉了，汽车便开始向坡下溜去。从鹏利说他清晰地记得当时右边是房子，左边是猪圈，猪圈前面有个土坡，他当时第一个想法是“不能把房子撞倒”，于是打着方向盘奔着猪圈冲去，最后停在了土坡前，这懵懵懂懂的一撞，算得上是从鹏利第一次驾车了，但是这一撞不但没给他撞出个“驾车恐惧症”，反倒让他对那种驾驶的快感着了迷。

时间到了1989年，从鹏利终于如愿以偿，开始了一段与解放车朝夕相处的时光——入伍，担任汽车兵。在那个时代，摸过车的新兵都寥寥无几，更别说像从鹏利这样五六岁就“开”过解放车的人。部队里第一天应该学习“启停”，而从鹏利上来就是直接开“加减挡”——那是一个月之后才要学的东西。那时正赶上解放卡车换型，第二代解放卡车CA141进入了部队，相比第一代解放卡车没有同步器、转向视线受限等缺陷，新款的CA141是那个时代当仁不让的明星产品。据从鹏利回忆，那时很少能开CA141，跟老兵混熟了，偶尔能摸上几下，也许就是这种遗憾让从鹏利走上了收藏解放卡车这条路。

退伍后，从鹏利入职一汽集团。2008年，正在四川出差的从鹏利偶然看到一辆解放卡车从身边驶过，那棱角分明的车头，两对圆滚滚的车灯，正是从鹏利许久不见的老朋友——解放CA141。从鹏利毫不犹豫跟上去，费了不小的力气终于买下了这辆解放卡车，几经辗转，又将这辆卡车从四川运回长春。如今，从鹏利经常会在休息日将这辆老车开出来，回忆曾经的美好岁月。

现在，从鹏利这里的这些老解放车已褪去征袍，承担起了模特的工作。2019年是新中国成立70周年，在长春这座汽车城，很多活动主办方都邀请从鹏利带着他的解放车到现场参加活动。相比于一旁“一汽解放”新一代的J7卡车，从鹏利的藏品显得苍老了许多，但很多老人都会围在老解放旁边，或竖起大拇指，或合影，或流泪。透过老解放斑驳的玻璃窗，这些老人们仿佛变得年轻了起来，就像那句话说的一样，“不是在最好的时光遇见你，而是因为遇见你，成了我最好的时光”。此时此刻，解放卡车似乎成了一座桥梁，让他们回到了那个奔腾的年代。

从鹏利和他的解放卡车

扫一扫
听音频

吉林

旧时光里的吉林西站看见醒来的东方雄狮。吉林西站由林徽因设计、梁思成审定，建成于1928年，是东北第一条中国人自建铁路的火车站，站舍呈一只卧坐的雄狮状，寓意国人雄狮初醒。

··· 史料链接 ···

吉林市解放大路横跨吉林市船营区、昌邑区和龙潭区，是一条地处繁华地带的城市交通主干线。最早称作解放路，1967年修建。之后经过23次维修改建，其间改名为解放大路，于2012年建成纵贯三个街区的主要街道。沿途坐落着央视春晚常青树、“流动的城市名片”吉林市歌舞团、始建于1909年的吉林市图书馆，和二人转演艺基地松花江大剧院。解放大路还连接着历史悠久的商业步行街——河南街，儒、释、道三教兼容的北山公园，见证城市前世今生的牛马行，以及由林徽因设计、梁思成审定的近代建筑杰作吉林西站……这条路传承着历史的精华，守护着文化根脉，激扬着时代的韵律。

砥砺前行致青春
一路初心染芳华

吉林市广播电视台交通广播 / 柴芳昕　采编

位于吉林市解放路17号的吉林市歌舞团，是一个有着光荣传统的红色剧团。1958年，歌舞团从部队转到地方，落户美丽的松花江畔。从此，一直活跃在新中国不同时期的文艺舞台上，被誉为“吉林市一张流动的城市名片”。

吉林市歌舞团虽然诞生在新中国的怀抱，但她的血脉里天然地流淌着战火凝练的红色基因。1951年，当时还是东北野战军四十六军文工团的吉林市歌舞团，向战而行、为战而歌，慰问在朝鲜前线英勇作战、保家卫国的中国人民志愿军。在朝鲜战火纷飞的崇山峻岭之上，在志愿军各部队的驻防地，都留下了他们的青春足迹和战地芳华。

河南街形成于18世纪中叶清朝雍正、乾隆年间，是一条历史悠久的古商业街，位于吉林市的老城区。

如今已89岁高龄的国家一级歌唱家秦茵，追忆起那段燃烧着血与火的峥嵘岁月，依旧历历在目。她心情激动地说：“我们到伤兵的转站点去给志愿军演出，心里都非常难受。这是我们的同胞啊，他们浴血奋战就是为了保家卫国，所以我们那个年代提倡奉献，全心全意为人民服务！”

“在朝鲜的时候，记得有一次战士们在我演出结束后，跟领导说能不能让我再唱一首《我的丈夫是英雄》。这首表演唱说的是一位战士杀敌、立功，来到天安门接受检阅，他的妻子是劳动模范，在观礼台上寻找她的英雄从天安门前经过。”“清水河呦清又清，我的丈夫是志愿军；太阳下花开花更红，我的丈夫是英雄。”时光已经过去半个世纪了，然而在艺术家的心中，这段关于英雄的记忆，和其中铁血柔情的家国情怀，始终叫人难忘。

1955年，25岁的秦茵随东北野战军四十六军文工团，来到百废待兴、一穷二白的吉林市。在物质匮乏、生活艰苦的年代中，吉林市歌舞团艰难起步，砥砺前行，如春天里的一抹新绿，突破严冬的萧瑟和荒凉，给人们送来春天的问候，将歌声与舞蹈化作的凝聚人心、鼓舞斗志的精神力量，也见证了一座城市的沧桑岁月与辉煌巨变。

“记得跟随部队进入吉林市的时候，外面的土地都冻出大裂缝，我们暂住在西大营的一个兵营里，晚上睡的是大通铺，临时搭的火墙，又没有火炕，冻得都受不了了。那时候的吉林市什么样？路面坑坑洼洼很不规整，一到晚上更是黑灯瞎火，很少有人出门。如今，解放路、吉林大街两条连接城市东西南北的主干道

吉林市歌舞团被誉为“央视春晚常青树”和“流动的城市名片”，70年来初心不改、步履不停，用歌舞谱写青春，用付出绽放梦想，礼赞伟大的时代。

吉林市解放路既是一条川流不息的城市交通主干线，也是一幅平凡琐屑又细致入微的北国江城百姓生活长卷。

贯通了，解放路也越来越繁华，白天车水马龙，人来人往，晚上街头巷尾，灯火通明，这都应该感恩英烈们的流血牺牲和建设者的辛劳付出，感谢改革开放带来的千变万化。”

走过革命战争的峥嵘岁月，社会主义建设的火红年代，伴随着改革开放的脚步，吉林市歌舞团经过精彩蜕变与华丽转型，成为中国当代演艺市场上的一面旗帜，先后参加了北京奥运会开闭幕式、大型音乐舞蹈史诗《复兴之路》等上千场国家级大型演出。更连续21年在全世界收视率最高的综艺晚会——央视春晚上一次次随歌起舞，闪耀荧屏。

吉林市歌舞团的编导处主任高相臣，拥有着丰富的舞台经验。2004年的一天，高相臣下班走在解放路上，看到有民间二人转演员撂地演出，其中一个演媒婆手里耍着大烟袋，眉开眼笑，手舞足蹈，表情、动作十分夸张诙谐，特别讨喜。恰好那年春晚歌曲《好运来》需要一段兴高采烈的伴舞，高相臣就按照那个媒婆的感觉给导演跳了一段，导演拍手叫好，于是促成了他第一次登上春晚。

除夕是全世界华人的年夜饭，是幸福团聚的时刻，作为一个演员能在春晚舞台上演出，是莫大的荣幸。不过俗话说得好，每逢佳节倍思亲，离家在外心头总会涌上一丝乡愁。每年春晚演出一结束，高相臣便马不停蹄地往家赶，与一年都

大型民族舞剧《梦回乌拉》剧照

难得见上几面的父母一起过年，舒舒服服吃一顿年夜饭，卸下满身的疲惫，享受与家人在一起的时光。

作为一名舞蹈演员，出发可以说是人生常态，每一次出发都是崭新的，都有机会让自己在更大更好的舞台上去经历、收获……然而，就像歌里唱的那样，走过的世界不管多辽阔，心中思念的还是相同的地方。在别人眼中，高相臣一年到头，不是在演出，就是在演出的路上，仿佛一边工作一边周游世界，可在高相臣的心里，最好的旅程就是回家的路，就是回到这条融汇生活变化万千、滋养艺术春华秋实的解放路，因为每一次的出发，都是为了更好地归来。

文艺是时代前行的号角，青春是迈步进取的精神。砥砺前行致青春，一路初心染芳华。70年来，吉林市歌舞团用艺术的力量滋养城市的气质，用闪亮的芳华描绘时代的荣光。无数的见证与收获，让他们相信，奔跑的中国正青春，美好的风景在路上！

延吉

扫一扫
听音频

延吉市解放路时称“兴隆大街”　延边朝鲜族自治州档案馆提供

史料链接

延吉市解放路是延吉市最早成形的道路之一，位于延吉市中心区，西起参花街，东至光进街，道路全长2520米。中华民国时期称兴隆大街，1936年改称丙字街，1945年改名协和路，1953年改为解放大街，后又改称为解放路。50年代起，陆续铺设为2500米长、8米宽的柏油路。

延吉市解放路是全市商业网点最集中的地方，作为延吉市中心商圈的主要路段之一，几乎每一个延吉人都在这里留下了足迹。延吉市解放路从一排排平房，到现在的高楼大厦林立，经过多年的变化，不断发展，成为人们休闲娱乐的步行街，建设了人防地下商场，相信未来的解放路会更加辉煌。

讲好延边故事

延边广播电视台交通文艺广播 / 张宇、徐晖　采编

延吉是延边朝鲜族自治州首府，在延吉，有一条路见证了这座城市老百姓衣食住行的变迁，它就是解放路。

延吉市解放路有着悠久的历史，历经时代的变迁，解放路从昔日一排排平房围绕的小商业区，发展为高楼大厦林立、五彩霓虹闪耀的商业中心。解放路的变化也浓缩了延吉的发展变化，如今的它已成为城市标志性的街道，而在这条路上居住的一位70多岁的古稀老人也陪伴和见证了它的发展变化。

她就是出生在解放路、工作在解放路、宣讲在解放路的杨丽珍。1948年，杨丽珍出生在延吉市解放路老干部局附近的一所房子里，这个房子也是他的舅舅李延禄的家，她的两个舅舅李延禄和李延平都是抗日民族英雄。

彼时的解放路因为是小商业区，繁华热闹，交通便利。年幼的杨丽珍曾问过

20世纪30年代解放路商业街上的各式广告　延边朝鲜族自治州档案馆提供

舅舅为什么要住在闹市区，舅舅说，因为战友经常会一起开会，在别的地方太明显，越是热闹的地方越安全，还便于购买药品和布匹，也方便当时他们打仗归来后商议下一步行动。

年幼的杨丽珍就是在舅舅们的革命精神熏染下长大了，听着长辈们讲述舅舅的故事，他们的光辉业绩和革命奉献精神对她的一生都产生了极其深远的影响。

1968年，国家号召知识青年到农村接受贫下中农的再教育，杨丽珍响应号召，离开住了20年的解放路，跟随延吉上山下乡的大军一起，来到了当时的和龙县头道公社明星大队。杨丽珍就这样成为一名知青，并在社员的推荐下，当了一名代课老师。

两年后，命运再次将她与解放路紧紧地联系在了一起。在第一次大招工中，杨丽珍被公社推选分配到位于延吉市解放路的第二百货商场工作，负责销售照相器材、手表等。回到解放路上的杨丽珍，对两年多的知青生涯念念不忘。让杨丽珍记忆犹新的是，其间有一位姓于的老人，他的父亲和哥哥都是烈士，而且巧合的是他们也是杨丽珍舅舅的战友。所以，老人经常给杨丽珍和其他知青讲抗联的故事，这些都在杨丽珍心里留下了难以磨灭的印象，一个个抗联英雄的故事在她的心头回响，一个个抗联英雄的形象在她的脑海中呈现。也正是因为这样，从那个时候起，在解放路工作之余，杨丽珍开始有意识地收集舅舅李延禄和李延平的战斗故事，慢慢走上了抗联宣讲的道路，这一讲就是近50年。

1999年，已经退休的杨丽珍被街道推选，在解放路所在的延吉市进学街道

20世纪30年代的延吉市解放路商业街　延边朝鲜族自治州档案馆提供

20世纪70年代位于延吉市解放路东段的延吉第二百货商场　延边朝鲜族自治州档案馆提供

文新社区工作，任延吉市文新社区书记兼主任的职务。在社区工作的日子里，每次路过延吉市老干部局的时候，她都会触景生情——这里曾经是舅舅开会、指挥战斗、研究部署活动的地方之一。社区工作期间，在她的倡导下，文新社区成立了延吉市第一家“三点半课堂”，为学生、社区工作人员、辖区居民、驻街单位等宣讲延吉市解放路上的战斗故事，以及爱国主义思想和优秀历史文化。宣讲主要以李延禄、李延平、朱德海等革命先烈的光荣事迹来缅怀先烈，回顾抗联的峥嵘岁月。一次次的宣讲传承着革命精神，在杨丽珍近50年的宣讲岁月里，有近7万人接受了红色教育。

按照杨丽珍老人的话来说，延边是革命老区，作为英雄的后代，她想让年轻人多了解一些英雄们的抗战历史，而她作为延吉市的红色教育宣传员，也会努力讲好延边故事，激励更多人为实现伟大中国梦而努力奋斗。

慢慢的，生活在解放路周边的很多人都知道有一个叫杨丽珍的人，一直热衷于公益事业。解放路辖区范围内居住的老年人比较多，很多子女都不在身边。为了解决老人们的实际困难，2012年，在延吉市进学街道党工委书记张强的大力支持下，杨丽珍组织成立了“四叶草邻里情”老年义工服务队，带领老年人和社会爱心团体开展爱心服务活动。为了更好地照顾老人，杨丽珍还将每位老人的需求爱好都翔实地记录在一个小本子上，哪位老人近期需要理发，哪位老人近期需要买哪些药，她都一一做上特殊的标记。杨丽珍常说，慢慢变老是每个人都无法逃避的，谁都会有行动不便的一天，她想呼吁更多在异乡打拼的子女们能够常回家看看。

经过杨丽珍和“四叶草邻里情”老年义工服务队的努力，一传十、十传百，杨丽珍和她的团队受到了街道和社区居民的一致好评。2014年，杨丽珍被国家民政部评为优秀志愿者案例二等奖。

如今，延吉市进学街道“四叶草邻里情”老年义工服务队的服务范围，已经从街道扩大到整个延吉市甚至延边朝鲜族自治州，服务队伍不断壮大。

“山山金达莱，村村烈士碑”是延边抗联史的最好写照，这里是革命老区，这片土地上曾流传着许多抗联英烈的故事。杨丽珍说，她的父亲和舅舅们都是烈士，她是党和国家培养起来的，所以要感谢党，要好好工作，更好地回报党对她的培养。

在新中国成立70周年之际，还有更多像杨丽珍一样的抗联后人，继承父辈信仰，传颂爱国精神，不忘初心地行走在解放路上，让抗联故事代代传承。

20世纪90年代初，解放路东段北侧居民区　延边朝鲜族自治州档案馆提供

扫一扫
听音频

哈尔滨

解放街东北军政大学双城上干校军事队旧址（原商城县官银钱号）

史料链接

1946年4月28日，东北民主联军解放了哈尔滨，哈尔滨成为新中国第一个被解放的大城市。这个位于中国最东北、每天第一个迎接太阳升起的省会城市，在全中国的解放历程中占据着重要位置。

那时的哈尔滨解放街还不叫解放街，叫北二道街。1945年8月15日日本投降后，苏联红军进驻双城，在双城当时的北二道街建立了苏联红军卫戍司令部。不久，王奎先率部队从哈尔滨乘火车到双城堡火车站，进驻到北二道街的育才小学（双城区实验小学前身）。后来，这条街得名解放街，应该是在黑龙江省甚至全国来说，比较早叫解放街的一条街道。

解放街上的科普公益图书馆

黑龙江广播电视台音乐广播 / 袁雁莹、赵雷明、张家诚　采编

位于哈尔滨市双城区解放街腾达家园2号的一处半地下室门市房里人流不断，不到300平方米的屋子里，150多把椅子都不够用，人虽然多，但屋内并不嘈杂，每个人都沉浸在书海里，享受着愉快的阅读时光。在这里，读书、借书都是免费的，还有不少学生自发当起志愿者，帮忙将书籍分类、归档，这里就是家喻户晓的双城区科普公益图书馆。

屋子里干净明亮，桌边坐满了各年龄段的读者，有位看起来很年长的读者引起了我们的注意。通过聊天，我们了解到原来老阿姨已经70多岁了，是这里的常客。“我每天都来，这里每天人很多，我感觉来到这里很充实。”

60岁的老付每天都会来图书馆“报到”，一番“巡视”后，笑呵呵地离开。“10多年的心愿，终于实现了。”老付心想，这辈子没白活。原来，他就是这间图书馆的主人——付科举。

时代发展迅猛，而东北经济发展相对滞后，出现了下岗潮。1991年，付科举与妻子双双下岗，家里姊妹多，父母收入微薄又体弱多病，日子过得非常窘迫。夫妻俩失去了工作，就要重新寻找生活出路，那时的解放街路不宽，人也少，两面都是矮矮的民房，几乎没有商业业态。迫于生计，付科举在解放街口做起了摆书摊的生意。

白天摆书摊，晚上赶夜市，星期天还要去赶集，每天天不亮就走，太阳落山才回来，中午啃个面包，饿着肚子蹲市场是常有的事。有一回，付科举和妻子去镇上赶集，半路上一千多斤重的书把三轮车压坏了，前不着村，后不着店，他往返几十里才找人把车修好，当他和妻子拼命蹬着三轮车回到家时，已是万家灯火。一年夏天，付科举去承旭公园摆书摊，上午还是晴朗的天，下午就乌云密布，雷声大作。当他与妻子刚收好书，顷刻间狂风夹着大雨一起袭来，将三轮车盖书的塑料布掀起老高，他与妻子用身体在狂风暴雨中死死压住塑料布，足足挺了一个多小时。风雨过后，夫妻俩都成了落汤鸡，在寒风中打着哆嗦。大年三

十，别人家在忙着过年，唯独他家冷冷清清，他和妻子仍在集市上摆书摊，数九寒天，手脚常被冻伤，但他俩全然不顾，一干就是十多年。

这么多年，老付一直有个心愿：开一家公益图书馆，供热爱阅读的人免费读书。为了圆梦，老付用心经营着自己的小生意，一点点积攒着资金。自2015年起，手里有了些积蓄的付科举把大半辈子积攒的家底拿出来，在解放街创办了首家私人“科普公益图书馆”，他说：“我这钱是大伙送来的，我要取之于民，用之于民。”

付科举这个名字也使他确信，自己这辈子肯定跟书有缘，而这一切都源于他对书籍的热爱。他说自己没时间看书，但特别喜欢书，过去有科举制度，虽然自己当不上状元，但是能为这些状元做一些事就知足了。

“我这钱都是大家伙给送来的，我让大家免费看书，回报社会，回报这些学者、读者，不更有意义吗？”老付说，“我这儿看书的孩子们，许多年长大成人后再回到双城，回到这个图书馆，回想起当时在这里看书学习，获得了不少知识，那咱就知足了。咱真是没啥渴望也没啥渴求，就是寻思着真正地让这帮孩子看点

哈尔滨解放街

好书，别天天玩电脑、玩手机、讲究吃喝玩乐，有点正能量，那是最有意义的。”

28年的时光，老付一家见证了这条解放街由矮矮的平房到高楼拔地而起、各种商业经营业态逐渐红火的过程，更见证了解放街一步步的变迁和繁荣。这28年的精心经营，使得老付在解放街上的图书馆由一家变为了三家。这条并不算长的解放街，亲历了老付一家生活的点点滴滴，也延展了人文精神的宽度。为了使偏僻的农村都能够读到书、读好书，老付又出资20余万元，分别在公正、杏山、韩甸、水泉、兰棱等五个街道和乡镇创建了公益图书分馆和书屋，自图书馆创办以来，农民的孩子读书的多了，上网吧的少了，形成了全民读书的好氛围。

阅读是一个国家的文化根基和创造源泉。党的十八大以来，以习近平同志为核心的党中央高度重视全民阅读，从2014年至今，“全民阅读”连续6年被写入政府工作报告。解放街上的私人科普公益图书馆在近些年获得了不少荣誉：2017年被哈尔滨市文明办、哈尔滨市关工委授予“爱心图书馆”，2018年被黑龙江省关工委授予“全省关心下一代工作先进集体”，2019年更是获得了哈尔滨市第三

解放街与景观大道路口

批“全民阅读示范基地”荣誉称号。面对政府给予的荣誉，老付说：“现在全社会都提倡阅读，没想到咱们和国家还接上了轨。我非常感谢政府对咱们的关心、关爱和支持，咱们是用心去做人、做事，不图回报。我每次到图书馆，看到这帮孩子在看书，心里就热乎乎的，可高兴了。”

言谈之间，老付透露了今年下半年他的一个计划，就是给双城区特殊学校的孩子们再建一座公益图书馆，让有残疾的特殊儿童也能感受到浓浓的书香氛围。

“现在大家都是低着头看手机，哪有时间读书啊。”问到建立公益图书馆的初衷，老付说，现在是互联网时代，很多人已经将纸质书本遗忘，他希望大家能回归到传统的读书时代。如今，看到图书馆内不管男女老少都沉浸在书海里，老付觉得即使花再多的钱也值了。

“互联网+”时代，很多人已经将纸质书本遗忘，低头的是大多数。也有人抬起头来四处张望，像是寻找着一种曾经丢失的东西，可能是在寻找曾经端坐在明亮的教室里沙沙翻书、琅琅读书的青春。解放街上的这家私人科普公益图书馆，就是这样的一个存在，它关乎情怀，希望让大家能回归到传统的读书时代，让浮躁的心沉静下来。

扫一扫
听音频

上海

1992年奉贤广播电视台解放路旧址，如今台址依旧，仅略往东迁移　上海市奉贤区政府提供

史料链接

上海奉贤区解放路东起金海公路，西至沪杭公路，分解放东路、解放中路和解放西路，全长5331米。其中，解放东路是奉贤城区连接上海市区最早的主干道路之一；解放中路的修缮时间最早可以追溯到1980—1987年，先后修建有沪杭公路（现南桥路）至人民路、人民路至南横泾、南横泾至环城东路，全长1283米，路幅拓宽至20到30米，混凝土路面。其后直至2004年，解放西路、东路等也陆续加修拓宽。现在最新的解放东路全长达到2498米，路面加宽到40至60米，并采用混凝土及沥青混凝土铺面。

20世纪80年代，上海市奉贤区南桥镇解放路上的展销会人潮如织 方国政摄

张惠老师的“爱心路”

上海人民广播电台第一财经 / 唐漪薇、王俊稷　采编

整条街都认识的老师

上海市奉贤区南桥镇的解放路，绿影摇曳，静谧整洁。每当天气晴好，市民群众往往聚集于此，在古华山庄或古华公园中度过悠然的时光。20 世纪八九十年代，这里是奉贤城区连接上海市区的唯一主干道，在诞生了无数个“奉贤第一”后，这条路融入了所有人的记忆，这让他们在往后的日子里，一呼吸到这里的空气，便能感受到幸福的味道。

75 岁的张惠就是这样一个“离不开解放路空气”的人，她无数次告诉身边的人：“这条解放路，我大概是要走上一辈子的。”

1965 年，带着一张地图、一个背包，年轻的张惠怀着一腔热血来到奉贤，

今日解放路上的古华山庄夜景。远处，奉贤广播电视台信号塔矗立在天际线　许辉摄

支援当地的志愿教育工作。当时，解放路是她和同事生活、工作的中心，她的第一套房子也分配在此，这条路便顺理成章地成了她每天的必经之路。周末，她会准时出现在奉贤广播电视台，录制一台从不断更的原创节目——《张惠老师谈家教》。

对于上海的听众，尤其是奉贤区的中小学生家长来说，张惠从解放路上传出的声音陪伴了他们15年，帮助他们在现代家庭系统教育的漫漫自学路上寻找正确的航向。

“一生即便只走一条路，只要方向是正确的，就要昂首坚持，低头实践。”对此，张惠深信不疑。

解放路上的良师益友

在张惠的记忆里，解放路一直在变：本来路上是没有校舍的，现在有了解放路小学，还建了少年活动中心……镇图书馆落址于此后，她全新的“张惠家教工作室”就在一楼开办了起来，要录制音频、影像内容的时候，推门即可直接开工。

“在这条路上，我一点一点看到了奉贤的变化，特别是改革开放以后，新生的事物不断给人民带来幸福感。”张惠说，正是从彼时，她开始尝试着输出一些多元的科学的家教理念。为解决区、县里“传帮带”的难题，她还加入了“老园丁德育讲师团”。在她的印象中，孩子们的问题总是“推陈出新”。

“有一个女生，她妈妈跟我说她喜欢一个男孩，闹着要跟他一起出国。‘要是真成了行，恐怕我就得卖房子了！’我便把女生请到工作室里聊天。她给我看了男生的许多照片，但是每一张都是背影，我就知道她只是在暗恋这个男生。所以我就跟她妈妈说，你不要着急，这种情况在青春期很正常。”

在张惠的印象中，几乎所有和她聊过天的少男少女及他们的父母，最后都成了她的朋友，而他们的困惑，通常也由大化小，慢慢化了了。

时间如白驹过隙，感谢聚沙成塔，以各种形式纷至沓来。从2008年到2016年，张惠获奖无数：第一批感动奉贤人物、全国优秀志愿者、上海市杰出志愿者、第八届上海市儿童工作白玉兰奖……仍住在解放路上的她，成了解放路上的名人。

“有一次走在路上有个人叫我，我回头一看，是一位不认识的男士。他很诚挚地对我说：‘张老师，谢谢您！就是听了您的讲座，我帮孩子顺利度过了青春期。他现在已经工作了，过得很好。张老师，我要谢谢您！’”

说到这儿，张惠笑了："在这条路上，很多人都认识我——所以我走在这条路上的时候，抬着头，很骄傲；但我也要低头看路，认认真真地给人家做出榜样。"

吾将上下而求索

日色将暮，绿意掩映下，张惠老师如往常一样收工下班，踏上回家的路。于她而言，解放路、归家路、人生路，早已融为一体。有人数过，20年里，她加入了8个市、区和镇级的宣讲团，常年奔波于全区各基层开展志愿宣讲，但张惠却说："一条路，你走的次数多了，你的心跟它就连得更近了。在这条为大家服务的路上，我在帮助别人的同时，自己也得到了很多。"

张惠努力传递着"接力棒"。褚红辉现在已是上海市奉贤区江海第一小学的校长，同时也是"张惠家教工作室"的骨干之一。她们正在研修一个关于家庭教育系统化的尝试性项目，希望通过志愿者每月一期栏目计划，让工作室下沉到社区，与家长互动，解答他们的实时疑问，让他们更积极主动地自我成长。

入夜，解放路上华灯璀璨，行人悠然。而这时候，也是张惠点亮台灯为明

今日上海市奉贤区南桥镇解放路全景　张虎龙摄

贤城最美的风景线——解放东路 王海华摄于2017年国庆

日教学备案的宁静时分。“人一定要活到老学到老。我这个星期就有两次宣讲，讲完，我要把这些内容更新上传到网上，还要做课件。”张惠说，即便眼力已经不如以往，她仍天天看报，家中订阅了数份党报与教育类期刊。

2019年第一季度，一座全新的志愿者服务中心在上海奉贤南桥镇解放路上落成开放。在张惠们的努力下，更多志愿服务的参与者，正通过城市管理、居民自治、老城区整体改造等方式，激活、释放着解放路全新的活力。

“我相信，只要在这条‘解放路’上坚持走下去，孩子们的明天就一定越来越美好。”合上一天的工作笔记，张惠看着窗外华灯璀璨的街景，笑盈盈地说。

扫一扫
听音频

南京

1934年夏，解放路上搭建的彩楼，庆祝黄埔军校成立10周年　杨再辰提供

史料链接

南京解放路北段建于1927年，前身为黄浦路。1927年，中央陆军军官学校由广州迁至此路，故以“黄埔”二字得路名。1949年，该路更名为解放路，北自珠江路东端马标、后宰门口；南越中山东路，直抵瑞金路。解放路南段建于1980年。1982年，南北两线并为解放路，位于中山东路东段南侧，明故宫遗址之西。

2000年，解放路进行拓宽改造，绿化升级。现今的解放路全长4.6千米，双向四车道，已成为南京城的主干道之一。2015年以来，位于解放路旁的中航科技城拔地而起，一批名校也相继入驻解放路周边，一个崭新的、充满活力的解放路呈现在市民眼前。

守护秦淮灯火的“地下金龙”

江苏新闻广播电台／严园园、彭迪帆　采编

南京的解放路不长，高大的梧桐树遮天蔽日，路两旁的小楼爬满了藤蔓。在陈德风眼里，现在的解放路老街悠闲与繁华并存，与之前的样貌大不相同。曾经的解放路，周边只有水泥预制板厂、建筑工程局，路面上尘土飞扬，周围交通不便，冷冷清清。

那是1986年的春天，22岁的陈德风从部队退伍，来到位于解放路的西华门变电站从事电缆安装工作。每天沿着这条只听见机器轰鸣声而不见人声的道路走走停停，他的思绪也随之起伏波动，一条路的历史渐渐清晰……南京的解放路不仅见证了这座城市的解放历程，更承担了南京城的电力保障，这也是陈德风一生的光荣使命。

陈德风正在电缆地下通道内检查设备

20世纪80年代的西华门变电站，需要3个工作人员两班倒地看着机器，时刻监测电站的情况，一有电力故障就要联系外国专家抢修设备。即便这样，周围小区时不时就停电，家中要常备蜡烛和应急灯。南京解放路上的老住户刘丹说："上世纪80年代的时候电力供应不足，南京一到用电高峰期，每个区就会轮流停电。所以夏天热的时候只能用扇子，家电都不能用。"

如今再次来到西华门变电站，乍一看只是一幢不起眼的灰白建筑，和周围的办公楼并无不同。但走进一看，配电房、开关室等区域只有机器在运作，并没有值班人员。原来，从1995年开始，西华门变电站就开始改造升级，不仅美化了原有的工作环境，也使变电站成为南京较早实现无人值班的自动化变电站。无人值班，顾名思义节省了人力，此外，变电站设备的智能化程度也在提高。如果设备出了故障，在总部的监控大屏上可以迅速发现问题，检修人员对症下药，工作效率大大提高。

在地下电缆通道内来回走着，蹲下、站起、弯腰，检查通道内电缆的每一处细节……这是陈德风30多年来的日常工作。日积月累，电缆技术人员的职业病也渐渐显现出来。陈德风的大拇指比普通人的更翘、力量更大，骨骼已变形，这和他常年用大拇指推着玻璃片清理电缆绝缘表面残余有关；中指也磨出了厚厚的茧子，顶得指骨都弯了。除此之外，他的手常年干燥，一到换季就脱皮得厉害。

30多年来的付出与努力，陈德风攻克了一个又一个难关。从发明占地面积小、安全美观的新型管塔，到防水防盗的智能井盖，再到全国首个电力物联网理念的人工智能高压电缆隧道，让电缆"有知觉""会说话"……这些解决电力技术难题的发明创造都是从解放路上的"陈德风创新工作室"诞生的。提及这些，

"陈德风创新工作室"内陈列了团队的各项创新成果

如今的解放路上，周边商户林立，交通方便，十分热闹

陈德风觉得自己只是做了本职工作，但说到南京电力在省内乃至全国电网的地位和贡献，他便十分自豪地向我们介绍：“我们南京的城市电缆化率在江苏排名第一，而我们江苏的城市电缆化率是全国第一，这是反映一个城市的电力发展水平的数据。另外，我们也做过一个统计，全国电网系统中，每6米电缆里面就有一米是江苏的，江苏的电缆中，每3米就有1米在南京。”

电力是城市发展建设的缩影，电力的发展除了需要推陈出新的技术创新，更需要电力人始终传承的工匠精神——“诚信责任、创新奉献”，既要有老一辈勤奋努力、吃苦耐劳的奉献精神，还要承担起电力人的诚信责任，为人民服务，更需要锐意进取、勇于探索的工作态度，为中国电力发展贡献自己的力量。

新中国成立以来，南京发生了翻天覆地的变化。如今的解放路变成了双向四车道的柏油马路，增设了快慢车道，升级了路灯照明设施。道路两侧商户林立，一派繁荣景象。而曾经变电站的使命也由保障用电，发展为创新工作室，铸就“中国制造”。电力是经济社会发展的保障，正是因为有无数位像陈德风这样的电力人，用他们的青春和汗水守护我们的万家灯火，才让老百姓用上了安全电、放心电、幸福电，更为国民经济的快速发展和国家重大工程建设提供了有力支撑。

扫一扫
听音频

无锡

解放路东门槐古地段　1957 年摄

… 史料链接 …

为解决城市道路交通问题，1950 年初，无锡市各界人民代表会议第二届协商委员会会议作出了“拆除城墙、建筑环城马路”的决议。同年 4 月，举行了拆城筑路誓师大会。1951 年 3 月，全长 5.6 千米、宽约 20 米的解放环路建成通车，路面为煤屑填层，上用弹石排砌。如今的解放路，几经拓宽，已成为双向六车道的城区交通主干线。历经近 70 年风雨，解放环路内的区域始终是百姓心目中最有无锡味的“老城厢”。

百年工厂从这里出发

无锡经济广播、无锡梁溪之声广播／王艳　采编

“古运河水流，南禅钟悠悠；从古流到今，从冬流到秋。古运河水流，清明桥上走；三月桃花舟，杏花风雨后。”这是无锡籍音乐人山奇为家乡创作的歌曲《古运河之恋》，一曲写尽委婉旖旎的江南风情。千年古运河在无锡穿城而过，孕育和滋养了这座城市传承百年的工商文明。

1953年的胜利门广场，左为解放路，右边是中山路

站在紧邻运河的解放南路上，远远能看到一座砖红色小楼，这是无锡首个国家工业遗产——中国民族工商业博物馆。它由近代无锡百年工商文化标志之一的茂新面粉厂老厂房改建而来，馆内陈列的大多是20世纪三四十年代的机器设备等实物。馆长李文华说，这些展品年代虽不算久远，但却是全国甚至全世界唯一的、具有较高的文物价值。其中，放置在博物馆入口处的一架粗纺机更是国家一级文物，它是申新纺织三厂1929年从英国曼彻斯特进口的机器，一直使用到21世纪初。

李馆长指着正对面一座青砖质地的大烟囱说，这也是申新纺织三厂的旧物，当年为自建电厂而建，在不断的城市改造中被完整地保留下来，成为不可移动、不可复制的工业遗产。

无锡早期的民族工商企业大多依运河布局，由此也使得解放环路内的“老城厢”集聚了无锡城的半部工商史。李馆长提到的申新纺织三厂就坐落于此，它由爱国民族实业家荣宗敬、荣德生兄弟在1919年创建，后改名为国营无锡第一棉

人民桥堍解放路街景　1964年摄

无锡市中心，外侧道路为解放环路　王昊喆摄

纺织厂。如今，整整100年过去了，这家从解放南路出发的企业，一路从民族工商业典范成长为全国棉纺织行业排头兵，成为全球最大的紧密纺生产基地。

今年98岁高龄的苏荣奎老人，在国棉一厂工作了大半辈子。他的儿子、女儿相继进入一棉工作，女婿薛重伟更是从1976年进厂一直工作到退休，从普通技术员做到工程师、设备主管。在他们的印象中，无论是20世纪五六十年代还是80年代，一棉都是江苏省最大的棉纺织企业，也是无锡规模最大的国企，职工数近万人，工资水平也比其他厂高出一截，能成为一棉职工，令人感到骄傲和自豪。因依河而建，“古运河穿厂而过”是老一棉人的集体记忆，生产用的棉包、织出的成品布通过这条黄金水道来往于厂区和全国各地。

1979年5月，党的十一届三中全会召开仅半年后，无锡一棉在全国棉纺织行业第一个开展来料加工补偿贸易项目。这是我国以劳动力优势参与国际分工的开始，不仅为我国的纺织行业引进了先进的加工流水线设备，也为国家赚取了大量外汇。1993年以后，一棉成为几十种国际一线奢侈品牌的高档纱线和织物供应商。无锡一棉集团党委书记、董事长周晔珺说，刚开始进入欧美高端市场的时候，厂里对规则和品质要求都不太清楚，公司组成的攻关团队便一家家拜访，了解客户需求，连夜试验织出达到客户要求的产品。占领市场制高点和技术制高点，才能让发展更有生命力。

如今，一棉的生产车间进行了智能化改造，成排的纺织女工不见了，有的只是三五个工人在巡视和简单操作。在传感网和物联网感知生产系统的一体化管理下，500多台生产主机无缝衔接，不停运转。在智能车间，纱锭通过传感器联网，系统可以实时监测到生产线上每个纱锭的情况，大大节约了人力，提升了效率。和20世纪80年代初相比，企业员工数减少3/4，生产规模却扩大了5倍。2017年，这家不断创新的企业积极参与“一带一路”倡议，在埃塞俄比亚投资建厂，进行全球化布局。

很多人说，纺织行业是夕阳行业，未来前景黯淡，但公司董事长周晔珺却认为，没有夕阳的行业，只有夕阳的企业。纺织虽然是传统产业，但依然有生命力。百年企业走到今天靠的是艰苦奋斗的创业精神和追求卓越的工匠精神，靠的是在与时俱进中薪火相传。

10多年前，这座百年工厂响应政府“退城进园”工业布局的调整，搬离解放路商圈，在锡山经济开发区建起现代化纺织园区。原址建成了一个高品质生活小区，但标志着一棉历史的烟囱和部分办公楼被保存了下来，成为不可移动的珍贵文物。它们和一街之隔保管在博物馆里的老式纺纱机一起，默默地讲述着一座百年工厂的风云变幻，见证着这座工商名城对传统的创新、对实业的坚持。

不远处，古运河静静流淌，解放路川流不息。岁月流转，这座城市的工商记忆从未走远……

扫一扫
听音频

苏州

苏州解放路前身旧貌　苏州市地方志编纂委员会办公室提供

··· 史料链接 ···

苏州的解放路原本是苏福公路的城区段。20世纪30年代，苏州的乡贤们集资建造了一条通往光福镇的公路，这条公路后来成为解放军进城的重要通道之一。后来，为了庆祝苏州解放，公路上的“苏福桥”改名为“解放桥”。80年代，随着改革开放的推进，苏州的城市建设开始启动，附近建起了居民新村，名字就叫“解放新村”。2002年，苏福公路改造，这条路被正式命名为“解放路”，分为解放东路和解放西路。

一条路的见证

苏州广播电视总台／祁麟、蔡靖佩、吕媛媛、徐繁　采编

和全国大多数城市不同，苏州的解放路最初是蜿蜒在古城的城乡接合部，路的两边都是农田，南面种植水稻，北面种植蔬菜，一片江南鱼米之乡的风情。

陆梅芳，土生土长的苏州人。1956年出生的她，是生在红旗下、长在新中国的一代，从小就随家人生活在这条路的南面。1980年，陆梅芳结婚了，她从路的南面嫁到了北面。结婚那天，一辆面包车载着她的嫁妆，刚刚穿过马路便停了下来，因为对面是一片农田，汽车哪能开过去？于是，一群年轻人喜气洋洋地扛起包着红布的嫁妆，簇拥着新娘子走到了新房。

作为改革开放的前沿城市、苏南模式的探索地，苏州比很多同等城市更领先一步。随着乡镇企业的发展，很多年轻人从农民转型为工人，从田间走进了车

21世纪初的解放路　苏州市城乡建设档案馆提供

间，陆梅芳夫妇就亲身经历了这段难忘的岁月。就像歌里唱的，他们俩就是80年代的新一辈。

陆梅芳进入新纶纺织厂，成了一名工人。后来，家里盖起了二层楼房，宽敞、通透的居住环境令亲戚朋友们称羡。城市、乡村的众多像陆梅芳夫妇这样的家庭，用不同的方式走上了他们的致富路。而解放路上的风景也在悄悄地发生着变化。

房子越来越多是陆梅芳在那个变革的年代里最深刻的感受。居民新村盖起来了，人们纷纷搬进了楼房；商场楼宇盖起来了，生活越来越便利，琳琅满目的商品彰显着生活的红火；周围的人们越来越漂亮了，开始讲究怎么穿得更时髦、更体面……

解放路渐渐地从一条乡间小路变成了城里的交通干道。走在这条路上，飘进耳朵里的不再只是吴侬软语的苏州话，越来越多的是来自全国各地的南腔北调，出门办事都要讲普通话，身边围绕着“苏普”“徽普”“浙普”……伴随着这些不同口音的，还有那些发生在天南海北的传奇故事。陆梅芳隐约感觉到，她的生活正发生着日新月异的变化，她所在的这个城市正在越变越大。

1994年，苏州工业园区获批成立，苏州高新区也逐步发展壮大，整个城市的经济大踏步前进，大量的用工需求、就业机会，吸引着全国各地的人们来到苏州寻求发展。陆梅芳所在的纺织厂，竟也有超过一半的外地人。

就在这时，陆梅芳夫妇结识了一对安徽小夫妻——小张一家。异乡打拼毕竟困难重重，善良的陆梅芳一家向他们伸出了援手，不仅帮他们介绍工作、安排落脚之处，更在生活上提供了许多帮助。一碗菜、一件衣服……对于这对安徽小夫妻来说，都是雪中送炭，两家人由此结下了深厚的情谊。

不久，小张爱人的妹妹也来到了苏州，还在这里找到了理想的另一半。小姑娘出嫁那天，陆梅芳里里外外地操持着，就像是自己的家里人办喜事一样，被子、脸盆、化妆品、子孙桶……虽然简单，却按照苏州人的习俗样样不落。

后来，小张一家去往昆山发展，小生意做得不错，日子也越过越殷实。一个阳光明媚的日子，夫妻俩拎着大包小包的礼物来看望陆梅芳一家。小张深深知道，在他们背井离乡来到苏州的最初，得到了陆梅芳一家最大的善意，他的内心充满了感激。这些来自异乡的人们，渐渐在苏州扎根、发展，成为充满朝气的“新苏州人”。

在旁人看来，陆梅芳是聪慧而善良的。有一次，厂里一位年轻的女工哭哭啼啼地和她说起自己的父亲病危，但因路途遥远，怕是赶不及了。陆梅芳二话不说，马上去找厂领导帮忙，为那位女工安排汽车，送她回到老家，和父亲见上了最后一面，成全了她作为女儿最后的孝心。

如今，那些曾经获得陆梅芳帮助的人们已经各有各的生活，当年信息的不便利，使得彼此失去了联系。偶尔听说他们的消息，知道他们过得不错，陆梅芳总感到很欣慰，觉得自己的付出都是值得的。那些共同走过的岁月，经历过的心酸、喜悦都是那么弥足珍贵，有些留在照片里，有些刻在记忆中。

陆梅芳一家只是无数苏州家庭的一个缩影，正因为他们的友善、包容、开放，还有那么多新苏州人的拼搏与奋斗，才让苏州发展为今天这样一个开放的都市。目前，在苏州1000多万的常住人口中，共有外来人口831.8万，其中，户籍外来人口679.4万，占苏州总人口的77%。

一条解放路，见证了苏州百姓的生活巨变；一条解放路，见证了新中国成立70年来，古城苏州的历史变迁——在保护中谋求发展，在发展中保护历史文脉；一条解放路，见证了改革开放40多年来，长三角经济带城市，率先探索城乡一体化发展之路的苏州实践。

如今的解放新村

扫一扫
听音频

连云港

1958年的解放路

史料链接

江苏省连云港市解放路，西至海州幸福广场，东至丁字路，全长10千米，一座长达百米的解放桥横跨于西盐河上，成为解放路上的经典标志。

连云港解放路从19世纪50年代修建到20世纪初，一直是港城名副其实的政治、经济、文化中心，见证着城市发展变迁的历史，也珍藏着许多令人难忘的美好回忆。

不平凡的雷锋车

连云港市广播电视台FM90.2／葛小琴、孟祥红、李洁　采编

每天来往于连云港解放路上的雷锋车，是这座城市一道亮丽的风景线。

“到新浦汽车站的，雷锋车免费转乘！雷锋车免费为您服务！”

在连云港市区最繁华的地段龙河广场，矗立着一组雷锋车群雕：一位辫子姑娘双手紧握车把，身后的平板车上坐着老人和孩子；还有几位车手或是搀扶着孕妇，或是手拎着包裹，她们步伐坚定，目光有神，面带微笑。这一组群雕展示的就是56年来，九代雷锋车手免费帮助20多万名乘客，在解放路上的火车站和汽车站之间运送行李的情景。半个多世纪以来，她们风雨不辍，薪火相传，无私奉献，铸就了“宁愿自己千般苦，不让旅客一时难”的“雷锋车”精神。

第一代雷锋车手朱秋霞讲述雷锋车组成立的原因。1963年，新浦汽车总站成立了长途汽车站女子服务班组，最开始有7名女工。为了响应全国“学雷锋”的热潮，大家积极行动起来，义务接送旅客，真诚服务群众。

20世纪70年代末，当时的新浦火车站和雷锋车手老照片

“起初，我们没有运输工具，就用一根扁担，大家轮流帮助旅客挑运行李，往返于新浦解放路。后来，站里为我们添置了一辆木制平板车。凭借这两样简单的工具，我们班组把雷锋车一直拉到现在，还要一直拉下去。”

在新浦汽车总站的雷锋车事迹展览馆里，如今陈列着50多年来雷锋车的运输工具，从扁担、平板车、三轮车到电动观光车，工具更新了，站房也日新月异，但是当初第一代雷锋车手所立下的“宁愿自己千般苦，不让旅客一时难”的承诺却始终如一。

连云港市民周益进感慨不已：“多少年了，从我年轻的时候，雷锋车就帮助我们，每次在车站看到她们就感觉特别亲切。”

对于许多风尘仆仆的旅客来说，每天一早守候在火车站口免费帮助中转乘客运送行李的雷锋车组，是到达港城体验到的第一个温暖。

火车站客运员王大宏说：“我在这个出站口干了20多年，每天都看到雷锋车从这里经过。”

就在这条火车站与汽车站相距不到一千米的连云港解放路上，作为第八代雷锋车手的黄丽丽已经来回走了10年。抵达汽车站，只是眨眼的功夫，乘客们都纷纷下车后，看到一位大妈带着沉重的行李，黄丽丽赶忙上前帮着提起行李，陪着大妈走进售票大厅。黄丽丽说：“我去给您买票。等会儿我找钱给您，您稍微坐一下，在这里等着，把东西看好了。”黄丽丽给大妈买好最早班次赶往临沭的车票，又托起行李带大妈过安检，搀扶着她走上二楼的候车大厅，直到把老人送上即将出发的班车。

轮流换班开雷锋车，纯粹是义务劳动，雷锋车手们还担负着发往18个省市的700余班长途客车的检票和候车服务工作。56年来，车站先后有500多人担任雷锋车手，雷锋车组的车型换了9种，人也换了9茬，累计帮助26万名旅客运送行李22万余件，行程超过20万千米，相当于环绕地球5圈多。

市民单新晨说：“我母亲、我、我儿子和我孙子都坐过雷锋车，我跟孙子讲，你们要好好学习，今后有本事了，要给雷锋车作奉献。”

伴随着改革开放的步伐，雷锋车组成员们发现，旅客们的精神状态也变了。最初那些年，旅客中外出打工的人很多，行李都是大布包和麻袋，里面装着被褥等各种生活用品。如今，商务出行、旅游探亲的人多了，一个行李箱、一部手机就成了他们的标配。旅客们需要雷锋车组帮忙运的行李轻了，但是大家的要求也更高了。

为了加强与旅客的沟通，雷锋车手集中学习哑语和苏北鲁南地区的方言土语；为了讲出一口标准的普通话，他们围坐在荣誉室里集体操练安全喊话等服务用语；为了练好出车和发车前的起抵指挥动作，他们利用休息时间对着办公楼道内的穿衣镜反复练习，互相指正。

第九代雷锋车手戚芳菲说：“我们除了提供传统的服务以外，还开通了农民工绿色通道，增设了亲情母婴室，配备了手机充电设备。我们还和社会上的其他志愿服务团队合作，让雷锋精神传播得更远。”

在雷锋车的带动下，连云港涌现出了雷锋公交、雷锋的士，建立了多个“与雷锋车同行”志愿服务站和学雷锋活动示范点。山海相拥造就了当地人宽广的胸怀与火热的性情，让“有时间就做志愿者”成了很多连云港人的日常生活方式。

在半个多世纪的时代变迁中，连云港火车站与长途汽车站已搬迁至人民路，但雷锋车组为人民服务的身影无论是在解放路还是人民路，都给南来北往的旅客们留下了一串串不能忘却的记忆。一代又一代的雷锋车手在平凡的岗位上用朴素的真情和友善传递感动，把为旅客排忧解难视为自己应尽的义务。雷锋车组通过解放路走向了城市的每一条路，走出了56年最不平凡的故事，也走出了一条紧握着雷锋精神的传承之路。

新浦火车站

扫一扫
听音频

盐城

盐阜人民商场老照片。1979年10月1日，位于解放路闹市区的“盐阜人民商场”正式开业，这是盐城第一个综合性商场，目前依然是盐城商界的老字号。 刘光典摄

史料链接

江苏盐城解放路前身是古瓢城内的南北大街，连接古瓢城南北两座城门，故称“南北大街”。1959年城市改造，南北大街拓宽重建并更名为解放路，是盐城最繁华的道路之一，有繁荣的商业集群，有优质的教育资源。2010年5月，盐城市第一条快速公交（BRT）在解放路上运营，在改变市民出行方式和出行观念的同时也拉动了城南新区的开发建设。如今，解放路正一步步向南延伸，城南快速崛起；未来，解放路还将依托环城高架的贯通，实现城东城西两翼齐飞。

回归——盐城解放路纪实

盐城广播FM88.2／张苏艳、徐兰兰、郑祝兰、王一箭　采编

与我国大多数城市一样，毗邻黄海的江苏盐城也有一条叫作“解放路”的街道。这条近代以前的“南北大街”曾是古瓢城最热闹的街道，毗邻县衙，紧挨学宫，街边矗立着盐城最早的银行、戏院。新中国成立初期，这里仍是盐城人“上街”的首选去处，虽不足千米，可是大到医院、学校、百货公司，小到照相馆、杂货店甚至零散的小摊点，应有尽有，牵连着这条街上的人来人往，见证着这座城市的变迁更迭。

新中国成立初期的中市桥。20世纪50年代，曾经最繁华的中市桥（旧时解放路的中间点）人来人往。刘光典摄

坐落在这条路上的盐城中学，是盐城学子成长的摇篮，旁边的“席殊书屋”更是一处令学子和文艺青年流连忘返的书香圣地。书屋的主人，今年51岁的姜涛经营这家书屋已有18年光景，这些年里，书店虽经历几次搬迁，但从未离开过解放路，她说，这是因为她与解放路有着一份难舍的情缘。

1980年，13岁的姜涛进入盐城中学，在中学时期的6年光阴里，她每天都会在解放路上往返。这里承载了她学生时代的回忆，她也对当年解放路上的趣人趣事如数家珍。

盐中西大门拐角处有一座很矮的小房子，那是她每天上学放学的必经之地，也是她常常驻足的地方。“门口摆放着各种小零食：蚕豆、糖水萝卜、小糖球……有时会花一分钱买来解馋。”说起这段往事，姜涛的眼神中流露出了孩童般的纯真，而解放北路上的那间租书屋，她几乎每天都会去看书，在那里看完整套《红楼梦》连环画后，她心中就萌生了开一家书屋的想法。

2001年，姜涛的“席殊书屋”在解放路盐中校门口正式开张。“最初朋友建议开在建军路，但是我一心想开在解放路，这是我很执着的一个信念”。在姜涛

解放路上的席殊书屋　姜涛摄

新四军重建军部纪念碑。年轻英武的新四军战士身背大刀，手握缰绳，骑在高扬前蹄的战马背上，面向朝阳昂首东望。　顾旭明摄

心里，解放路早已不是一条寻常的老街，那是她梦想的种子生根发芽的理想之地，也是多年来不断支撑着她、鼓舞着她追逐梦想的力量之源。

“我还是很怀念老盐城解放路，充满着回忆、人情味，生活气息也很浓。那个时候大铜马还在这条路上，每次经过那里都会有一种既亲切又肃穆的感觉。”姜涛所说的大铜马是坐落在解放路上的盐城地标，它的前身是1969年为纪念新中国成立20周年而建的“忠字塔”，1986年改建为“新四军重建军部纪念塔”，因塔身是新四军战士骑马东进的铜像，所以盐城人把它亲切地称作“大铜马”。如果说姜涛和她的席殊书屋跟盐城解放路有着一世情缘，那么大铜马则跟盐城解放路有着三生三世的渊源。

今年80岁的朱根兴老人是一名新四军老战士，他对大铜马有着比常人更深的情结，对他而言，大铜马是盐城这座英雄城市的标志，是这支铁军精神的象征。多年来，只要逢年过节，老人一定会来到解放路看一看大铜马，然而这个习惯在2009年被迫改变。这一年，盐城市政府决定在解放路上开通苏北第一条快速公交线路（BRT），要将大铜马移到东南角广场。

“这大铜马从来就是放在城市最中心、最醒目位置上的，怎么能随便移到角落去呢，一想到这儿我心里就不是滋味。”在朱根兴心里，那不仅仅是迁移了一座雕塑，更是挥别了一位几十年的老战友，在盐城市民的眼里，大铜马早已跟解放路长在一起，不可分割。

2010年3月，大铜马在百姓们的依依不舍中迁移。被迁至角落的大铜马仿佛一下子失去了威风，少了大铜马的解放路似乎也失去了昔日的神采。而解放路所失去的还不止这些，一年后，同样是为了扩建道路、缓解交通，与解放路朝夕相对十几年的席殊书屋也面临搬迁。

“当时城市发展公交线路，很多路段都要拓宽，书屋周围那一片门市全部要关掉，只能离开解放路去其他地方另找门店。”提起那段搬迁的日子，姜涛的心里依然有几分怅然，对她来说，搬离老街也是背离初心，多少不甘与不舍自是旁人难以体会。大铜马和席殊书屋的搬离，成了城市发展之下人们不得不面对的“断舍离”。

然而，分离并不意味着忘却。经过两年建设，解放路上的快速公交通车了，道路也修复完善，始终惦念着大铜马的盐城人纷纷倡议让大铜马回归到原本属于它的位置上。盐城市人大代表邵秀华会同其他9位代表于2012年开始深入调研，在广泛听取民意的基础上，两次联名提出《关于强烈要求“让铜马雕塑回归原位”》的议案，并为此事奔走。

时间果然不会辜负有心人，经过邵秀华等多位人大代表6年的奔走呼吁，2018年，《盐城市政府专题会议纪要》同意将铜马复位。消息一出，盐城老百姓欢呼雀跃，全城沸腾。

阔别8年、历经一波三折的大铜马终于回到了它最初的位置，让千万盐城人心底无处安放的牵挂尘埃落定。而对姜涛来说，大铜马回归解放路似乎还有另一层深意："大铜马回来了，我仿佛也受到了一份回归的力量的感召，是时候该带着席殊书屋回归了，毕竟我最初的梦想就是在这条路上萌发出来的，也应该在这条路上继续践行下去。"

2018年经过努力，席殊书屋终于又回到盐城解放路老盐中附近。"我觉得岁月和生活会让很多东西发生改变，但是只要初心不改，即便一往无前也可以始终如一。"微笑浮现在姜涛脸上，带着一丝坚定和一丝憧憬。

如今的解放路依然是城市的主干道，北起黄海路，横穿盐城母亲河串场河，延伸至南海未来城，延展着盐城的希望与未来。 冯羽摄

扫一扫
听音频

扬州

20世纪90年代，解放路道路改造　江都区图书馆孙万刚提供

史料链接

扬州解放路分为解放东路、解放北路和解放南路。1998年，扬州市将包括解放路在内的这条东西向主干道合称为文昌路，因穿越扬州古城地标建筑明代文昌阁而得名。文昌路是扬州老城区的主街，沿途分布有唐代的木兰院石塔、始建于宋的仙鹤寺、明代的西方寺大殿、明清的文昌阁、四方亭，清代的天宁寺、史可法祠墓等各个朝代的名胜古迹，所谓“唐宋元明清，从古看到今”。如今的文昌路，作为扬州重要的东西向主干道、是连接古今、贯通东西的“轴心线"，是扬州城市历史、城市形象和城市特色的集中展示区。其向西连接着仪征，向东牵起了江都，“东水西山一路连”，拉开了“一体两翼”“一核多组团”的城市发展框架。

洗不尽的老扬州记忆

扬州广播电视传媒集团（总台）/陈威、邰阳、周婧　采编

在扬州市江都区解放路上，有一间百年浴室，新中国成立前叫三星池，后来更名为胜利浴室。在氤氲的水汽中，历经沧桑的百年老店携带着的故事，缓缓地向我们讲述那段我们未曾经历过的历史。

“早上皮包水，晚上水包皮”，是对老扬州人日常生活的精准概括。早上约上三五好友一起吃个早茶，晚上再去浴室泡个澡、修个脚，用老扬州人的话说，这样的生活“才展（好、棒的意思）呢！”由此可见，沐浴在扬州人生活中的位置

胜利浴室　陈威摄

2008年7月的解放路 江都区图书馆孙万刚提供

之高。有出土文物证明，扬州的沐浴文化最起码已经有2000多年的历史。过去的扬州人在春节前夕，不论贫富贵贱，一定要去澡堂泡把澡才能过年。

小汤，祖籍扬州市江都区樊川镇，高级修脚师，守着胜利浴室已经有30多年的光景。1958年，小汤的父亲老汤来到胜利浴室，干的就是跑堂的活儿。

老浴室加热洗澡水，不是用锅炉，而是用“地龙”。用一种特殊的铁锅，铁锅所在的位置叫头池，其下分二池、三池。锅之下是炉膛，池之下埋伏多条并列的烟道，这烟道有一个美称叫“九条龙”。“九条龙”在池底下延伸，炉内的热烟进入烟囱，热烟在前进过程中将余热传给浴池，连池沿上的大理石也热乎乎的。

“噼里啪啦”，一阵阵有节奏的敲背声不绝于耳。在这儿，每位搓澡师傅都是个好鼓手，拍打着让人浑身酥麻的节奏。浴客们喜欢这里池子玲珑聚气，池水烧得滚烫，水汽蒸发，弥漫在浴池，整个浴室里雾气氤氲，老浴客称为“水暖气圆”。老客进了浴池，大多先在头池边坐下，用毛巾沾一沾池里滚热的水，开始搓揉脚，享受开水烫脚的滋味。在扬州流传着“洞房花烛夜不如开水烫脚丫”的俗语，可想而知那个舒坦。一片水汽中，和着“人体打击乐”，点个小食篮，慵懒地享受着这份惬意和自由，这一点，在胜利浴室泡了一辈子澡的浴客老杨最有发言权。“几十年了，从我10岁左右搬到解放路，如果没有特殊情况，每天泡一把澡是笃定的。”老杨这样的老浴客们，一把热毛巾捂上脸，一口元宝茶喝下肚，大围巾盖身，二郎腿晃起来，吞云吐雾之间，漫无边际的神侃胡吹便开场了。东家长，西家短，全在这儿了。

小汤的父亲老汤虽说是个小跑堂，但在那个年代，胜利浴室属于江都商业局，是正儿八经的国家单位，员工是那个年代最让人羡慕的正式工。1988年，60岁的老汤光荣退休，作为家中的小儿子，小汤顶替父亲进入胜利浴室。用小汤的话来说，此番开启了他新的人生：“那个年代的正式工就意味着，我的农村户口变为了城镇户口。”

进浴室不仅是洗澡搓澡，还有修脚、捏脚、刮脚、捶背、喝茶、聊天、理发、刮胡子这些项目。修脚师傅最受欢迎，5把不足6寸的刀片，在修脚师傅的手里上下翻飞，刀路滑爽不出血，脚疾拿得净，老茧片得清，客人还没反应过来，脚就修干净了。相传扬州的修脚师曾为清朝乾隆皇帝修过脚，皇帝御封“君臣对坐”。

作为扬州三把刀之一，修脚被称为“肉上雕花”，扬州城一度形成了各有专长的六大门派，名师辈出，传承有序。刚进入胜利浴室，小汤首先面临的是3年学徒时光，“我的师傅顾师傅是当时江都修脚第一人，对徒弟的修脚基本功要求特别严格”。就是这3年脚踏实地的学习，造就了小汤近乎完美的修脚技艺。刚开始工作，最忙的时候，每天修脚的客人超过40个，从浴室中午12点开始营业，直到晚上浴室打烊都几乎没有停歇。“我印象最深的就是第一个月的工资是61块钱，这在当时超出了很多普通人。”

小汤这一干就是10多年，精湛的技艺也让他成了江都远近闻名的修脚大师，不少人慕名而来找他修脚。2001年，胜利浴室进行国有企业改制，按文件要求，小汤和当时浴室的另外5名员工共同买下了这个国有小浴室。是留在浴室，还是另谋出路？小汤失落过，彷徨过，合伙搞经营，根本不在行又容易有矛盾。“后来就决定承租给别人来做，我们收租金。至于我自己，我还有手艺，就干脆创业吧！”小汤说。

2002年，小汤修脚店正式开张，依然在解放路上，离胜利浴室不远。由于小汤的服务态度好、修脚技术过硬，小汤修脚店的口碑越来越好，生意很是红火，很多胜利浴室的老顾客还是会来找他修脚。从创业初期老顾客来捧场，到现在很多外地顾客慕名而来，修脚店的年收入从最初的两三万元，达到现在的近20万元。而胜利浴室，则在现任两位承租人的手上，在传承与革新中，摸索

解放路街景 陈威摄

着、发展着、前进着。

现如今的扬州，浴室已经提档升级为“休闲中心”，宽敞的淋浴间、弧形的浴池、休闲大厅一客一位的长椅和电视已经成了标配。但还是有很多老扬州人，偏偏钟爱这一隅清池，念念不忘那老浴室里的“水暖气圆”。

一间小小的浴室，从岁月的长河中一路走来，承载着历史和荣光，也是新中国成立70年来古城扬州发展变化的一个缩影。如今，老浴室的数量虽然屈指可数，但越来越受到重视，这不仅是沐浴文化的传承，更是扬州人根的延续。

扫一扫
听音频

杭州

20世纪80年代的杭州解放路百货商店

史料链接

杭州解放路为杭州主要商业街之一，西起西湖隧道，东到钱江新城，分解放路、新城隧道、解放东路三段。老解放路从金衙庄到湖滨，原分八段，分别称迎紫门大街、井亭桥大街、闹市口大街、官巷口大街、太平坊大街、中正街、贯桥直大街和新民路。2004年，新建的新城隧道延伸至钱江新城，原茶叶厂南路并入。

杭州解放路的商业转型

杭州电台新闻综合频率（杭州之声）／郑媛、朱乐艳　采编

杭州解放路是杭州主要的商业街之一，一端坐落着有百年历史的解放路百货商店，一端连接着中国服装第一街四季青。下面两个家庭三代人的故事，讲述的是解放路的变迁，更是杭州这座城市的蝶变。

在解放路的西边，有一家百年老店——杭州解放路百货商店，当地人称“解百”。翻开杭州市的商业篇章，解放路百货商店犹如一颗璀璨的明珠熠熠生辉。杭州解百前身是建于1918年民国时期的“浙江省商品陈列馆”，1950年成为杭州市最早建立的国营企业，1958年更名为“解放路百货商店”。

今年62岁的王国宝一家三代都是解百人。从1950年开始，王国宝的父亲就

20世纪90年代，解百员工上街宣传　王国宝提供

解放路上的路标
季海勤摄

在解放路百货商店的食堂工作，王国宝的家住在解放路官巷口，小时候经常到父亲的单位玩耍。那时的解百除了食堂，还有理发室、托儿所等，王国宝最喜欢的自然是去商场的玩具柜台。“那时的解百共有三层楼，人很多。”王国宝回忆，外地人到杭州，第一个要去的是西湖，第二个肯定是解百，“没到过解百就好比没来过杭州”。

1979年，王国宝进入解百服装部工作，那时市场经济刚起步，但市民们的购买力却不容小觑。王国宝说，高档毛料服装最好卖，一件衣服六七十块，“我们觉得很贵，但新衣服刚从仓库里拉出来，顾客就哄上来抢”。

2006年，王国宝的儿子王磊大学毕业后跟随父亲的脚步进入解百。2010年，解百做了一次“40小时不打烊通宵营业”的店庆促销，还是收银员的王磊看到了父亲所说的“解百辉煌”。“真的非常疯狂！而且消费者也表现出非常高的热情，哪怕是凌晨2点多，陆陆续续还有顾客来买东西。”王磊说。

曾经创下一年10多亿元销售纪录的解百，在互联网的冲击和各类购物综合体的竞争下，人气开始下滑。对王磊来说，原先以为的提前退休、单位合并这些离自己很遥远的事，现在看来其实离自己很近。当然，互联网带给解百的除了挑战，还有机会。凭借杭州这座电商之都得天独厚的优势，阿里巴巴的盒马鲜生、网易严选先后在解百开了门店。拥抱新零售，让百年老店完成了一次漂亮的转身，也让解放路这条商业老街重新焕发出活力。

沿着解放路一直往东，穿过新城隧道，树立着一块大招牌，上面写着“中国服装第一街”几个大字。在这条街上，书写着比解百年轻却更激荡人心的“四季青”的故事。

凌晨4点，四季青市场已经开始营业，四季青服装集团创始人祝浩泉也早早起床，5点钟左右到市场转转，听听经营户的声音……这个习惯已经保持了20多年。

祝浩泉是“生在旧社会、长在红旗下”的一代，也是新中国成立后的第一批小学毕业生。这在当时已经是高学历了。

1989年10月1日，祝浩泉永远不会忘记。这一天，四季青综合交易市场开业了。它就像个大杂烩，卖的东西五花八门，到了第三天，顾客便寥寥无几。当时三叉村村委会副主任兼工办主任祝浩泉临危受命，接任市场总经理。正当祝浩泉愁眉苦脸、束手无策时，一位温州客人劝他把综合市场改为服装市场。祝浩泉马不停蹄地考察了温州、义乌、绍兴等市场，又说服了江干税务局领导，讨到了优惠政策。“到第二个月，11月26日，四季青服装市场开业了。”没多久，祝浩泉又把一个农贸市场搬到了服装市场的边上，为服装市场聚集了人气。一年后，市场的成交额就达到了6000多万元，经营步入了正轨。四季青服装市场逐渐成为国内最有影响力的服装流通市场，“中国服装第一街”的招牌享誉全国。

但新的挑战随之而来，阿里巴巴及其催生的产业链依赖四季青，也在不可逆转地改变着这个市场。2009年，四季青服装集团将此前投资建设的四季青服装

四季青街景　孙博佳摄

现在的解放路　季海勤摄

研究发展中心转型成为东方电子商务园，把新零售做的风生水起。四季青服装集团总裁，也就是祝浩泉的儿子祝慧良说："双十一、双十二的时候，电子商务园里的一些公司直接放100万现金在这里，谁做得好谁就拿去。太厉害了！"

如今，四季青还走出了另外一条道路——淘宝网红直播，搭上直播热潮的四季青再次出发，创造了日销百万的好成绩。祝浩泉的孙子祝嘉君告诉我们一组数据，主播直播4小时，销售额就可以达到100万。四季青一年直播的销售额可以达到四五亿。

一条解放路，记录着70年来杭州商业发展的轨迹，也承载着杭州人的情感共鸣。未来的解放路还将创造一个个商业传奇，与这座根植着互联网基因的城市共生长。

扫一扫
听音频

温州

今日的温州解放路　陈大柿摄影

史料链接

温州解放街南起人民东路，北至望江东路，全长2482米，宽1.5至16米，以广场路东口为界，明清时期称“大街”，民国年间分名为“南大街”和“北大街”。1949年5月7日，温州和平解放，为纪念这一事件，南、北大街分别更名为“解放南路”和“解放北路”。2000年8月，两条路合并改称“解放街”。

历史上南北大街两侧的巷弄颇多，大多是年代相当悠久的古道老巷，流传着动人的故事。其中，棠荫坊（今名仓桥街）、问政坊（今名七枫巷）、德政坊（今名县后巷）、双桂坊（今名纱帽河）、道爱坊（今名县前头）、荣亲坊（今名晏公殿巷）以及墨池坊、康乐坊等在北宋时期被定为温州著名的三十六坊。

中国第一位个体工商户

温州交通广播 / 陈大柿 采编

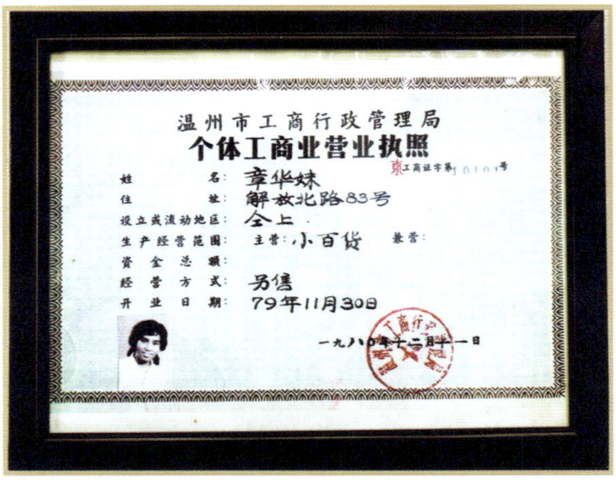
温州市工商行政管理局
个体工商业营业执照
东工商证字第[illegible]号
姓　　名：章华妹
住　　址：解放北路83号
设立或流动地区：仝上
生产经营范围：主营：小百货　兼营：
资金总额：
经营方式：另售
开业日期：79年11月30日
一九八〇年十二月十一日

在章华妹的公司里，墙面醒目处悬挂的这张用毛笔书写的具有历史意义的营业执照特别引人注目。这一张历经40年风云的个体工商户营业执照，虽然纸张已经有些泛黄了，但上面的字迹依然清晰。40年间，从第一张个体工商户营业执照，到“温州市华妹服装辅料有限公司”，章华妹伴随改革开放的浪潮一路走来，在风风雨雨中摸爬滚打，这张营业执照不仅改变了她的人生，也成为新中国成立70年历程中的一张历史标签。

章华妹的创业之路正是从温州解放北路一步步开始的。

40年前，章华妹家住在温州解放北路，哥哥姐姐都有工作，唯独18岁的她待业在家。看着邻居们纷纷在家门口摆摊做起了生意，章华妹也照葫芦画瓢。一张小桌子，几毛钱的纽扣、表带、日用品、纪念章等摆在上面——1979年，章华妹的店铺悄悄地“开张”了。至于为什么把货摊摆在家门口，是为了一旦“打办”（打击投机倒把办公室）的人来，好立即收摊关门。

1978年12月，中共十一届三中全会召开。第二年，允许各地可以批准一些有正式户口的闲散劳动力从事修理、服务和手工业个体劳动，但不准雇工。这是

章华妹和她的营业执照

十一届三中全会以后第一次允许个体经济发展，也让一直偷偷摸摸做生意的章华妹看到了新的希望。

1980年12月11日，章华妹从温州市工商局领到了这张编号为10101的营业执照。看着这张用毛笔填写、并附有自己相片的营业执照，章华妹和父母觉得既新鲜又兴奋。更让她们没想到的是，这竟然是改革开放后中国第一张个体工商户营业执照。

手里有了营业执照，心中就多了一份底气，章华妹也由“地下工作者”转为合法的个体户。她把自家的堂屋搬空作为营业场所，随后又添置了几组柜台，正儿八经地开始对外营业。从代销服装珠片到转战皮鞋市场，由跻身万元户到亏光积蓄再到不断转型……成为合法个体户后的十几年间，章华妹的主业数次更迭，也曾因成家而停止经商，后于1995年又重回纽扣批发这一老本行。当时，温州永嘉桥头纽扣市场声名鹊起，章华妹的纽扣生意也随之风生水起。2007年，随着生意越做越大，章华妹把店铺搬到市区的人民西路，注册成立了“温州市华妹服装辅料有限公司”，经营面积也从十几平方米扩大到200多平方米。

小小纽扣实则内含诸多门道，多年来，章华妹坚守“服务到家”的初心，亲自把关每一道生产环节，以诚相待每一位客户。凭借着物美价廉的优质产品和诚信服务的经营理念，一批批新老客户从全国各地纷至沓来。如今，花甲之年的她仍每日奔波于工厂与公司间，处理庞杂的业务。

几十年风雨兼程，章华妹及其家人踏着改革开放的浪潮一路前行。2004 年 11 月，章华妹因“全国第一张个体工商户营业执照”而登上央视舞台；2016 年 12 月，章华妹又以全国个体工商户先进代表的身份，在人民大会堂接受国家领导人会见……而她的故事，也只是遍布世界各地的众多温州商人的一个缩影。

曾经，解放北路是温州城最大、最繁华的商业街，许多人都从这里开始自己的经商之路。如今因为各种新型商业综合体兴起等原因，解放北路已不再是温州的商业核心，但从这里走出去的人们，很多也像章华妹一样，在温州、在全国甚至在全世界各地，都拥有了自己的公司或企业，缔造了“有人的地方就有温州商人”的传奇，也成就了“商行天下”的温州商人帮。现在，温州正在创建全国民营企业和民营企业家“两个健康”示范区，全力打造“中国民营经济之都”的金字招牌。章华妹和更多的温州商人一样，正面临着更好的发展新机遇。

今日温州解放街街景　陈大柿摄

扫一扫
听音频

湖州

湖州长兴解放路旧照片　长兴县档案局提供

··· 史料链接 ···

浙江省湖州市长兴县的解放路与当地水运有着密不可分的关系。当地在清朝年间就拥有了成熟完整的水运系统，东到太湖，西接徽州，北部连通苏锡常地区，南部连接杭州，是整个长三角地区重要的水运枢纽。1949年4月25日，长兴因其特殊的地理位置和交通枢纽地位，成为浙江省内第一个被解放的县城，第一面五星红旗就在长兴解放路上升起。

如今的长兴解放路，已然是整个长兴县城里最为繁华的地段，几年前，解放路上最早形成的沿河集市“茶叶弄”被纳入了城市规划，不仅保留了原貌和原来的商户住户，更成为了供游客们游玩体验的民俗风情区。

张文华：解放路走出的新茶商

湖州市广播电视台湖州交通文艺广播／张丹丹、章晓瑛　采编

清早，满目是白墙灰瓦的青黛色，水乡特有的定胜糕和缠着彩色棉线的枕头粽子还在沿河的木质窗棂里面，蹭着竹编蒸笼的小缝儿往外冒着热气，腾腾地，一点也不着急的样子，乳白色的热气飘散出来，飘到河流上空，就随着河水一起出门远行了，就像这里从古到今的青年人一样。

屋檐上滴滴答答落下的雨水，屋檐下响起的清早的鸟鸣，有妇人在河边浣洗衣物、淘米，一口吴侬软语飘散到小桥头竟还能隐约闻得到熏豆茶香。

这里是湖州长兴，是整个长三角地区重要的水运枢纽，也是我国古老的茶叶

湖州长兴解放路旧照片　长兴县档案局提供

产区和茶文化发源地。

“这里就是解放桥，下面这条河那时候都是跑船的，我们家就在那边，河旁边，解放路上的茶叶弄里面……”

说话的人叫张文华，浙江湖州长兴县人，浙江首家新三板上市茶企业的创始人。当地居民说，她家的茶叶去过北京世园会，也上过上海世博会，是浙江品牌茶产业的一张“金名片”。

张文华介绍，自家的茶叶大部分出口到日本、韩国，也有的销往加拿大、美国，占比达到95%。2018年，张文华的茶叶年产值达到1.2亿元。

别看张文华做的是出口生意，事实上，她却是一名“扎扎实实”的本土茶经纪人。从新中国成立前的跑船经商到改革开放后的摆摊卖茶，再到如今的生态茶园、精品茶叶出口和茶文化产业，张文华和这里的许多当地人一样，见证着茶产业几十年的发展，身上也刻上了水一般涓涓流淌的浙商印记。

张文华说，自己家原本住在解放路和茶叶弄的交叉口，让她印象深刻的是，一直到20世纪六七十年代，这条路上的邻居们都是出门跑船，做点小生意，有卖鱼、卖竹编的，也有卖茶叶的，一去就好几个月不回来。

如今的湖州长兴解放路　长兴传媒集团提供

如张文华所说，长兴县属太湖流域，平原河港交织，流域面积超过5000平方千米，在清朝年间就拥有了成熟完整的水运系统，是整个长三角地区重要的水运枢纽。清末到新中国成立前，当地居民多半以经营水运、渔业为生，当时，青壮年常年沿着水路出门跑船经商。这里的“船上人家”往往一年365天，有360天都是在船上度过的。

1949年4月25日，长兴县正式成为浙江省内第一个被解放的县城。据记载，当时城内百姓欢呼雀跃、夹道欢迎，在长兴解放路上升起了代表解放的第一面五星红旗。当地人传说，当时解放军就寄宿在解放路上一家小茶馆里，发现当地妇女儿童文化水平不高，几位解放军在茶馆的小隔间里办起了一个识字班，不仅教读书写字，也教打算盘。

新中国成立后不久，妇女们带着从识字班里学来的本事，沿河办起了集市。最早只是家用物品互相置换，后来逐渐演变成自由市场，再后来就成了远近闻名、颇有规模的一个集散中心。由于当时市场上交易的商品以茶叶为主，所以这个沿河的集市又被当地人叫作“茶叶弄”。“渔民上岸”“摆摊经济”“小城镇改造”……从四五十年代到八九十年代，这条解放路记录着当地人生活发展的一点一滴的改变，也细密地刻下了茶产业发展的每一个时间的针脚。

1982年，长兴紫笋茶首次参加全国名茶评比，获国家级名茶证书。但当地茶产业并没有因此而蒸蒸日上，供需关系变化使得做茶卖茶的人越来越少，许多茶叶加工的老手艺一度面临失传。那个时候，大家卖茶叶普遍还是散称，你抓一把，我抓一把，一两、二两也卖，这样的售卖方式和传统手工业的生产方式决定了茶产业发展的局限。

“我那时候就想，长兴是陆羽写《茶经》的地方，长兴的紫笋茶是最早的贡茶，大唐贡茶院都在这边，这么好的茶叶怎么能卖不出去呢！”

看中了紫笋茶的品牌地位，90年代末，张文华和朋友商量，要办一家精加工、有机无污染的茶企业。为此，已经搬了新家的她重新回到解放路上，沿着茶叶巷一家一家问，一杯一杯品，一边研究、打听好的茶源地，一边跑茶山。“找到了很多原始品种，像泗安二界岭，南山那边有鸠坑，水口那里也有很多老品种……”

2008年，张文华带领团队寻找开发的茶叶品种入选了上海世博会，茶生意也越做越大，原本签约的生态茶园基地生产规模已经逐渐跟不上销售，张文华于是开始跟当地农民们做起了生意。

“跟他们收就出现了一个问题，他们自己种植的茶叶会添加一些肥料或农药。”张文华说，当时许多传统茶园的土壤经过长期种植，以及肥料和农药的聚积，已经出现了比较严重的问题，再在这样的土地上种植茶叶，不但产量不会高，茶叶本身也不安全。但农民们习惯了原来的种植方法和生产方式，很难改变。“我们花了三年时间改良土壤。以检测书为准，达到我的要求了，所有检测标准合格，我就用你的茶，会给你相应的补贴。”

如今，与张文华合作的当地茶农都有了一套自己的致富经，作为“两山”理念诞生地的新型职业农民，他们不光注重规范生产，也更明白“绿水青山就是金山银山”的道理。

“现在我儿子也开了一家公司，也做茶叶生意，但他做年轻人喜欢的那种调味茶、创意茶产品，我就给他当顾问，这个接力棒也算是传下去了。”再次回到解放路和茶叶巷，张文华感触良多。她说，自己和茶产业之所以打了大半辈子交道，现在回想起来，跟这条茶叶巷是分不开的，这里让她看到了小小一片茶叶蕴含的无限可能。

如今的长兴解放路，已然是整个长兴县城里最为繁华的地段，它依然保持着穿城而过的姿态，横跨着这里的河流，悄悄连接起无数个小弄堂里珍藏着的故事，顺着时间的脉络，把这里的茶经济、茶文化、茶历史融进了时空的河流里，混合着滚烫的历史，冲泡出了一壶壶气韵悠长的好茶。

湖州长兴解放路夜景　长兴传媒集团提供

扫一扫
听音频

南昌

1980年的解放路立交

··· 史料链接 ···

南昌解放路全长8777米，建于民国十七年（1928年），是一条砂石路，路旁筑有二堡台，称第二平安堡。因是通往城郊的交通要道，新中国成立后以序数命名为第二交通路。1959年进行拓宽修筑。因1949年5月解放军大部队由此路进入南昌，于1966年改称解放路，1973年复名第二交通路。1986年，东段更名为解放东路，西段更名为解放西路。解放路上曾经沿路有江西三波电机总厂、南昌日用化工总厂、江西电子计算机厂、江西国药厂等大中型工厂企业，为南昌经济建设发展留下了浓墨重彩的一笔。

南昌解放路紧邻南昌火车站，京九铁路正是从它的上方穿过。南昌站始建于1935年，南昌解放路及其周边是南昌几代铁路工人生活的主要聚集地，先后建起铁路一至九村以及铁路文化宫等。南昌解放路历经历史风雨，和在这条路上跟共和国一起成长的一代代铁路人共同见证着江西乃至中国铁路的发展史。

如今的南昌解放路商业综合体林立，特别是随着2019年6月30日南昌地铁2号线的开通，南昌解放路东接天祥大道将直达南昌高铁东站，西接洪城路过南昌大桥直达红谷滩新区，南昌解放路将成为南昌市交通性城市主干道和城东活力四射的核心商圈。

南昌解放路　涂晓路摄

南昌解放路上的追风者

江西广播电视台文艺音乐广播 / 沈骁、王娟娟、万弯　采编

对于从3岁起就生活在解放路旁职工宿舍里的马骅来说，家附近的铁路一向是童年探险的好去处。无论是枕木和铁轨都被太阳烤得滚烫的夏天，还是它们被南方难得一见的白雪覆盖的冬日，火车的车轮由远及近的声音对一群小屁孩来说都充满奇妙的吸引力。尤其是拉着煤堆快要进站的货车笨重地悠悠驶过时，更是他们等待已久的好时机。此时稍一纵身，孩子们就可以轻松地跳上车后的连接口，然后就唱着歌带着胜利的表情往不远处的南昌站方向驶去。虽然被车站的叔叔看见了就是好一顿训斥，抑或带着一身脏兮兮的煤灰回到家会被妈妈数落，孩子们依旧乐此不疲。

似乎是到了初中，不知是因为学习越来越忙，还是童年的游戏在青春期的叛逆里已经显得有些幼稚，马骅和同伴们不再总往铁路边跑，慢悠悠进站的货车也越来越少。某个暑假，当一群孩子再跑去铁路边时，曾经只有一小段铁丝网拦住的铁路边已经竖起了高高的围墙；偶尔出现的铁路公路十字路口也被严管了，红灯亮起，道闸放下，不一会儿便是机车头轰隆隆的声音呼啸而过。

高考结束，父母奖励了马骅一次远游。此时一个叫“动车”的新东西刚刚开通，他坐着跟之前概念里完全不同的火车从童年熟悉的铁路线上经过。当他远远往家的方向看过去，还没等找到哪栋楼才是自己家，火车已经悄然开出去好长一段距离了。

再后来他离家读大学、工作，每次坐火车回家时，他总是会透过车窗远远寻找自家的那栋楼，像是一种只有自己知道的仪式。

安琪三年级的时候忽然像变了个人，以前总是叽叽喳喳像个小麻雀的她，却开始有意避开下课时同学们的谈天说地。老师发现了她反常的沉默，开家长会的时候便跟安琪的爸爸说了这件事，爸爸又把这件事告诉了安琪妈妈，夫妻俩分析来分析去，却怎么也搞不明白活泼好动的女儿怎么忽然就变得不爱说话了。

安琪的父母都是国营工厂的工人，双职工家庭的收入也只够应付日常开销。

南昌解放路 涂晓路摄

孩子一天天长大，需要花钱的地方也越来越多，两口子有空了总会多接一些活儿，贴补家用。女儿的变化让他们开始责怪自己是不是忙于工作，让女儿觉得自己受了冷落。

安琪妈妈有一天看报纸的时候，正巧看到头版头条上“庐山号”双层火车开通的消息。这趟车是从南昌到九江的专列，路程不到两个小时。他们商量着这趟不远不近的行程刚好可以带女儿出去散散心，虽然家就住在火车站附近的解放路上，但女儿长这么大还没坐过火车出过门，他们想，也许玩开心了，孩子就会愿意向他们敞开心扉吧。

安琪拿到火车票的时候，是周五放学回到家。进门时她还惦记着明后天是周末，所以晚饭后可以看一个小时的动画片。当妈妈把粉红色的火车票递到她手里之后，地球超人今天的拯救行动忽然就引不起她的兴趣了。她盯着车票看入了迷，上面写着“南昌”和“九江”两个地名，还有票价、座席、开车时间等，那些文字对她来说不仅充满新奇，更像是圆了一个只有自己知道的小小心愿。

安琪还记得那堂语文课，老师让大家谈谈自己难忘的一次旅行。这个话题让同学们炸了锅，大家七嘴八舌地分享着自己和爸爸妈妈去过的地方，坐汽车去的、坐火车去的、坐飞机去的……只有安琪还从来没跟爸爸妈妈出过门，她第一次觉得自己在大家聊天的时候插不上话，更可怕的是，几个小伙伴不停地问她去过哪里，她憋得脸通红，只好撒谎说自己不记得了。这之后她总是有意避开同学们，生怕别人再问起她同样的问题，更害怕有人戳穿她的谎话。她只好偷偷盼着爸爸妈妈能带她出去旅行一次，但看着他们每天忙碌辛苦的样子，终究没能开口。

长大后的安琪有个小癖好，就是喜欢收藏自己的火车票，从粉红到天蓝，车票上的那些文字，总能让她想起第一次拿起火车票的那个夜晚。

1977年夏天，铁路文化宫门口的露天电影每天晚上都能吸引一大波观众，各家各户端来竹床和西瓜，边看边纳凉。当时只有7岁的杨斌每天都穿着老爸的工作背心在人群里和同伴们窜来窜去，他特别钟意这件其实穿起来跟女生的裙子差不多长度的白色棉布背心，上面用红字印着铁路工人的所在班组——对他来说那就是身份的标识。他羡慕爸爸的工作，去他工作的机务段看修火车是杨斌的一大乐事，硕大的火车头平日里张牙舞爪，在维修车间里却安安静静，沉闷但壮观。

一天晚上，露天电影播出《火车司机的儿子》，这个名字立刻吸引了杨斌，他没跟往常一样跑来跑去地打闹，难得安安静静地看完了整部电影。故事讲的是在朝鲜战场上，一列运送军需的火车遭遇了敌人。火车司机牺牲在驾驶室里，火车上的物资急需送往前线，却没有人会驾驶火车，众人无比焦急。这时司机的儿子，一个乳臭未干的毛头小子站了出来，平日里总跟着父亲工作的他，已经默默记住了每一项操作。最终，小伙子继承父亲的遗志，成功开着满载物资的列车到达前线。他将火车开进站时人们迎接英雄般的欢呼，让银幕前的杨斌看入了神。

1988年，参加工作的杨斌在铁路招工时毫不犹豫地选择了司机班，当他第一天上班走进蒸汽机车的火车头时，满是梦想成真的喜悦。不过这份喜悦并没有持续多久，70多度的工作环境，高强度的劳动，南昌与九江之间100多千米路，8个小时才能到达，这期间他需要把5吨燃煤用规范方式铲进熊熊燃烧的锅炉。身边许多同时来的年轻人纷纷申请转岗，杨斌却依然记得电影里那个英雄般的少年的身影，默默坚持。

1994年，杨斌在解放路旁的铁路职工宿舍里组建了自己的小家庭，不久后，他迎来了自己的女儿。接到老婆快生的消息时他正在外值乘，还是南昌到九江，还是蒸汽机车，还是近8个小时的路程，来回一趟要3天时间，他心急如焚，却无能为力。

1998年，杨斌开上了内燃机车“庐山号”，司机室的温度终于不再那么炙热了。杨斌每个月只有10天在家，每次回来，他总是拒绝所有朋友的邀请，珍惜陪伴家人的短暂时光。每次路过解放路的铁路桥，对他来说就是回家的信号。

2003年，新款电力机车上线，杨斌作为第一批电力机车司机走进装配了空调的驾驶室，他依旧忙碌，尤其是节假日运力紧张时，更是他最忙的时候。女儿、老婆起初还会问问他今年在不在家过年，到后来便也不再多问。

2007年，杨斌被选调参加“和谐号”动车组培训，经过重重考试后，他驾驶着运行时速达200多千米的动车组再次由熟悉的九江至南昌线路驶入南昌站，曾经开着蒸汽机车走过10年的老铁路线就在身边，熟悉的解放路铁路桥依然如故。站台上，同事、领导用鲜花和掌声迎接他，这一幕，让他想起了童年的那部老电影。

2018年，全面升级改造完成的南昌老火车站终于迎来了时速300多千米的第一辆高铁动车组列车，杨斌也完成了驾驶所有火车车型由解放路进入南昌火车站的历史记录。

南昌解放路　涂晓路摄

扫一扫
听音频

瑞金

改造中的瑞金解放路老街

··· 史料链接 ···

江西赣州瑞金解放路之前未有名称，此路有个关帝庙，当地老表（江西人对同省老乡的称呼）便称这条路为庙前，后为纪念瑞金解放，被命名为解放路。解放路位于象湖镇中心城区，是一条大致呈西北、东南走向的主要道路，西北起红都大道，中段与向阳南路交叉；东南接八一南路，并延伸至红军巷，总长约1.2千米，是一条历史悠久的老街道。如今这条既古老又繁华的道路正在进行改造升级，呈现出改革新貌。

新长征路上的红色基因

赣州广播电视台音乐广播／李勤　采编

瑞金是中华苏维埃共和国临时中央政府所在地，是中央红军长征出发地，瑞金的解放路注定与众不同。《十送红军》中有这么一句歌词：“问一声亲人，红军啊，几时（里格）人马，（介支个）再回山？”瑞金人民熬过漫长的15年之后，终于盼来了当年送别的亲人！

1949年8月23日清晨，年仅11岁的李发生早上起来打开门，只见自家和街对面的屋檐下，睡满了一排排的解放军战士。战士们将背包靠在墙边，身子倚靠在背包上，怀里紧紧抱着枪，沉沉地睡着。看到战士们疲惫而祥和的表情，涉世

瑞金解放路街景

未深的李发生突然意识到一定是有什么重要的事情发生了，否则，不会有这么多的战士睡在这条普通的路上。李发生是革命烈士的后代，他的父亲在“皖南事变”中牺牲了，解放对当时的他来说，不仅仅是觉得父亲的愿望实现了，而且还意味着新的生活开始了。

李发生的感觉没错，这一天是一个历史性的日子，瑞金没有放一枪一炮，攻城的两路解放军队伍就在城中心的云龙桥会合了，攻城部队随即在桥头关帝庙放了3颗红色信号弹，瑞金人民从此获得了第二次解放。解放就这么悄无声息地来到了这条普通的路上，从此，这条路有了自己的名字——解放路！从那以后，李发生每天都会向经过这条路上的人讲述他亲眼所见的那个不平凡的清晨、不平凡的故事。

当然，在解放路上讲故事的人，绝不仅仅只有李发生一个人，杨丽珊也是其中的一位。这位80后女孩，每天都会行走在这条既平凡又伟大的道路上。她是叶坪纪念馆的主任，她的爷爷就是一名老红军，她小时候就从爷爷那儿听到过许多红都与红军的故事，对瑞金解放路的红色历史更是耳熟能详。从一位青涩的小姑娘到如今成熟有为的纪念馆主任，解放路的一草一木见证了杨丽珊的成长。杨

李发生老人在云龙桥上讲述解放军进城时的场景

瑞金解放路老街

丽珊在叶坪纪念馆从事讲解工作已经10余年了，接待游客超十几万人次。宣传红色文化，传承红色基因，是她的责任与担当。作为一名专职讲解员，她每天都会身穿红军服，为每一位游客讲解瑞金红军精神，专业生动的讲解，让她获得了游客们的一致好评。

杨丽珊说，自己每一次踏上解放路，都会对历史肃然起敬。穿好工作服，梳好头发，牵着孩子们的手行走在解放路上，脑海中就会回想起那一幕幕红色的画面，能感受到先辈们曾经奋勇杀敌的场景。在纪念馆宣讲的过程中，杨丽珊是幸福的，心里很自豪、很满足，她希望自己的孩子们、后辈们，也能将这股能量传递下去。幸运的是，她的大儿子现在在学校里也成了一名小讲解员，有些片段讲得非常精彩。

清晨的解放路，不仅有杨丽珊这样的专职讲解员，还有和她同样流淌着红色血液的志愿者。杨华，就是其中一位执着的坚守者。

杨华的爷爷曾经是一名红军炊事班的老战士，曾为毛主席做过饭，亲历过那段红色历史。杨华从小就在红色故事的熏陶下长大，长大后毅然参军入伍，保家卫国。从部队退伍后，杨华感慨共产党为人民带来了翻天覆地的变化，人民应该铭记。于是，他自制了红军服和中国工农红军红旗。他每天穿上心爱的红军服，扛着红旗，行走在解放路上，以自己独特的方式，为每一位踏上红土地的游客们宣讲着红军精神，反复述说着那一段段荡气回肠的红色史诗。

杨华每天总是从解放路出发，一举一动带着浓厚的仪式感，瑞金中央革命根据地纪念馆是他主要的展示场地。只见他身着军装，手擎红旗，纵身跃上红军检阅台或者一苏大会场，游客们总是不请自来。这时，杨华会喊着口号，身姿挺拔，极具张力地挥舞着红旗，身体力行地感染着每一位游客，用无声的语言将瑞金精神传递给每一位游客。

有人说这是行为艺术，杨华并不认同。他说："热爱自己的家乡，热爱我们的党和国家，热爱我们的红色历史，这不是艺术，这就是自觉行为，这是一种本能。"

这就是发生在瑞金解放路红军后代身上的故事。李发生用自己的亲身经历，讲述见证历史的那一刻；杨丽珊依托纪念馆，传颂着发生在这里的红色传奇；杨华作为一名志愿者，通过自己独特的方式展现着红军的精神。但无论用何种行为，是他们，让更多人知道了党和国家的根脉；是他们，身体力行地让红色基因注入我们的血脉，代代相传；是他们，让红色精神永不褪色，在解放路上世代传承。

我骄傲，我家就在解放路上。解放路，解说着历史，见证着变迁！

瑞金解放路远景

扫一扫
听音频

马鞍山

马鞍山解放路南侧入口处　张宜衡摄于2019年

··· 史料链接 ···

马鞍山市解放路位于主城区北部，呈南北走向，是马鞍山早期建成的商业街道之一，最早叫花山路，后更名为解放路，现两侧为居住及商业用地。

1953年初，中央人民政府重工业部正式批准了马鞍山铁矿厂计划任务书。同年9月16日，工人们在解放路尽头的2号炉炼出第一炉铁水，从此结束了华东地区有矿无铁的历史。1956年马鞍山建市，1958年，马鞍山钢铁公司经省委批准正式成立。随着改革开放40年的发展壮大，2004年，马钢新区项目在中国钢铁行业第一个以完整的规划形式通过国家发改委的批准开工建设，炼铁厂与人口密集的住宅区逐渐划分开来。从解放路尽头走出的小厂见证了马鞍山市的发展历程，也是新中国重工业史上浓墨重彩的篇章。

一位伟人跨越时空的凝视与期许

马鞍山广播电视台综合广播／郑欢　采编

“天门中断楚江开，碧水东流至此回”是诗仙李白笔下的马鞍山，这是李白生前最后一个游历的城市，所以马鞍山可以称为“诗城”；万里长江从雪域高原奔腾而下一路向东，唯有来到马鞍山却突然横折，穿城而过，浩荡北上，于是马鞍山境内的长江便留下一个独有的称谓“横江”。

说起马鞍山，不得不说到它是一座因钢而兴的城市，因为坐拥特大型钢铁联合企业马钢（集团）控股有限公司，“钢铁之都”的称号更是实至名归，在这里奋斗的第一代和第二代老马钢人曾经都在解放路留下了安居乐业的足迹。原马钢党委书记王树珊就是最早一批支援马钢建设的人，他说：“我从鞍山钢铁公司调到南京来参加国家的基础建设，当时听说马鞍山铁厂有发展，所以企业就搬到马鞍山来了。当时马鞍山是个小镇，但是有钢铁工业，四面八方的工人都来参加建

马钢热电总厂老区

马钢H型钢生产

设，要解决他们的生活问题，就在现在的解放路附近开辟了一个地区，叫花山地区，当时第一批盖的工人宿舍叫和平楼，第二批叫花山楼。”

1953年9月16日，新中国工业史永远铭记这个时刻，流光溢彩的铁水在解放路的尽头映红夜晚，从此结束了华东地区有矿无铁的历史。然而，城市基础设施落后，无法保障工人们的生活起居，工人们不仅没房住，连桌椅板凳都是自己拿竹子制作的。1956年，马鞍山建市，为了安顿工人们的基本生活，在解放路上盖起了住所。在王树珊的记忆里，那个年代的解放路特别冷清，直到工人们从最开始的居无定所到搬到解放路生活以后，这条路才慢慢繁华起来。

解放路北侧的9号高炉，是一位伟人跨越时空的凝视与期许，也是一代炼铁人心中永远的幸福回忆。在这里，马鞍山钢铁公司经省委批准正式成立，生产建设捷报频传，先后炼出第一炉钢、轧出第一根材，一个钢铁联合型企业的雏形正慢慢呈现。1958年9月20日这一天，毛泽东主席来马鞍山视察，下了火车就来到了解放路尽头的9号高炉。他健步走上9号炉炉台，微笑着频频向大家招手示意，炉台周围一片沸腾，当毛主席得知9号炉用了不到一年时间就建成投产时，非常欣慰。当时年仅18岁的黄建平还幸运地和毛主席握了手，时至今日回想起来，黄建平依然激动不已地说：“毛主席从9号高炉下来，到我们车间，整个车间的人都特别激动，后来主席从主跨到副跨的时候，我正好在副跨，主席在我面前伸出手，我赶紧伸出双手握住。主席问我多大了，我说我18岁，他问我在做什么，我说我在处理矾渣。等毛主席走了以后，整个副跨的人都来跟我握手，他们都特别羡慕我和毛主席握手了。”第二年，毛主席乘轮船来到马鞍山，再次视察马钢，并对马钢的发展作出重要指示，在此期间，老一辈党和国家领导人朱德、刘少奇、聂荣臻也先后来此视察指导，这些都给予了马钢人巨大的精神力量。在黄建平退休后的20多年里，他每一年都要回到这个曾经工作过的地方，看着炉火，舍不得走。

改革开放以后，马钢更是迎来了高质量的快速发展，在40年时间里，实现了单打钢铁主业到多元产业齐头并进的新格局。9号高炉主操肖慧从外地慕名来马钢工作，对解放路有一份特殊的情感，在他的记忆里，当时的解放路麻雀虽小但五脏俱全。“我从宣城来到马鞍山，就是为了到马钢来工作。我在解放路住了十几年，那时候解放路基本上都是矮楼，不过在当时还是比较繁华热闹的，虽然这条路不长，但什么都有，电影院和饭馆在那个年代都是年轻人最爱去的地方了”。

企业需要发展，而发展需要变革。近几年来，马钢大力淘汰落后产能，化解

肖慧用9号高炉最后一个班次铁水浇注的纪念牌

马鞍山地标性建筑——解放路上的人民会堂　张宜衡摄于2019年

过剩产能，已经不能满足新时代发展需求的9号高炉在2018年4月23日完成历史使命。时至今日，肖慧谈起9号高炉依然热泪盈眶地说："我对9号炉的感情非常深厚，我们很多人都是在9号炉工作，靠着它完成了成家立业、养育下一代的任务，我们都是搞高炉的，离开高炉我们感觉自己一无是处，工作这么多年，我们对它付出了太多，去年9号炉宣布关停，我在现场坚守到最后一炉铁出完，并且还用最后一炉铁水浇注了纪念牌。"

解放路北侧的9号高炉是马钢发展的起点，承载着几代马钢人的历史记忆和情感，也是马钢企业文化和马钢精神的源头。2018年5月，集团公司召开会议，将马钢9号高炉作为工业遗址永久保留。对9号高炉的遗产性保护，既是为了做好马钢历史性文化资源的弘扬和传承，也是为了勉励全体职工和后来人秉承马钢精神，不忘初心、牢记使命。全国五一劳动奖章获得者、9号高炉职工代表程朝晖在这里留下了25年的辛勤和努力，而解放路更是伴随他度过了大部分时光。程朝晖在回忆往事时说："我在解放路读了小学、初中、高中，这条路是我寒窗苦读的地方，更是我从北京读完大学学成归来工作的地方，人生最宝贵的岁月都在解放路度过，9号炉就像我的孩子一样，它如果身体不舒服生病了，我就提心吊胆；它如果健康发展，我每天就会喜气洋洋。去年9号炉关停了，我们都搬到了新厂区，我还记得在关停的那一天，很多以前在9号炉工作过的退休老人专程从外地赶来，特别依依不舍，那个场面，感动了我们在场的所有人。”

60多年的时光划过江东大地，几代马钢人艰苦奋斗、创新超越，从解放路尽头走出的小厂已经成为含钢铁主业、上下游关联产业、战略新兴产业齐头并进，具备两千万吨钢配套生产规模的特大型钢铁联合企业。发展的同时，马钢也积极践行“绿水青山就是金山银山”的理念，大力推进节能减排、清洁生产和绿色发展，捍卫马钢“国家级绿色工厂”的称号。

9号高炉是小型高炉发源地，可以说，正是因为有了解放路北侧9号高炉的第一把火，才有了一代代马钢人的薪火相传，才有了现在新厂区旺盛的炉火。面对钢铁行业发展大势，马钢将牢牢把握高质量发展这个根本要求，积极融入“一带一路”倡议和长江经济带建设，以全面创新助推动力变革，以全面协同促进效率变革，以全面精益引领质量变革，全力打造品牌企业。

马鞍山解放路　张宜衡摄

扫一扫
听音频

福州

曾经的解放大桥

··· 史料链接 ···

福州解放大桥原名万寿桥，位于福建省福州市区，跨越闽江，连接台江、仓山两区，是闽江福州段最古老的一座石桥，也是闽江最早的跨江大石桥，其历史最早可以追溯到北宋元祐八年（1093年）。解放大桥于1996年重建，总长426.92米，桥宽12米，由万寿桥、中洲岛和江南桥三部分组成，属于罕见的桥联桥、桥上桥的独特风格，见证了中国的历史。

福州解放大桥旁的老字号

福建交通广播／陈心野　采编

福州市解放大桥北桥头的苍霞洲，曾是福州最为繁华、热闹的商业聚集区，鼎盛时曾聚集了260多家商行、100多家钱庄、30多个同乡会会馆，经营物资多达500多种，被誉为“福州传统商业博物馆”，这里的老字号商户见证着解放大桥的变迁和发展。

元宵热气飘香桥头

“我如今最自豪的，就是父亲传承的元宵没有被我做得变味。”

林英德捏着手中乒乓球大小的面团，笑着说。此时距离元宵节还有两天，一间不到60平方米的元宵店挤满了人，谈笑之间，就有客人一下买走十几袋元宵和白丸子。

林英德的父亲就是人称“耳聋伯”的林贵芳。20世纪初，耳聋伯担着扁担在台江走街串巷地卖元宵，逐渐成为福州人美食记忆的一部分。“我老家就在解放大桥，”林英德说，“以前闽江码头靠在这儿，上上下下很多商人，父亲肩挑担卖，白天担出去，晚上担回来，沿街走巷地做生意。”

新中国成立后，解放大桥北桥头开了一家名为“聚福楼”的酒楼，林贵芳和其他老字号手艺人一样，在聚福楼开了个档口当师傅。改革开放后，政府开放了个体经营者营业执照的申领，于是林贵芳在聚福楼对面租了原来的报刊亭，开了家“桂芳元宵店”，但是，食客们依旧喊他“耳聋伯”。

耳聋伯的元宵一来讲究有嚼劲、不黏牙，二来要皮肉分离。“我们叫作‘脱核’，就像吃荔枝和龙眼一样，皮是皮，肉是肉。”林英德一家人兢兢业业地保持着这样的传统，一律手工磨米面，保证肉馅儿的新鲜。

记忆中的解放大桥

林英德的儿子，80后的林威现在是耳聋伯元宵技艺第四代传承人，退伍转业的他，如今已经开始独立经营一家分店。他依稀记得，解放大桥起初又小又旧，直到在一次洪水中，旧桥墩被冲离原位，这才重建成为如今的联拱桥，既大气又美观。

“那会儿我还在上小学，刚听到这个消息时大家都还挺可惜的，结果过了两年看到重建的大桥，都拍手叫好。”

为了这次重修，解放大桥于1994年封桥，而就在几年前，林威一家将耳聋伯元宵的门店从小报刊亭搬到了家门口的一家门店。解放大桥那会儿是台江区前往仓山区的必经之路，加上林威自己也在附近上小学，因此一家人仍在继续见证解放大桥的变化。

“先是聚福楼关门，原先的档口被各自出租，再后来连报刊亭也彻底消失，就好像一夜之间，整个解放大桥北桥头就发生了翻天覆地的变化。”

成家后的林威也常常带着自己的儿子回到解放大桥桥头，指着祖辈曾经生活过的地方，告诉他耳聋伯元宵的历史。“我还记得四五岁的时候，天天在店里等父亲下班，陪爷爷奶奶一起包元宵，再一起从店里回家，这么温馨的场景，现在只能保存在记忆里了。”

今天的闽江大桥屹立于闽江之上，白色拱柱仿佛一道道白虹，与中洲岛交相辉映，共同见证着仓山与台江的繁荣。

老字号薪火绽放榕城

或许是因为扬名于解放大桥这个曾经的闽江码头，耳聋伯元宵店的食客来自五湖四海，有远洋出国的华侨，也有北上广、厦漳泉的游客，有些老食客，不知不觉已经在店里吃了几十年的元宵，有时候甚至还能帮店里招呼客人。

让林威感到惊喜的，是店里时不时还有年轻人前来光顾，有的是儿时随父辈前来尝过鲜，记住了老字号的味道，但更多人是通过互联网对这些老字号有所了解，并闻名而来的。

“年轻人对于产品的要求和老一辈不太一样，他们更注重包装、样式这些，我们也必须要跟上他们的节奏。”林威说，对于耳聋伯元宵来说，这既是挑战，又是机遇。如今，林威正尝试着将现代化技术引进传统工艺操作过程当中，不仅建起了工厂，还增加了电商销售渠道，将耳聋伯元宵的正宗福州味道传遍大江南北。

“我们一直在思考，怎样才能在保留传统手工艺的基础上，又可以用一些现代化的设备来替代我们的劳动力。虽然建了工厂，但我们的工艺是不变的，无非是用设备代替劳动力。”

林威的想法并不是毫无依据，在他之前已经有了不少成功的先例。比如福州达道牛肉店，最初也只是街角的一个小摊，如今在全国范围内已拥有数十家品牌连锁店，当代传人董正伟不仅注册成立了福州达道食品有限公司，还为自己的产品量身订制了生产加工设备，甚至还申请了产品保鲜包装的国家专利。由工厂中央厨房生产加工的半成品原材料一方面被送进各家门店，另一方面也通过统一包装走进商圈、超市甚至网店，实现了量化及标准化的管理，树立了福州传统老字号成功转型升级的一面旗帜。

“我们既要跟上这个时代，又要保留我们的传统工艺、品质和安全，这些是不能变的。”在林威看来，传承讲究的是不折不扣的匠心精神，老字号讲究的更是大家对它诚信经营和品质的认可。越来越多的老字号为了适应时代的发展，选择主动接轨年轻人的需求，打通品牌发展脉络，它们从来没有忘记自己的精神内涵，它们从未停止对现代社会的精神馈赠，也正是这些坚持下来的老字号，铸就了一张张城市文化的名片。福州的老字号已经从解放大桥出发，桥的这头是对于传统手艺的坚守，另一头是对新时代的展望。

如今的福州解放大桥

扫一扫
听音频

泉州

泉州安溪解放路

史料链接

泉州市安溪县解放路长900米，因为优越的地理位置因素，成为“县城第一路”，在相当长一段时间里，这里是安溪县最为繁华的街道。

解放路原分两段，叫上西街和下西街。1949年8月31日，闽粤赣边游击队解放县城时，经过这条路进入县城，为纪念县城解放，这条路便更名为解放路。以前的解放路是条土路，又小又窄，很落后。直到1963年开始，解放路历经多次改造，才悄然发生了蜕变。

百万安溪侨胞心中的“大祖厝”

福建交通广播/李宗尧 采编

一座大祖厝，见证解放路的变迁

一条路的变迁，除了路面拓宽、硬化外，路两侧的建筑也在不断发生更迭，说起解放路上的房子，当地人总绕不开的就是这栋“联谊大厦”。

联谊大厦全称为“世界安溪乡亲联谊大厦”，与周遭大楼相比虽然并不起眼，但却是百万安溪侨胞回乡探亲的落脚点、心中永远的“家”。

为什么这么说呢？老侨务工作者陈克振老先生卖了个关子，他说想要了解背后的原因，就得从它的前身——安溪县归国华侨联合会大楼说起。

陈老拿出一张他珍藏多年的老照片，这是一栋西式三层建筑，门窗、屋檐的设计透露出一股浓浓的异域风情。陈老说，这是原来安溪县侨联的办公楼，是海外华侨捐资在1956年建成的，他当年就是在2楼办公。尽管陈老后来去中新社当了记者，不过每回下乡到安溪，他也都是住在这里。陈老笑称，他是在解放路上住，又在解放路上工作。

陈克振今年86岁，他的父亲是一名印尼归侨，作为归侨侨眷，陈老对华侨在海外的生活有着更深刻的了解。也正是因为懂得侨胞的艰辛，所以他常利用到海外和香港探亲的机会，采访知名安溪乡亲，广泛收集涉侨资料，用笔记录海外华侨的历史。

陈老说，海外侨胞依旧心系家乡，他们渴望团结在一起，为家乡的经济发展共同努力，而实现这个理想，并成立世界安溪乡亲联谊大会，就不得不提到下面这位华侨领袖。

唐裕是一位比较有影响的人物，他为中国与新加坡、印尼建交起到了很大作用，是中国和印尼直接恢复贸易的主要协调者。在1992年第一届世界安溪乡亲联谊大会上，唐裕被选为创会会长。按照陈老的话讲，如果没有唐裕，要把世界的安溪乡亲集中起来那太不容易了。

归国华侨联合会大楼

第一届世界安溪乡亲联谊大会上，一千多名世界安溪乡亲相聚在新加坡。接下来的两届联谊大会选择在安溪举办。现工作于“世安联谊大厦发展有限公司”的廖庆煌说，这两届会议作了多项重大决定，推动了安溪的经济发展。

要致富先修路，在第二届世界安溪乡亲联谊会上，当得知要修建龙门隧道后，海外华侨积极响应，踊跃捐资。1995年5月，龙门隧道通车，打通了安溪县与厦门市的经济线。同时，这次大会还决定在安溪县归国华侨联合会原址重新修建一座大楼，这便是现在的联谊大厦。廖先生告诉我，对于海外华侨来说，这并不仅仅是一栋楼，更是他们心中的一座“大祖厝”。

1997年，这座16层高的联谊大厦落成，成为当时全县最高的楼。大厦建成后，每年都会迎来许多回乡探亲的海外侨胞，成为世界安溪乡亲回乡的家。尽管现在的联谊大厦已不再是全县最高的楼、最新的酒店，但依然是侨胞返乡的第一站。

一座影院，陪伴数代人

解放路36号的这座3层的苏式楼宇，就是安溪影剧院。1958年，侨胞们捐资兴建安溪侨联后，用余款建了一家影剧院。1962年，安溪影剧院建成即正式开业，戏院主要播放电影和上演戏曲。那时候看电影的人很多，票价只要几毛钱。

安溪影剧院曾经风靡全县，近几年，由于设备老旧和新式电影院的冲击，以往门庭若市的影剧院，如今冷冷清清。在2018年这座老电影院被拆前夕，当地人自发来到影院前，用手机拍下这座陪伴自己多年的老影院。陪伴安溪人半个多世纪的电影院已经淡出当地人的视野，但紧邻的解放路即将再绽光彩。

安溪解放路的新发展

安溪解放路位于安溪县旧城区，解放路东片区经过近10年的拆迁重建，已是一片欣欣向荣之景，但路的另一侧却依然是老式居民楼，一派落后的样貌。2018年，解放路西片区大拆迁，这里将打造成多功能城市商贸综合区，解放路将再度见证老城区的新发展、新蜕变。

1985年，安溪县财政收入0.9亿元，1/3人口的温饱成问题，是当时全省最大的国定贫困县。2016年，安溪县财政收入37.2亿元。16年的时间，安溪县实现了从国定贫困县到全国百强县的华丽转身。

安溪的华丽蜕变，除了海外华侨的助力，也是安溪“爱拼才会赢”精神的体现，茶乡人凭借着茶叶、藤铁工艺等产业摘掉了贫困县的帽子，连续多年成为全国百强县。安溪的发展，是国家实力强盛的一个缩影。

廖先生说，现在的“一带一路”倡议，让中国的高铁修到了马来西亚，海外华侨很高兴：“我们是嫁出去的女儿，娘家强了，我们底气也足了。”“一带一路”倡议的提出，拉动了沿线国家的经济发展，同时也拉近了海外侨胞与祖国的距离。

联谊大厦

流水经年，解放路上的房屋历经拆迁、重建，不少高楼拔地而起，联谊大厦也渐渐隐没在群楼之中，不再显眼。作为海外华侨回乡的落脚点，它承载着海外华侨浓浓的乡情，凝聚着侨胞们对祖国的赤子之心，同时又默默见证着安溪解放路的变迁，也见证了安溪的发展和蜕变。在侨胞的心中，祖国永远是他们最坚强的后盾，而这座大厦则是他们在解放路上永远的家。

扫一扫
听音频

龙岩

福建省龙岩市上杭县解放路

··· 史料链接 ···

上杭解放路位于汀江边上，新中国成立前叫中山路，后来改为现在的名字并大致沿用至今。解放路曾一度是上杭最繁华的地段，经过70年的风雨洗礼，目前的解放路分为三段：解放西路最长，约1千米，路两边有许多老住户开的店铺，主要经营当地特色小吃，还有竹制品、铁制品等作坊；解放路中段长约500米，最繁华，有一些现代化的建筑，有浓厚的现代商业氛围；解放路东段长约500米，建筑较陈旧，但最具有古风味，有多家刻印店和锡器作坊都在这条街上。

一家三代的观影人生路

福建交通广播／廖庆升　采编

《星星之火，可以燎原》《才溪乡调查》《采桑子·重阳》……这些光辉著作，是毛泽东同志9次到上杭调查研究指导革命实践写下的。

作为全国第一批公布的21个原中央苏区县之一，上杭是著名的革命老区。境内有彪炳史册的古田会议和才溪乡调查旧址，才溪是当年中央苏区“第一模范乡”，素有“九军十八师”“将军之乡”的美誉。

新中国成立后，上杭更是经历了翻天覆地的变化，而上杭解放路的变迁，正是这种变化的最生动写照。今天，让我们走进坚守在解放路上的一家三代人，透

解放路上的人民影剧院

过他们的故事，述说新中国成立70周年，特别是改革开放，给这个县城带来的巨变。

随着秒钟嘀嗒嘀嗒地往前走，钟星河架设设备的速度也越来越快，9岁男孩林淇峰在帮忙摆放凳子，几位三四岁大的孩童则在一旁边追跑着，边喊“我要看电影”。

2019年4月15日，福建省龙岩市上杭县湖洋镇濑溪村村部前的小广场，一场乡村电影即将放映。

作为一名乡村电影放映员，钟星河的任务是转战上杭县22个乡镇的331个行政村，保证村民每月至少能看一场电影。他全年几乎无休的努力所换来了财政资金的支持，加上父亲钟永音参股数字影院所获取的盈利，一起支撑着位于上杭解放路上、由爷爷钟时龙那辈人创办的人民影剧院屹立不倒。

从全城羡慕，到无人问津，时代的洪流，他和它都没挡住

“那时候最怕遇到熟人。”20世纪80年代初，钟永音接过父亲的棒，成为新一代电影人。改革开放后，随着人们生活水平的提高，再加上当时娱乐活动的贫乏，钟永音发现电影票成了稀缺品，很多人托他买票，由于票数有限，钟永音不得不经常避开熟人。

上杭县方志办原主任唐鉴荣说，当时上映的每场电影，买票几乎都要靠抢。唐鉴荣还记得当年上演一部电影时的盛况，“放映《卖花姑娘》时，我乡下的亲戚都赶到城里来看，亲戚来了要吃饭，吃饭就是供饭，连续供饭几天的家庭都有，上杭县从来没有这么热闹过”。

钟永音说，自己当时特别骄傲，不仅因为电影票紧俏，更因为大家到影剧院，能享受不同的文化生活体验。在他的记忆里，当时每个人进出电影院时，都是满脸带笑。

但这样的盛况没有持续很久。电视慢慢普及，跳舞、唱歌等多样化的娱乐方式也开始出现，到了90年代初，钟永音不得不通过引进剧团演出的方式，来弥补票房的减少。

电影票很快也从香饽饽，变成白送也没人要了。为了维持生计，钟永音甚至在影剧院内开设了游戏厅和小录像厅，但都失败了。

只要努力，希望就在前方

但钟永音不愿放弃，因为他知道，作为上杭县解放后的第一代电影人，父亲

钟时龙当年的创业条件更艰苦：刚开始，影院没地方去，就在解放路上的文庙那里安了家，许多人只能站着看露天电影。

在父亲和同事们的努力下，1956年7月，剧院从西往东挪，搬到现在的位置，也就是上杭人民影剧院，放映设备也有了质的飞跃。为了让更多的人知道有电影上映，父亲要用手绘海报的方式宣传电影，很是辛苦，“为了赶时间，经常都是通宵干出来的”。

钟永音说，父辈克服了许多困难，维持影剧院的发展，不能让它砸在自己手上。2006年前后，他终于等来了机会——国家出台了下乡放映电影的政策，为了抓住这个机会，钟永音一个月不曾回家，瘦了10多斤。最后，这个项目被钟永音争取到了，通过组建下乡电影放映队，还有财政的补贴，可以让影剧院的经营得以维系。

2013年，又一个机会出现。当时上级部门鼓励各县区都成立数字电影院，虽然在新成立的数字电影放映公司中，影剧院没有控股，但这家公司创造了不错的利润，加上下乡放映电影的财政补贴，钟永音终于松了口气。

更让钟永音开心的是，年轻人再也不用跑到外地去看电影了，就连一些中老年人，也慢慢喜欢上了完全不一样的3D观影体验。早已退休在家的唐鉴荣就在女儿的陪伴下，去过几次数字电影放映厅，喜欢上了里面的观影感受。而家住上杭县城的80后姑娘李静，则几乎每周都会光顾数字影院。

钟永音知道，自己的努力，再一次让影剧院有了生命力，也证明了自己为大家提供更好的文化生活的努力没有白费。

“被人需要的感觉，真好”

很多次，钟星河会问自己，做这份工作就是为了有碗饭吃吗？其实他在2012年回到上杭前，在福州有份收入更高的工作。

很多个林淇峰的出现让他明白，如果自己离开了，林淇峰们看场电影的难度会增加很多，而更多家庭条件不如林淇峰的孩子，甚至连去电影院的机会都没有，自己的存在，带给了这些孩子体验电影艺术的机会。

“每次在一个村子里放映完，很多孩子都会拉着我的手，问下一次什么时候来。”钟星河说，“被人需要的感觉，真好。”

老影剧院的去留，已经被提上议事日程，父子俩的想法一致，是将其改造和升级后，只播放爱国主义影片。钟永音说，上杭是著名的苏区，血液里流淌着红色基因，当年的古田会议改变了中国革命的历史进程。现在，上杭的红色旅游越

福建省龙岩市上杭县解放路

来越吸引人，老影剧院有责任也有可能，在红色旅游方面作些贡献。

钟永音知道，除了一家三代人的努力，自己更应该感谢时代，感谢改革开放，让人们的口袋鼓了起来，让财政收入有了足够的底气以投入到更多的民生项目中，让影剧院有了现在的模样。

已经到了退休年龄的钟永音，又退不了了。数字影院有成熟的团队在管理，下乡放映也有儿子在负责，他则准备再瘦十几斤，不眠不休一个月，把红色影院的项目争取下来并建好。“老影剧院再启用的那一天，欢迎你们再来，不，不是欢迎，是邀请你们来。”

扫一扫
听音频

济南

1974年前后，解放路上的居民新居　雍坚提供

史料链接

山东省济南市解放路始建于1948年，是解放济南时，人民解放军以血肉之躯踏出的胜利之路。这条路荣膺此名，当之无愧。

今天，解放路东起济南奥体中路，西至青龙桥与泉城路商业街相连，集中了济南政治、文化、科技、商业等众多部门和企业。尤其是近几年解放东路升级改造，将成为济南东部的中央商务区和新经济核心。

芳华绽放解放路

山东经济广播财富radio／刘晓琳、公慧、金小凤　采编

几十年来，每当清晨第一缕阳光拂过济南绿波荡漾的护城河时，如果你生活在解放路附近，或许会听到一曲曲婉转悠扬的吕剧唱段从解放路25号的山东吕剧院内传出。这些曲目穿越战火，穿越贫穷，穿越落后，在时代的变迁中，经由一代代吕剧演员的传承，绽放出岁月的芳华。

在济南，这是一条真正的革命解放之路。1948年9月16日，正值中秋节的前一天，一轮满月挂在天上，皎洁的月光洒满大地，熟睡中的济南百姓不会想到，济南战役就在此夜打响了。华东野战军第九纵队司令员聂凤智强占位于济南城东的茂岭山，指挥第九纵队穿过马家庄、甸柳庄，一路向西直逼济南老城。济南这座千年古城，城墙高大坚实，在此之前从未被人从外部攻破过，人民解放军以“敢教日月换新天”的革命精神投身于这场疾风骤雨般的血战中。原中央军委

1965年，新建成的琵琶桥和解放阁台基　陈之平摄　雍坚提供

副主席、国务委员兼国防部部长迟浩田当时只有19岁，作为第九纵队第七连的代理指导员，他攻城负伤却坚决不下火线，指挥全连冒着敌人密集的火力，率先登上城头，为打开济南城起了关键作用；原济南军区政委宋清渭上将和自己的三哥背着门板投入战斗，敌人的子弹把他的帽檐打穿了一个洞，离头只有几厘米远，他摘掉冒烟的帽子，继续追击敌人；原北京军区司令员王成斌中将第一批爬上济南城墙，当时十几颗照明弹连续升起，城上城下一片雪亮，弹壳满天乱飞，轻重火力构成密不透风的火墙，王成斌至今身体里还残留着三块弹片……经过8天8夜的浴血奋战，解放军3764人壮烈牺牲，23610人负伤，终于取得了济南战役的胜利，济南成功解放。1963年，在解放路西端的青龙桥畔，济南市人民政府砌筑台基，以纪念济南战役的胜利；随后基上建阁，陈毅题“解放阁”3个大字，以缅怀革命先烈。

正是济南战役的胜利，使得华东、华北解放区连成一片，周恩来同志说济南战役是三大战役的序幕，而从解放路插入济南府的这支人民军队，也拉开了解放战争战略决战、解放全中国的伟大序幕。

在济南，这是一条文化解放之路。在解放路25号，常有清音婉转的戏曲流出，这曲调冲散了战火与硝烟，用朴实生动的语言、优美悦耳的唱腔记录着时代的发展。这里是山东省吕剧团所在地，若你仔细聆听，在那婉转的曲调唱腔中，有位人称李二嫂的妇女正在哀叹自己的命运。

今天的解放阁　山东经济广播财富radio提供

“李二嫂眼含泪关上房门，
对孤灯想往事暗暗伤心。
十七岁我把这李家大门进，
穿破衣吃剩饭谁拿我当人。
……”

1957年电影版《李二嫂改嫁》剧照，朗咸芬饰演李二嫂

1947年，鲁南解放区，年轻的寡妇李二嫂与本村农民张小六相爱了，却遭到婆婆“天不怕”的反对和旧习惯势力的嘲讽。最终在党和人民群众的鼓励支持下，年轻的李二嫂冲破了封建思想的禁锢，与张小六结为连理。

按照毛泽东在延安文艺座谈会上提出的“文艺要为人民服务”的讲话精神，现代吕剧《李二嫂改嫁》的演出背景正契合了新中国公布施行的第一部基本法律——《中华人民共和国婚姻法》（注：该部法已于1981年1月1日失效）的宣传需要。作为新中国第一部婚姻法，其第一章第二条明确规定“禁止干涉寡妇婚姻自由”；更是将一夫一妻、男女权利平等、保护妇女等条款明确在了条目之中。这是新中国第一次以法律的形式保障一个社会最基本的单元，即婚姻与家庭的合法权益，毛泽东更是形容这部法“其普遍性仅次于宪法”。

今天说起最具知名度的“李二嫂”，非著名吕剧艺术大师郎咸芬莫属。1954年，郎咸芬参演的《李二嫂改嫁》参加华东六省一市会演，作为开幕式的演出剧目，这部戏一炮打响，轰动上海，囊括了当年所有的一等奖。郎咸芬也凭借这个饱受屈辱仍对新生活充满向往的农村寡妇的形象，红遍大江南北，并受到毛泽东、周恩来的接见。新中国成立伊始，百废待兴，全国人民投入到轰轰烈烈的建设中，吕剧《李二嫂改嫁》的出现，无疑代表了一种新的文化形态、新的文化内涵和新的时代精神。

作为国家级非物质文化遗产、中国八大戏曲剧种之一、山东最具代表性的地方剧种，吕剧已有近百年历史。位于济南解放路的山东吕剧院，一直坚持吕剧创作紧跟时代、紧贴人民，先后推出新编历史剧《画龙点睛》、传统戏《庄户皇帝》《醉青天》、现代戏《山高水长》《军嫂》《石龙湾》《苦菜花》《补天》等优秀剧目，尤其是大型现代吕剧《补天》，一经上演便在全国迅速走红……山东吕剧院作为全国演出现代戏的“八大红旗院团”之一，至今仍是地方戏曲的高地，涌现出了一批像高静、李萍、董家岭、焦黎等卓有才华的中青年演员。

在济南，这是一条思想解放之路。从1948年“解放”这个词在济南落地，解放路从诞生之日起就决定了它不断革新发展的命运。1956年，在苏联专家的帮助下，济南编制了《济南市城市建设初步规划》，解放路成为东郊混合工业区的交通要道。济南市民雍坚仍然记得，在20世纪70年代，解放路上建了一座郊区公共汽车站，车站往西就是市区，车站往东就到了郊区，这个车站成为当时济南市区和郊区的分界点，也成为当时济南农村和城市贯通的桥梁。改革开放以来，解放路的变化更是日新月异，曾经的郊区公交站已经成为济南BRT公交枢纽；位于解放路和山大路附近的济南科技市场让济南进入了电子信息时代；二环东高架桥的通车，不但让人们出行更加便利，也使得解放路不断东延，成为济南东部的中央商务区所在地。

进入新时代，济南市牢牢把握贯彻党的十九大精神这条主线，以习近平新时代中国特色社会主义思想指导推动城市建设工作。曾经连接城郊的解放路如今已是寸土寸金，双向8车道的路面宽阔整洁，道路两侧树木成荫，种植的日本早樱

20世纪70年代设在解放桥的郊区公交车站　雍坚提供

今天解放路上的楼盘 山东经济广播财富radio提供

在每年春天为这座城市带来落英缤纷的美景，解放阁下的宽厚里已是济南旅游新地标。在不久的将来，428米的高层建筑将在解放路上刷新济南第一高度，成为济南经济新核心……

战争年代的硝烟已经散尽，但英雄的气概依然长存；保守封闭的旧观念已经破除，但济南人民淳朴善良的品格，仍在守护着这座城市的人文灯火；打破了旧思想的藩篱，解放路以自身的变化助推着城市实现跨越式发展。这条革命解放之路、文化解放之路、思想解放之路见证了新中国70年的风雨，它褪去了战争的惨烈，以一种新的姿态重塑了精神的力量，迎接新时代的辉煌。

扫一扫
听音频

潍坊

百货大楼前人声鼎沸

史料链接

20世纪70年代初的潍坊昌邑县城很小，当时有一首调侃县城之小的顺口溜："一条马路三盏灯，一个喇叭满城听。"这条马路就是解放路了。70年代中期，百货大楼和人民剧院开建，解放路铺上了沥青，并向城里街以北延伸。进入80年代后，昌邑的经济有了较大的发展，城区不但向外延伸了几条街道，还增添了不少建筑与院落，解放路开始承载重要的外贸功能。喜欢调侃的昌邑乡亲又编出了新的顺口溜："龙宫里面卖青菜，紫禁城里织麻袋……"最早的丝绸批发市场便诞生在这里，它自明清以来就是丝绸产品的集散地，是绸布运销国内外的源头商埠，也是"昌邑丝绸"陆海丝路的起点。

昌邑丝绸：从解放路到“一带一路”

FM88.1潍坊音乐广播／周梦菡　采编

昌邑自古就有丝绸古镇之称，这里的丝绸有着“轻薄如纸，柔轻如绵，不褶不皱，活颤拂扬，离皮离汗，坚固耐穿”的美誉。1915年，昌邑丝绸在美国旧金山举办的巴拿马—太平洋国际博览会中，烟台杨宝珊提供的“（昌邑）茧绸及白纺绸”和“山东省纺绸及草帽辫”一举获得两枚大奖章，昌邑丝绸获奖的消息在海外引起轰动。

当时的英商马茂兰为了达到垄断昌邑丝绸的目的，天天高价买丝绸。结果今天买了，第二天一早，市面上又摆出绸子来，日复一日，怎么买也买不断，于是留下了“日上市三千六百匹神绸”的传说。

1949年后，昌邑丝绸业更是得到迅速发展，出现了“放来灯火多如星，村村户户机杼声”的盛况。随着商业的繁荣，金融资本往来不断。20世纪80年代末，解放路上的第一家丝绸门市部成立不久，国家计划经济统购统销的政策松动，允许开放搞活，解放路上出现了群众自发组织形成的丝绸批发市场。从全部出口国外到大街上越来越多的人穿上了漂亮的丝绸衣服，丝绸批发市场的交易非常火爆。一时间，解放路的东头到西头，路两边摆满了摊位，搭起了棚子，路两边的门市部也都改成了商店。

李华光，潍坊昌邑华信丝绸的当家人，投身丝绸行业40多年，如今已65岁的他，是市场经济的第一批受益者。90年代初，国家对丝绸出口的政策发生变化，由最初的国家统一出口到允许、鼓励企业自营出口，李华光的丝绸厂随即获得了自营出口权，他们可以直面市场寻找客户，企业利润也得到了大幅度提高。

“在车间里没日没夜地干，一开始什么也不懂，织布机安装起来，梭子都不走正道。后来，一些老师傅有丝织学方面的书但他们不识字，咱就借来书，一边学一边干。”李华光回顾当年的苦日子，脸上倒是神采奕奕。

后来，在国家政策的支持下，李华光的丝绸厂再次迎来了发展机遇。“我们向亚洲开发银行贷款285万美元，引进了24台纺织机器，现在不仅还清了贷款，机器也达到了44台。”

解放路全景

解放路夜景

“唧啾咯噔织，两天织一匹”“唧唧复唧唧，家家有木机”“飞梭日日到黄昏，生花妙手织柳绸”。从浆丝到织成绸要经过浆丝、扽丝、落驘、牵机、刷机、过综、引杼、栓机、做穗（拧穗）、织绸等十几道工序，这些场景现如今已被机器生产代替。

而昌邑丝绸出现在丝绸经济带上的方式也在随着时代变迁而变化。早在清末，昌邑丝绸商人陆续踏上大漠古道，沿陆上丝路向境外延伸至西域各国。至民国初期，大批“背包袱”的丝绸商人，或从柳疃陶家口子码头起航，经下营分海关至烟台转航，或到潍县通过铁路至青岛乘船，沿海上丝路闯大洋。

新中国成立后，经济发展，时代变迁，“背包袱”的商人早已不复存在，企业也从公私联营到获得自主经营权。如今，李华光的华信丝绸年生产丝绸400余万米，加工制作真丝方巾、领带、睡衣、睡袍、蚕丝被及其他家纺产品，生产的产品畅销日本、美国、法国、意大利、泰国等20多个国家和地区，并与国际知名品牌爱马仕、路易威登、香奈尔等保持长期合作关系，是山东省外贸丝绸出口的骨干企业。

百年前，昌邑丝绸通过海上、陆上丝绸之路销往世界各地。如今，已经重走海上丝绸之路多年、与非洲各国有着贸易往来的昌邑华晨集团，切切实实感受到国家“一带一路”政策对企业发展带来的利好。昌邑华晨集团副总经理王伟宏说：“之前我们公司在开拓非洲市场的时候，难度比较大，但自从国家提出‘一带一路’倡议，并在全世界范围内广泛地进行宣传推广之后，我们公司再与非洲一些国家开展业务时，得到的认可度和接受程度都有了很大的提高。目前，我们与非洲五六个国家都有业务往来，年销售额现在达到了7亿元人民币。”

为顺应国家“一带一路”倡议，昌邑华晨集团主动对产品进行转型升级，在对非洲国家出口传统丝绸系列产品的同时，大力发展丝绸文创产品，为企业进一步发展奠定了坚实的基础。王伟宏介绍道：“目前为止，虽然我们建立了这么多品牌，但是是没有库存的。我们可以在15天内，做出上百上千件完全不同的服装，从面料、款式、工艺，到细节包括配饰都不一样，而且能同一批进行生产。我们已经把个性化定制融入流水线作业中，就是现在讲的工业4.0和智能制造，我们的一台3D量体衣，10秒钟就能完成对26个数据的处理。”

如今，昌邑丝绸带动起了大批的纺织印染企业，从最开始的丝绸织造到人造丝的生产加工，再到印染工艺的不断精进。目前，全市共有纺织印染企业300多家，年产各类布匹29.9亿米，年印花、印染生产能力18.7亿米，产品品种230多个，是长江以北最大的装饰布生产基地和最大的棉纺织品交易市场。昌邑通过弘扬丝绸文化、做强丝绸产业，将再一次重现丝绸重镇的繁荣景象。

扫一扫
听音频

德州

1959年的解放路，道路两旁多为民房　德州市城建档案馆提供

··· 史料链接 ···

德州，素有“九达天衢”“神京门户”之称，交通地位显著，自古便是兵家必争之地。解放路是德州有史料记载的最古老的主干道，位于德州市区中心，原为老德州城的中心道路，由于1946年解放德州时，打下了南门外的玉皇阁，为胜利奠定了基础，因此得名解放路。解放路位于明初老德州的中轴线上，为贯通旧城区的南北大道，诞生年代早于德州城，集文脉、商贸、衙府、庙宇于一身，见证了德州老城600年的兴衰变迁。

解放路最初的名字叫学前大街，“学”就是学宫，德州的文庙。京杭大运河的开凿与贯通，不仅增加了南北物资交流，更促进了文化的交融，德州更是被赋予了独特的文化底蕴，后人评价德州为“人文飙起，名卿蝉连，实甲山左”之城。据《德县志》记载，明清以来，德州共考出了128名进士、466名举人。

苏禄国东王墓坐落在山东省德州市城区北部，紧邻解放路，是中国境内仅有的两座外国君主陵墓之一，也是我国唯一的驻有外国王室后裔守陵村落的异邦王陵。苏禄王墓见证了我国与菲律宾数百年来的友谊，在提倡“一带一路”的今天有着非常重要的意义，而附近的解放路，也成为回族的主要聚集区。数十年来，在这里谱写了一个又一个回汉一家亲的故事……

20世纪90年代的解放路，两侧的商店已初具规模　德州市城建档案馆提供

回汉大家庭　浓情解放路

德州广播电视台／丛鹏、江良飞、董文娟、周蕾　采编

每一座城市都有一条路，烙印着岁月满满的印记，在德州，解放路就是这样的一条路。

国以民为本，民以食为天。每到饭点，坐落在德州解放路北首的鸿宾楼清真饭店，又和往常一样人来人往、饭菜飘香。30年前，金友振开了这家清真餐厅。

“我就是回族人，清真饭店的主要特色就是清真菜品，这几十年来，我也对清真菜系进行了改良，更加适合回汉两族人的口味，像蒜爆羊肉、黄焖鸡，都是必点菜品。”

每当谈起做菜，老金的脸上总是洋溢着笑容。通过他的诚实劳动、合法经营，生意好了，生活好了，朋友也越来越多了。

汉族人刘涛最早是在饭店里帮厨，也是实在人，干活勤勤恳恳、任劳任怨，老金也一直拿他当自家人。在解放路上的这几年，刘涛不仅跟老金学了手艺，还通过自己的诚实和努力收获了爱情。

刘涛说：“俺媳妇是回族人，当时在店里吃饭把钱包落下了，第二天来取的时候我顺便要了她的电话，后来她就成俺媳妇了，也是一种缘分吧。虽说汉族和回族在生活习惯上有所区别，但我俩互相理解、互相包容，从一开始就相处得很融洽，现在孩子都好几岁了。”在老金的鼓励下，刘涛也在2016年开了一家清真餐馆，自己当上了老板，小日子也越过越红火。

一方水土养育一方人。老金有着山东大汉的豪爽大气，身边的朋友很多，其中不乏很多汉族兄弟，在解放北路西口齿轮厂工作的贺文财就是其中的一个。

“这些年来，我和老金没的说，就是一家人。说实话，我们这感情也忘了啥时候开始的，就是经常过来。但我和老金是过命的交情，因为他救过俺母亲的命。”贺文财说。

原来在1996年的一天，贺文财的母亲突然查出癌症晚期，急需去天津治疗。没车又来不及买票，焦急万分的贺文财半夜敲开鸿宾楼的大门，金友振一

听，二话不说，开着小货车拉着贺文财和母亲连夜赶往天津市肿瘤医院。由于老金出手相助，贺文财的母亲得到了及时治疗。如今已经85岁的老人，每每提起金友振就眼含热泪。

俗话说，患难见真情。正是这样一份流淌在中华儿女身躯里的血脉亲情，构筑了各族人民手牵手的情感基石，铺就了各族人民心连心的鲜明底色。贺文财和老金的故事，成为解放路这一带的佳话。解放路上的鸿宾楼，也成为这条路上回汉两族的精神家园。

中华民族一家亲，同心共筑中国梦，这是全体中华儿女的共同心愿，也是全国各族人民的共同目标。船的力量在帆上，人的力量在心上，唯有将心比心、以心换心，才能守望相助、手足相亲。解放路上的金友振，正是用自己的满腔热情，成为“民族团结一家亲”的践行者。

开店初期，高速路还没有建成开通，这条解放路是北上的必经之路。像鸿宾楼这样的清真饭店不在少数，天天有人打电话订餐，可以听到世界各国的语言、看到各种肤色的人。

如今的解放路已成为德州的重要商圈　《闪电新闻》提供

随着高速路的开通，德州解放路上的鸿宾楼虽不及以往繁华，但依然还是邻里乡情、回汉融合的纽带。来老金家吃饭，成为许多汉族人最喜欢的事。家住解放路的焦文华就是其中之一。

“选择在鸿宾楼办席面，我觉得又体面又实惠，老金这个人实在，鸿宾楼的饭也好吃。你看，这张就是孩子的婚礼照片，摆了20多桌呢。”

不久外孙女出生了，焦文华依旧选择在鸿宾楼办喜宴，庆祝小天使的到来。“都住在解放路上，我们家所有重要的事都在这儿办席，也方便，主要是老金人好。”

“都说，家是最小的国，国是千万家。在解放路上这么多年，咱就想着把自己的小日子过好，谁有难处了就相互帮衬帮衬，都是家长里短的小事，反正我就是个热心肠。这里就是我的家，我热爱着这条路，也热爱着这里的人。”朴素的老金说起心里话，眼角不由地闪烁着幸福的泪光。

时光荏苒，30年匆匆而过，站在岁月交替的路口，解放路上的老金和他的鸿宾楼风采依旧：它们见证了这条路的时代变迁，记录着这条路上每个人的奋斗与成长。而他们脚下的解放路，承载着德州“厚德、包容、创新、图强”城市精神的同时，也见证着这座城市发展的速度与温度。

扫一扫
听音频

临沂

解放路老照片　李百军摄于1987年

··· 史料链接 ···

临沂坐落在秀美的沂河之上，是历史古城也是红色之地。解放路作为临沂一条历史悠久的老街，因纪念临沂城的两次解放而得名，在1980年的地名普查中，为纪念这段光辉历史再次确定为“解放路”。

从20世纪80年代开始，解放路就成为临沂最为繁华的商业街，店铺林立，是时尚的晴雨表。而地标性建筑云集更使得解放路在这座城市中有着举足轻重的地位，沂河老桥的记忆、百年医院、警备司令部、车站的变迁、西郊批发城的崛起……勾勒出解放路的过往与今朝。从过去到现在，解放路承载了老临沂人的情怀，也见证着大美新临沂突飞猛进的发展。

解放路上的兵妈妈

临沂市广播电视台经济广播／王树青、孙培莉　采编

即使你对临沂这座城市不够了解，但你一定知道沂蒙。

“人人那个都说哎，沂蒙山好，沂蒙那个山上哎，好风光。”这首《沂蒙山小调》已经成为人们认识临沂这座城市的一张名片，不论是在都市还是田间，只要调子一响起，这便是来自家乡的声音，因为小调里唱的，不仅是沂蒙山水，更是沂蒙精神。

临沂市，是一座有着红色基因的城市，沂蒙红嫂的故事在这里代代相传。“最后一碗米当军粮，最后一块布做军装，最后一件棉袄盖在担架上，最后一个儿子送战场。”革命战争年代，沂蒙老区人民纷纷参军参战，拥军支前；和平年代，这里也涌现出许多拥军模范，居住在解放路上的朱呈镕大姐就是其中一位。因为一车饺子，她结缘拥军之路；因为一份恩情，她决定用一生去坚守。

说起自己的拥军故事，这位已经年过半百的老大姐满含深情，谈起拥军路上的感动和温暖，她说一次哭一次。

“下岗后我在电视上看到吉林省有个女同志饺子包得很好，就带着粮食坐火车去找她学，终于在第五次去的时候争取到了五吨水饺。回来的路上，走到四平时车翻了，眼看水饺要被哄抢，我发现旁边有当兵的在站岗，就跑过去说：‘解放军同志，你能帮我收饺子吗？’他一吹哨，战士们都出来，帮我把饺子收回来了。我特别感动，心想还是人民子弟兵好。那天天气很冷，他们又带我到食堂吃饭，当天战士们也在包饺子，他们包的饺子各式各样，当时我就想：如果我以后会包饺子了，一定要包了饺子去拥军。”

就这样，朱呈镕走上了拥军优属这条路。从有“中国西口第一哨所”之称的阿拉山口边防哨所到西藏边陲，从“非典”一线到抗旱打井，从黑瞎子岛、鸭绿江畔、青藏高原到三沙市，她的拥军支前足迹遍布大半个中国。走上拥军路后的20年里，朱呈镕有13年没在家与家人过春节了，都是在部队与战士们在一起，亲手给他们煮饺子。

兵妈妈朱呈镕慰问中国和哈萨克斯坦边境线上的阿拉山口边防哨所的战士们

“这些孩子年纪都很小，他们见不到自己的妈妈，我就到部队上看望他们，我就是他们的妈妈，让他们感受到妈妈在身边的温暖。”朱大姐的到来让更多的战士因此感受到家的温暖，十几年如一日的拥军生活，家人们心疼朱呈镕的执着和付出。

朱大姐的丈夫赵树明曾两次验兵，但因为种种原因没能成行。同样有着部队情结的他，面对妻子的选择既支持又心疼。“每到过年，我们兵分三路：老朱出发去部队，我在企业值班，儿媳妇和儿子在家里。儿媳妇说，别人家过节全家团聚，可咱们家就是凑不到一起。我说这个事咱得理解你妈妈，她有这份情结，她经常去的部队的战士们也都非常想念她。特别是到了春节，新战士都想家，她去是好事，咱们应该支持。”家人的理解成为朱呈镕拥军路上的精神支柱。

“部队边关的战士最需要精神支持和鼓励，现在的年轻人，特别是90后、00后，他们的思想跟以前的人不一样，在家里生活条件好，到了部队上，能安心服役就不简单，所以一定要去慰问边关的战士们。”在朱大姐看来，部队里的年轻士兵多数是家中的独子，朱呈镕期望自己带给他们的不只是物质上的帮助，还有精神上的鼓舞。说起自己的拥军故事，朱大姐如数家珍。

“我当年到西沙群岛去拥军，18个小时的船程我吐得一塌糊涂，头都抬不起来。船一靠岸，战士们都来接我，我一看到孩子们，眼睛又亮了。岛上没有住宿条件，早上9点到晚上5点就得回，回来的路上我收到了好多短信。有个战士说：'朱妈妈，在西沙当兵很枯燥，我今年当兵第8年了，我想年底回家。可是听了你的报告了解到红嫂的事迹后，我很内疚、很惭愧，请朱妈妈放心，只要西沙需要，我会义不容辞地守护在西沙，我愿意做西沙的一粒沙子，守卫祖国的土地。'这些孩子都很可爱，我走的时候他们送我一矿泉水瓶沙子，我把它放在了红嫂纪念馆里。"

这样的小故事对于朱呈镕来说，已经多到数不清。这20年里，她在部队认了2000多个兵儿子，每一个兵儿子她都能记清。在朱呈镕看来，"妈妈式"拥军是最温暖的，只有当妈妈的人最懂得孩子需要什么，只有用妈妈的心才能温暖每一个战士。

"我都到这个年龄了，想给社会、员工和家人留下一笔精神财富。2016年红军长征胜利80周年时，一位老红军给了我一双三过雪山的草鞋；还有一位曾送雷锋、郭明义当兵的老红军送给我一张他珍藏了56年的雷锋寄给他的照片。我

朱呈镕带着草鞋和雷锋的照片来到了西沙永兴岛

夏日的解放路

带着‘雷锋精神’‘沂蒙精神’和这双草鞋走过了66个部队、22个省份，光路费就花了70多万元，就是想传递一种精神。2017年5月18日，红嫂文化博物馆开馆，至今已经接待12万人参观。”

每一个故事，每一个数字，每一个年份，只要和拥军有关的，朱呈镕都记得清清楚楚。这个被2000多名士兵亲切地称为“兵妈妈”的普通沂蒙女子，用自己的坚守成就了平凡人的不平凡赞歌。这条解放路，见证了她人生中的起起落落，也是在这条解放路上，走出了这位善良温暖的“兵妈妈”。

诚如朱呈镕所说：“我就想用妈妈的心去温暖他们，他们需要我，我也需要他们。生命不息，拥军不止。在有生之年，我要把自己的这份母爱，献给全国的子弟兵。”

扫一扫
听音频

郑州

20世纪50年代的解放路

史料链接

郑州解放路前身是金水河，1939年12月，金水河改道至现在的大石桥。1948年10月22日，郑州解放。10月23日，刘邓大军撤离郑州，奉命“打进大西南，解放全中国”，走的就是已干涸的金水河河道。

1950年，郑州市人民政府填平旧河道，拆除铭功桥，将迎河街、顺河街和西段的慕霖路修通合并。同年8月，建成长971米、宽23米的水泥路面，街心设有宽2.84米的花坛，是当时郑州最宽的高级路面，命名为解放路。这也是郑州解放后修建的第一条水泥路，被称为郑州“第一路”。

逐梦商界　书写传奇

郑州人民广播电台／王妍斐、张云帆、王莹　采编

1990年，内陆地区第一家成功加盟华联集团的企业——郑州华联商厦开业，张淑云任董事长。30多年的商海搏击中，张淑云与郑州华联风雨同舟，一路见证着从计划经济体制下的传统商业到现代商业的发展与变革，并先后荣获“全国优秀女企业家”“中国当代杰出企业家”“首届中国商界杰出女性”等多项荣誉称号。

20世纪90年代，发生在二七商圈的郑州商战蜚声全国，让大家看到了郑州朝气蓬勃的商业面貌。汇聚了商战中四大商场的郑州解放路，不仅真实记录着一代人的奋斗历程，更见证了新中国成立70年来郑州从内陆商贸城到国际化商都的蝶变。时至今日，郑州解放路上仍矗立着一座大型商场，也是郑州唯一一家自己改制成功的商场——郑州华联商厦。

早上7点，在二七纪念塔的钟声里，紧邻郑州火车站的二七商圈渐渐开始苏醒，位于解放路上的郑州华联商厦即将开始一天的营业。

身着笔挺西装的董事长张淑云正在华联商厦一楼巡视，虽已年近古稀，腿脚不便，但在这个奋斗了一辈子的地方，她仍然充满了工作的激情。“华联是我心中永远的牵挂，我要看着它越来越好。”正是这个信念陪伴她度过了30年商海沉浮，也让她义无反顾地在退休后重新回到工作岗位上。

20世纪80年代末，改革的锋芒突破了计划经济体制，郑州华联商厦的前身——郑州市纺织品公司陷入经营困境。当时，身为纺织品公司总经理的张淑云，为了保住数百名职工的饭碗，决定顺应时代发展大胆改革。

1990年9月1日，郑州华联商厦在解放路旁正式开业。开业第一天，解放路、二七路等周边道路被堵得水泄不通，首日销售额就达到200万元。“当时郑州市交通全堵了，人太多了，看到那个阵势我也吓了一跳。”对于当年的火热场面，张淑云仍记忆犹新。

彼时，“郑州商战”已经打响，“中原之行哪里去——郑州亚细亚”的广告语每天“霸屏”央视黄金时段。当时坐拥亚细亚、郑州华联商厦、郑州商城大厦的

二七商圈和如今的郑东新区CBD一样年轻时尚，成为全市甚至全省人民向往的购物天堂。“那时候的郑州商业真可谓欣欣向荣。”张淑云回忆，新飞冰箱、长虹电视、卡西欧手表都是他们商场的爆款，一旦更新到货，柜台前就挤满了人，“1000多元的冰丝衫，有多少就能卖多少，香港鳄鱼更是供不应求，销售额最高能达到一年4.5亿元”。

1991年，郑州商战最热的那一年，郑州华联在消费者权益保护法出台之前提出了贴心服务15条，在商品质量、价格等方面严格执行管理程序。对当时的市民来说，营业员无条件服从顾客的需求、顾客购买商品被同等对待是一件稀罕事。

“在计划经济时代，营业员不讲服务态度，都是顾客求着他们买东西，看他们的脸色。所以，我当时就提出‘不求优惠降价一时风流，但愿为你服务天长地久’，让营业员微笑服务，让顾客觉得到我们商场购物是一种享受。”在张淑云看来，商战打破了传统计划经济体制的藩篱，吹来了市场经济的清新之风，郑州商业在经营管理、服务、价格、形象等方面都得到了提升。

21世纪初，随着新的商业业态的不断兴起，传统百货业受到极大冲击。曾经年收入数亿元的郑州华联经营惨淡，遭遇了生存危机。“那段时间门可罗雀，

1998年，郑州华联商厦开业8周年庆典

2015年的解放路夜景

商品都卖不出去，我们的门店量也不断缩减，好多员工都走了。”想起这段经历，张淑云仍有些失落。

但这位年过半百的商界女强人没有服输，在两年半的时间里，张淑云带领着华联员工成功将国有企业改制成股份制企业。浴火重生的郑州华联，实现了扭亏为盈，每年的税收和员工工资都保持递增态势，成为郑州传统商业界的一个传奇。

有了历史的沉重经验，郑州华联的每一步都走得更稳更扎实。这两年，郑州华联还积极探索新零售领域，与小米等企业合作，通过线上线下融合发展的方式，为“老瓶”注上“新酒”。

作为郑州商战的元老级人物，从业30多年来，每每回顾郑州商业的变迁，张淑云总是感慨万千。当年汇聚了郑州4大商业巨头的解放路，虽然只有600多米长，却风光无限。如今，随着城市框架不断拉大，商业综合体遍地开花，解放路也不再是城市唯一的商业中心，电商的飞速发展，让越来越多的人习惯足不出户用手机购物。

从计划经济到市场经济，从传统商业到新零售业态，搭上了时代发展的快车，郑州商业正焕发出新的光芒，而这条沉淀了历史却又蕴藏着勃勃生机的解放路，也迎来了新的辉煌。无数像张淑云一样的年轻人蜂拥而至，消费、打工、创业、追梦……日复一日，在郑州解放路书写着自己的人生。

扫一扫
听音频

安阳

安阳火车站

··· 史料链接 ···

安阳解放路西起安阳火车站，京广高铁、京广铁路贯穿南北，晋豫鲁铁路横贯东西，形成“两纵一横”铁路网；东至东风路，紧邻的人民公园是市区较大的公共娱乐场所。解放路是安阳解放后，城区拓宽修建的第一条道路，取纪念安阳解放之意。1959年，解放路被修建为长2.23千米、宽40米的市区第一条柏油路。承接了众多安阳人新生的安阳市妇幼保健院、承载了几代安阳人记忆的安阳市文化宫、人才辈出的安阳二十中学都坐落于此。2002年6月，安阳解放路更名为解放大道。

一端是希望，一端是眷恋

河南广播电视台戏曲广播娱乐976／李静、张军红、李铖　采编

河南安阳是中国八大古都之一，山西、河北、河南三省的交会处。1949年5月6日，安阳解放，安阳从此有了解放路。

今年年初，家住解放路的安阳籍作家翟宏为和音乐人吴文中共同完成了一首歌曲《走在解放路上》。这首歌，让人们能够真切地感受到，安阳解放路在两位60后创作者的记忆中刻着深深的烙印。

翟宏为出生在解放路上的妇幼保健院，在他的记忆中，每天上学都要经过解放路。每天骑着自行车上下学，都会在解放路上度过一段愉快的时光。高考前，他每天边骑自行车边背英语单词。于是，解放路又从上学放学的道路，演变成了3000个英语单词。

工人文化宫

《走在解放路上》的词作者翟宏为最终走出了安阳。而在演唱者吴文中的记忆中，自己小时候，解放路边上护城河的水非常清，有鱼、有虾、有水草，有姐姐和阿姨们在河边抡着棒槌洗衣服。尤其到夏天放假后，孩子们都长在了解放路上，在河里游泳、摸鱼、捉虾，在人行道上捡烟纸——那个年代特有的游戏方式，成为他们独家的记忆。

“汽车载来了爹娘，火车拉来了工厂，对面修好了大公园，两边建起了楼房……”，简单的几句歌词，见证了20世纪安阳的建设与发展。如同河南的许多城市一样，新中国成立后的安阳是一座由火车拉来的城市，当时的年轻人从安阳火车站下车，在这座有着古韵气息的城市中安家立业，他们的下一代又在解放路上出生、成长。

解放路刚刚开通的时候，火车站只是一面墙，墙的另一面就是站台，墙外面就是所有等待上车的人群，候车都是在一个非常破旧、逼仄不堪、积水很多的广场上。在翟宏为印象中，这种景象一直持续到自己上中学，安阳火车站进行了一次较大规模的改建，火车站也由此变成了火车站广场。

从火车站出发，解放路上陆续出现了文化宫、电影院、人民公园、时尚商圈。它是这座城市的缩影，也是众多人成长的轨迹，从泛黄单调的回忆，逐渐变得浓墨重彩。当改革开放的春风吹遍大江南北时，解放路的商业气息也变得鲜活起来。

翟宏为在90年代离开安阳，前往中央戏剧学院读研究生，后来定居在郑

人民公园

解放大道街景

州，吴文中则依然在安阳生活。2019新年伊始，翟宏为回安阳，老朋友见面，话题说到这些年国家的发展和家乡的变化，继而又延伸到个人的变化，聊来聊去聊到了解放路，于是就想着做点什么。哥俩不约而同地想到为新中国成立70周年写首歌，联想到了生于斯长于斯的解放路，于是便有了《走在解放路上》。

选择离开安阳的翟宏为和留在安阳的吴文中对于解放路自然有着不同的思考，也注定了他们会有不一样的人生与经历。

在翟宏为的心中，父母这一代人和自己对解放路的认知不一样。父母那一代人是火车上拉来参加城市建设的，解放路将他们从乡村带到城市，让他们的生活发生了巨变。而对于翟宏为来说，作为经历了改革开放40年的人，解放路的变化，影响的则是自己的思想和心理。

留在安阳的吴文中，这样形容："解放路的两头是火车站和人民公园，一头是我出发的地方，一头是我永远难以割舍的家人、亲人和朋友，还有我一直眷恋的这片热土。一端是希望，一端是眷恋。"如果说人民公园代表着一种梦想浪漫，那么火车站在某种程度上就代表着一种开放，代表着一种走出去的向往，代表着古城更加希望走向未来、走向开放的心态。

走在解放路上，总会有很多难以忘怀的回忆和对岁月流逝的感慨。这，就是安阳的解放路，是安阳人的解放路。

扫一扫
听音频

南阳

南阳老街特有的建筑——木质转角商铺楼　《老南阳》资料照片

史料链接

南阳市解放路原名长春街。1936年，为纪念孙中山先生，南门大街和长春街合并成为中山街，抗战胜利后曾短暂改为中正路，1951年更名为解放路。1969年又将南关大街并入该路，统称解放路。

清末至民国时期，解放路一直是南阳最繁华的商业街道，商务印书馆、中华书局、老凤祥银楼、复和庆绸缎庄等南阳著名的大商号当年多设于此。到20世纪七八十年代，这里依然是当时南阳人消费购物的第一去处。如今，城市发展的中心早已变更，但复建中的南阳古城依然以此为中轴线。解放路就是南阳历史命运与时代变迁的一扇窗口、一方舞台。

一条路，一位诗人的家国梦

南阳广播电视台广播融媒体中心／顾世创　采编

如果你爱诗歌，对痖弦这个名字可能不会陌生，他是和余光中、洛夫齐名的台湾爱国主义诗人，半个世纪以来蜚声海内外华语文坛。他的故事，要从一条解放路讲起，他的文学人生就从这里开始，书写了一段跨越70年的家国梦。

离别成就诗人

1948年11月4日，在隆隆的战火中，人民解放军兵锋所向，南阳国民党守军组织军民仓促撤离。南阳城最繁华的中山大街上，16岁的痖弦（本名王庆麟、王明庭）在学校师生的队列里懵懂前行。突然，他看见母亲在送行的人群中拼命向自己招手，送来他爱吃的油饼，但他却一脸不耐烦。许多年后，已经87岁的痖弦

曾经几乎被民居淹没的南阳府衙建筑群　南阳府衙博物馆资料照片

还不断念叨着这场刻骨铭心的分离，他当时不会知道，这一别，就是一生。

这一天，就是南阳解放日，这条中山大街后来被命名为解放路。这条路和它牵起的思念之弦，激发了痖弦蓬勃的诗情，使他成为台湾“十大诗人”之一，成为席慕蓉等一代人的文学导师。

母亲就是故乡

“这么多年了，你怎么还带着那顶破斗笠？不，那是故乡的屋顶……”诗人痖弦那话剧演员式的浑厚男声，还时常吟诵这首他记忆最深的诗行，这是他们一代人的记忆。

痖弦曾说，母亲就是故乡，故乡就是母亲；幸福与苦难，都是人生与艺术的激情源泉。

据痖弦的妻子回忆，即便在热恋中，痖弦也会情不自禁地给她讲故乡、讲母亲，以至于有一天妻子对他说：“你天天说母亲，说得我也开始想念她了。”

1977 年，海峡两岸局势稍有缓和，痖弦便迫不及待地辗转发信给大陆探问家人。几年后，痖弦终于获知老家的确切音信。

1987 年，台湾开放民众赴大陆探亲，痖弦按捺不住回故乡的渴望，但直到

如今的南阳府衙　乔治邦（写秋斋主人）摄

诗人痖弦　痖弦先生家人提供

1990年，他才终于携妻子回到南阳探亲祭祖。

然而母亲没有等到他，只留下了一张相片。

痖弦的记忆，就永远停留在自己16岁时身边的那个温柔贤惠的绣娘，她是人世间最美的女性化身……

回到大陆的痖弦在故乡引起了轰动，南阳作家群为之振奋，南阳文坛领袖二月河、周同宾、行者、廖华歌等都与他一见如故、相见恨晚。很多人这才知道，这位在海内外华语诗坛闻名遐迩的诗人，原来是地道的南阳人。

多年过去了，痖弦对南阳的记忆仍十分清晰。如今的解放路及周边的每一个细节他都如数家珍——英资泰古糖酒公司花花绿绿的糖果、老凤祥银楼璀璨夺目的金银首饰、不还价的一言堂百货、人声喧嚷的万兴东大药房、香飘十里的阎天喜饺子馆、纪念为建南阳城殉职官员的扁神庙，夏天孩子们光屁股洗澡的小寨门码头……这都是他永远的童年记忆。

南阳老城的画面，他在梦里早就回放了无数遍，而老城的标志南阳府衙，更是他心中多年来的牵挂。南阳府衙始建于南宋，现存明清建筑面积7万多平方米，是中国唯一保存完整的府级官署衙门。但是年深月久，风雨剥蚀，让南阳府衙一步步走向了衰颓。当茅盾文学奖获得者、南阳籍作家周大新跟他讲起这些状况，痖弦决定与周大新联手展开一次文化抢救和舆论联动。

痖弦提议周大新写一篇详尽的报告文学，细数南阳府衙之独特价值与令人痛惜的破败现状，不但要说透其文化价值，更要特别强调其潜在的旅游价值——因为当时大陆已经开始意识到旅游产业将会有很好的发展。

文章交稿后，时任副刊主编的痖弦不惜用《联合报》的一个整版发表出来，并将报纸从台湾连珠炮似的向南阳、向省里、向北京邮寄，随即在台湾和大陆都产生了很大的影响，对后来的府衙恢复工程起到了巨大的推动作用。

2001年，作为国内留存面积最大的封建府级官署，南阳府衙终于被确定为全国重点文物保护单位，开始大规模修复原貌。今天，南阳府衙已经与北京故宫一起被列入“中国封建官署国际旅游线”。

一生从未走远

痖弦每次回大陆探亲走访，都无比惊讶于祖国大陆日新月异的变化。他倾尽全力为故乡的历史保护和文化复兴鼓与呼，他热切期盼能为故乡做更多的事、尽更多的力。他不仅关心文物保护和文化传承，还特地把故乡农村的坛坛罐罐收拢征集回来，甚至连一方普通的锤衣石也视若珍宝。他说，如果有一天自己离开人间，要枕着这块母亲用过的锤衣石睡去。

2019年，由于身体原因，医生告诫痖弦不许再乘飞机，他孩子般地哭了——故乡和母亲，从此再不可及！

那个少小离家的16岁孩子，也许从来不会想到，他要用一生来追寻、回味故乡和母亲。似乎，他从不曾远走，不曾走出母亲住的这条解放路，这条见证时代沧桑变迁的南阳解放路！

如今，南阳古城恢复项目正在以解放路为中轴线展开，为了完成老人家的心愿，众多南阳市民自发组织重走解放路，踏访遗迹，挖掘老南阳人的口述记忆，让解放路的故事成为后人永远的财富。不远的将来，诗人记忆中的南阳必将重回人们的视线，而更多的南阳人，将借此留住乡愁。

南阳解放广场纪念碑　王海栋（风卷残云）摄

扫一扫
听音频

武汉

1972年的解放大道街景

··· 史料链接 ···

20世纪30年代，处在京汉铁路外侧的解放大道前身中正路是一条长1440米、宽10米的碎石路，道路周边多为湖塘荒野。1949年5月，这条路改名为解放大道。1951年，解放大道开始历史性地改扩建，因其长度、宽度长期傲视全国城市道路，老武汉人骄傲地称之为“武汉的长安街”。从硚口的额头湾，过航空路，经武汉展览馆、抵堤角工业区，向长江新城延伸。半个世纪以来，伴随着数次延长线的建设，如今，这条44千米长的解放大道，依旧是武汉最长的道路。

永远争当“弄潮儿”

湖北之声／夏晓青、马艳 采编

横贯武汉东西，连接硚口、江汉、江岸、黄陂等四大城区，覆盖宝丰路、航空路两大商圈的解放大道，是汉口名副其实的发展主动脉。每到早晚高峰，这条长达44千米的武汉最长道路，便犹如一头被钳制的猛兽，少了几分灵动。穿行其间，武汉市民谢长钦感慨，变化太大了！

今年71岁的谢长钦至今还记得，小时候的“解放大道”等于“禁地”，是大人们口中的“野地方”。那时，处在京汉铁路外侧荒凉地段的解放大道前身只不过是一条碎石路，道路周边多为湖塘荒野。

1951年，解放大道开始改扩建。然而，要把当时车流量不到300辆的解放大道建设成宽60米的道路，是一件破天荒的事，一度引起多方争议。顶着“劳民伤财”的质疑与批判，最终，武汉市政府坚定“超前规划”的理念，坚持了60米宽、8车道的设计方案。武汉市地方志办公室方志处处长吴明堂说：“当时设计的思路就是，专家预计50年以后武汉将有非常好的发展前途，就坚持这个路要建60米宽。这实际上是汉口城市空间一个非常大的跨越。”

1958年，解放大道主干道基本建成，60米宽的道路堪与当时北京的长安街媲美，老武汉人骄傲地称之为“武汉的长安街”。20世纪五六十年代，每逢国庆节，从解放大道中山公园鸣枪开始的国庆大游行，成了武汉这座城市的全民狂欢。伴随着军乐的铿锵，游行方阵浩浩荡荡向前。游行队伍里，展示的满是当年工业、农业的最新成果。如今回想起来，谢长钦依旧觉得，那是处于工业发展初期的武汉对于新生活的无限向往：“我记得当时大家想方设法地把这一年来取得的成绩展示出来，增加信心，体现我们当家作主以后的精神面貌。”

谢长钦说，也许跟这条路的名字——“解放”有关，这条路见证了武汉一次又一次“敢为天下先”的大胆探索。武汉这条宽阔的解放大道，诞生了汉口的第一度电、第一滴自来水、第一根棉纱、第一支火柴……

1970年，22岁的谢长钦成为武汉柴油机厂的一名铸造工人。从此，他每天骑着自行车从民生路出发，沿着解放大道一路向西来到硚口区古田四路。那里，是当时典型的工业区。由于交通方便，不少工业项目扎根在解放大道旁，最高峰时达190余家。硚口，也成为大汉口老工业聚集地。“低着头向前走，闻着臭气到硚口。”由于化工企业扎堆，环境污染严重，因此这是多年前人们对硚口的形象定位。

16年的时间里，谢长钦从一名普通工人成长为厂长。而他所在的武汉柴油机厂，曾因诞生了新中国第一台小型手扶拖拉机而受到毛主席亲自检阅，也因出现了中国改革开放后首位国企“洋厂长”格里希而惊动全国。

尽管质疑声不断，时任武汉市市长的吴官正依旧拍板聘用格里希，而这，也让谢长钦深刻感受到了武汉敢闯敢干的魄力与解放思想的决心。“如果不解放思想，怎么会让洋人来当厂长？当时有一个人是这样说的，‘社会主义国家，让一个资本主义国家搞技术的人当厂长，还有什么不能试的呢？’”

1984年到1986年的两年任期里，这位来自德国的厂长格里希抓管理、立标准、明规矩，一度令柴油机厂逆势上扬，产品走出国门销往海外。然而，遗憾的是，在改革开放的浪潮下，产业加速迭代，曾“敢为天下先”的武汉柴油机厂与当时的一批武汉本土品牌一样，难逃被淘汰的命运。

格里希发表就职演讲

谢长钦说，厂子可以被淘汰，但“敢为人先”的精神丢不得。正因为如此，2008年，武汉开始了壮士断腕式的自我“革命”，将三环以内的120多家化工企业全部搬迁。如今，驱车行驶在解放大道上，陪伴谢长钦几十年、那些他早已如数家珍的工厂，早已难觅踪迹，取而代之的是一个个新兴的产业园区。

在时代的更迭中，谢长

武汉解放大道新貌

钦熟悉的铸造车间变成了高层住宅，而竖立着格里希铜像的汉正街工业园区，面积也日渐萎缩。“小身材”的背后是产业结构的成功转型，如今，这里已成为全国电商示范基地。回首解放大道的发展过程，谢长钦觉得：“前30年我们在探路，中国路该怎么走？后40年我们在发展，不改革怎么能发展呢？这个方面突破了以后，胆子就大了，路就更好走了。”

如今，解放大道已然成为武汉这座城市的“活标本”：建于20世纪50年代的武汉剧院深深镌刻着岁月的痕迹；改革开放以来的一个又一个商圈愈发繁华；长江之滨，新规划的二七滨江商务区，又让人清晰地看到武汉更加现代化、国际化的模样。

看着眼前这条走了一辈子的路，谢长钦笑着说：“解放大道，这条纪念新中国‘解放’的路，未来一定会继续伴随武汉，走出更为宽广的‘大道’。”

扫一扫
听音频

宜昌

1954年，公私合营时的解放路　徐达摄

··· 史料链接 ···

解放路不仅是宜昌最古老、最传统的一条商业街，更是宜昌发展的起源地。清光绪二年（1876年），宜昌被辟为通商口岸，商贸逐渐繁荣，成为川鄂间最重要的水运枢纽和过载码头。民国初年（1912年），宜昌作为商埠重点，开发修建了通惠路（今解放路）、二马路、大南门等20条道路，形成商业区，其中通惠路最为繁华。民国十三年（1924年），宜昌第一楼峡州饭店在此修建，之后的丹凤银楼、天昌茶叶号以及留光、千秋照相馆等也都建在这条街上。自此，解放路商贾云集，成为宜昌重商之地。这里不仅是商业交易流通的主要地区，还承担了振兴城市经济、繁荣城市经济、推动城市发展的重任。

高峡平湖　生态先行

宜昌三峡广播电视台广播中心 / 陈灿、梁晓明、肖思、熊鹰　采编

宜昌是长江中游上一座美丽的滨江城市，因葛洲坝、三峡工程而闻名，解放路就依偎在长江母亲河的身边，住在这里的人们，一代又一代，都与长江结下了不解之缘。

1949 年，新中国成立的那一年，曹卫东出身于一个艺术氛围浓厚的家庭，母亲曾是语文教师，父亲以漆画为生。他自幼随父亲学画，成年后背着画板，走南闯北，在民间进行工艺美术创作。

1978 年，乘着改革开放的东风，曹卫东下海经商了。当年，一个偶然的机

解放路天桥　陈灿摄

会，他到广州买颜料，被大街上琳琅满目的港衫、自动伞、彩色电视机等深深吸引了。曹卫东敏锐地嗅到了商机，当即就将手中的余钱全部进了港衫、自动伞、剃须刀、电子手表、打火机等新鲜玩意儿。那年夏天，他用自行车把这些货物驮到解放路集贸市场，用门板、画板支起架子，开始摆起了小摊儿。没想到，这些小商品在宜昌非常俏销，很快就脱销了。

尝到甜头的曹卫东，拿出所有积蓄再次来到广州，除了采购日用品，他还在广州最大的商场——南方大厦进回各种面料的条纹布、格纹布。这些布匹花色多、质地舒适，在宜昌一经面市就被抢购一空。伴随着曹卫东生意的兴隆，解放路上临街摆摊的人越来越多，从几十人发展到几百人，一时间，解放路上的集贸市场成为川东鄂西最知名的布匹交易市场，成为宜昌流行的文化窗口，也带动了宜昌市场经济和餐饮、运输等相关行业的日益繁荣。

解放路汇聚了众多百货、副食等店铺，白天人潮汹涌，夜晚灯火辉煌，浓缩了整个城市的精彩。但每到初夏时，解放路上做生意的商家们茶余饭后谈论最多的是："今年长江会涨水吗?"——据统计，20世纪长江宜昌段有40多次超53米警戒水位，每一次都给长江中下游的老百姓带来惨痛记忆。

为了预防洪水的侵袭，每年五六月，在此经商的人们都要提前备好沙袋、木架等，为防洪做好准备。曹卫东说，为了保护店铺里的服装和布匹，每年都用木桩、木凳、石块将摊位垒高，保护商品不受到洪水的侵蚀。

1981年7月17日凌晨，1949年以来长江干流最大的一次洪峰到达宜昌，宜昌站水位55.38米，流量7.08万立方米/秒，大于1954年的6.68万立方米/秒，这一次的洪水是有水文记载以来1896年的最大的洪水。由于这次特大洪水洪峰水位高、来势汹涌、水流速度快、水位持续时间长，导致宜昌部分地区灾情严重，损失巨大。

曹卫东回忆道，当年解放路周边一片汪洋，洪水已经淹到了街面上，部分地方的水都没过了膝盖，不少商铺损失惨重。他说，当时很多商铺的东西都被水冲走了，特别是电器，被水浸泡之后，全部报废了。当年普通的铺面都损失了上万元，个别店铺已经倾家荡产了。

1994年12月14日，三峡大坝正式动工修建，2006年5月20日，三峡大坝全线达到坝顶185米设计高程，开始发挥防洪作用。2009年175米蓄水以来，上游洪峰有两次超1998年特大洪水，但通过三峡水库削峰调度，没有发生过一起超警戒水位，三峡大坝守护了长江安澜，也让宜昌地区乃至长江中下游的老百姓安居乐业。

如今的三峡工程发挥了防洪、发电、航运、养殖、旅游、保护生态、净化环境、开发性移民、南水北调、供水灌溉等十大效益，其中平均年发电量接近千亿度，输送到湖北、河南、江苏、广东、上海、重庆等九省二市，大国重器“点亮”了半个中国。

随着葛洲坝和三峡大坝的兴建，宜昌实现了由峡江小城向中等城市、由中等城市向大城市的两次历史性蝶变，至此，宜昌成为中国的“动力心脏”和世界水电名城。宜昌解放路逐渐向烟火气息的美食一条街转变，大小餐馆如雨后春笋般涌现，“稻香阁”“洪湖藕王”这些百姓钟情的餐饮连锁和各类老字号、特色美食相得益彰，形成吃喝玩乐购一条龙的特色商业街区。人们的消费观念也由“量体裁衣”向直接购买成衣转变，曹卫东的布匹生意悄然退出历史舞台，他转而开始从事企业形象设计、户外广告策划。

2016年以来，宜昌积极响应党中央、国务院关于长江经济带“共抓大保护、不搞大开发”的号召，在长江生态治理修复上实施综合治理，在产业结构调整上壮士断腕。对沿江134家化工企业实施关、改、搬、转等措施，取缔、关闭非法码头216个，腾退、修复港口岸线近39千米，实施生态复绿1213亩，为市民营造了良好的生活和居住环境。

2018年年底，长江宜昌段纳入国家监测考核的三个断面，水质全部达到地表水Ⅱ类标准。随着宜昌持续推进绿色发展和长江大保护，江水更清了，江岸更绿了，江景更美了，长江生态得到了很好的保护与修复，有着“微笑天使”之称的江豚经常出现在人们的视野中。

滚滚长江，奔流不息；逝者如斯夫，不舍昼夜。在解放路经商40余载的曹老亲身经历了解放路的发展和长江的巨变。如今，享受这岁月静好的曹老经常和老伴儿在解放路江边走走看看、吹吹江风，喜爱摄影的他，用相机记录了长江两岸的美景和当下的美好生活……

解放路商城　陈灿摄

扫一扫
听音频

荆州

解放路口处的老沙市报社，20世纪80年代后就拆了　赵楚辉摄

史料链接

沙市解放路大致呈南北走向，南边与中山路、新沙路在大湾处交会，北端在廖子河立交桥处与迎禧街相连，全长约1.1千米，路面宽7米，两边人行道宽2至3米。道路东边有青莲巷（相传唐朝著名诗人李白曾在此居住过，因李白号称“青莲居士”，故巷名为青莲巷）、公安巷、五一路、雄楚巷、谢家巷、潘家巷，西边有通衢路、兴安巷、瑶草巷、望亭巷、新风巷、荆堤巷，是一条历史悠久的老街道。

该路在清代时因驻有巡司衙门，故被称为巡司街。1931年，民国政府将其改为三民路。1949年为纪念沙市获得解放，被命名为解放路。1951年，该路铺设三合土路面，1965年又铺成水泥路面，各种车辆均可通行。路南端的两旁建筑物延续了中山路清末民国初期时的风格，大都为二层楼房，朝路面的屋顶均砌成女儿墙；此路靠北边的路段有许多砖木结构的民居，很有地方特色。解放路在新中国成立前后路的两边多为商铺店堂，经营着各类商品。2000年之后，解放路南部与五一路相连的路段，成为沙市特色美食街，店堂众多，排档一家连着一家，生意兴隆。2017年年初，沙市区人民政府对解放路进行了整体升级改造。

20世纪80年代的荆州沙市解放路，那时街牌很小，拍街景很难拍到门牌号码　赵楚辉摄

水的故事

荆州广播电视台荆州之声 / 沈秋、周鑫、张威、罗卫东　采编

荆州解放路与九曲回肠的长江荆江段近在咫尺，有许多条青石板小巷通达荆江大堤。祖祖辈辈生活在这里的人们，吃的都是长江水。

今年70岁的王远明从14岁起，就开始提着水桶、踏着解放路的青石板路，去长江边挑一家人饮用的水。江水挑回来，放上一块明矾，在水里捣一捣，再沉淀沉淀，泥土颜色的江水就变得清澈透明可以食用了。

早在上世纪五六十年代，荆州解放路上也是有“水”的。那时住在解放路上的家家户户，院子里都有一口井，井水冬暖夏凉，冬天洗衣手不冷，夏天在井里泡上一个西瓜，吃起来格外冰凉。只是井水碱性重，所以住在这条路上的人，生

解放路老民宅　赵楚辉摄

活用水是井水，喝的都是长江水。妙的是，这井里的水与长江水位直接相关，长江水涨了，井水也上涨，长江水跌了，井水也下跌。王远明说，涨水的季节里，家住解放路的人习惯每天先看看井水的深浅，心里也就对长江的水位有了判断。

“万里长江，险在荆江”，住在与长江荆江段百米之隔的解放路，王远明对长江的险到底比别人印象深刻。1954年，长江遭遇特大洪水，荆江三次分洪。那一年，荆江大堤上竖起了荆江分洪工程纪念碑，正反面分别有毛泽东主席和周恩来总理的亲笔题词，碑上还镌刻有参加荆江分洪工程建设的928位英模的名字。虽然那时王远明尚年幼，但每每在家推开窗就可以看到纪念碑，也在小小的王远明心里种下了英雄崇拜的情结。

70年代初，荆州解放路上通了自来水，1分钱一桶对外售卖；70年代中期，荆州解放路的自来水入户了，解放路上无论老房子、新房子都哗哗的有了自来水，王远明再也不用去江边挑水喝了，挑水喝的日子也就尘封在了解放路的历史里，只是，趴在井边上看井水的深浅，依然是解放路上大人的习惯、孩子的乐趣。

1998年，长江再次遭遇特大洪水。回想起来，王远明仍心有余悸。那年，王远明亲眼所见，浩浩荡荡的江水几乎与大堤持平，而解放路上的房子就在大堤

解放路北端的民国建筑物　赵楚辉摄于2006年

正下方，如同头顶悬着千涛万浪。

1998年8月16日，江水汹涌，洪水肆虐，长江荆江段创下了长江有史以来的最高水位，数十万军民奋战在大堤上，与洪魔进行着一场殊死搏斗。水涨一分，堤高一寸，抢险队员们昼夜不息地为长江大堤最险段抢筑了一条高半米、长6千米的子堤。最终，人民子弟兵用英勇顽强、气壮山河的抗洪精神夺取了九八抗洪的伟大胜利。

人民子弟兵离开的时候，队伍正好从解放路经过，每一名群众都自发地去相送，王远明也在送别的人群中。只见一千米的街道两侧，向东望人潮如织，向西望万头攒动，近百条写着“感谢人民解放军”“向抗洪抢险勇士致敬”字样的大红横幅在人潮中格外醒目。大家一个劲儿地把包子、馒头、煮鸡蛋往子弟兵手里、兜里塞，含着眼泪跟他们告别……

此后，荆江内河整治工程实施，三峡大坝建设完工，水利工程防洪网基本建成，长江防线固若金汤，荆江段很少再受到洪水的侵袭。从此，一江春水，两岸绿廊，秀美的荆江风景带成了家住解放路的百姓休闲的好去处。

解放路上著名的青莲巷，据说李白曾在巷内住过　赵楚辉摄

2018年4月25日，习近平总书记驱车来到荆州。经过荆江分洪工程纪念碑亭，在荆州港码头登上轮船，顺江而下考察长江。从“谈洪色变”的历史创伤，到“人水和谐”的生态新图景，习近平总书记纵论古今，高瞻远瞩，提出“长江经济带发展共抓大保护、不搞大开发”的战略决策，把“人水和谐”的观念注入荆州的发展，也注入每个荆州市民的心里。

王远明感慨地说：“我今年整整70岁，跟新中国同岁，现在我们正幸福地度过晚年，希望70年的解放路也能够大变样，让居住在解放路上的居民生活得更美好！”

扫一扫
听音频

长沙

长沙解放路上的老字号杨裕兴　陈先枢提供

史料链接

长沙解放路在明代是吉藩府南门外的一条护城河，清初填为街道，因河上有三座青石桥，故名青石桥街。1937 年，青石桥改称中正路，次年改建成柏油路面的马路。1949 年，长沙和平解放，中正路改名解放路。1954 年，解放路彻底翻修，在原路面上加铺水结石底层和灌入式沥青面层，路幅拓宽为 17 米，老字号杨裕兴面馆、柳德芳汤圆店先后移建于此，并新建了京广百货站、妇女商店等商场。2000 年，老解放路打破“瓶颈”，东延至车站路，西延至沿江大道，成为贯通古城东西的一条主干道。解放路的变迁印证着古城长沙的沧桑巨变。

长沙解放路：引领时尚美好生活

湖南广播电视台广播传媒中心／程锦　采编

“惟楚有材，于斯为盛。”长沙自古是楚汉名城，名人辈出，近代的长沙人更是不畏艰险，勇立潮头。长沙以敢为人先的创新精神彰显着其独特活力和城市气质。

长沙解放路，作为长沙历史文化名城时尚、活力的中心，一直是长沙这座城市创新创意、引领时尚的原动力，长沙人在这里一路追逐并创造着长沙的时尚。

1949年8月5日，长沙和平解放，由青石桥街改建的中正路更名为解放路。长沙人重获新生后的喜悦最先从舌尖开始释放：老字号面馆杨裕兴在被“文夕大火”烧毁的解放路旧址上，率先重建起一个三层楼的面馆。到杨裕兴挑个位子坐下，对着服务员喊一句“带迅”，长沙派头十足。长沙杨裕兴总店的总经理吕望

长沙解放路上的商场　陈先枢提供

长沙解放西路夜景　杨抒怀摄

国介绍，“带迅”的“迅”就是迅速的迅，指的是刚熟的面，当时长沙人在面馆边吃面，边喊“我们胜利了”，后来慢慢地，杨裕兴面便有了“胜利面”的说法。

新中国成立后，“百花齐放、百家争鸣”的文化春风吹进了长沙解放路。20世纪60年代出生于解放路的长沙“老口子”孔强曾听父亲说起过：1956年寒冬，梅兰芳来到解放路附近的湖南剧院表演京剧，担心买不到票的长沙戏迷，带上被子通宵达旦地排队。孔强上小学那会儿也经常看电影，他还记得自己和住在附近的同学搭梯子趴在电影院窗户外“偷”看的场景。“过去影院常常放映《小兵张嘎》等红色电影，有时候也演一些样板戏。”孔强如是说。

90年代后，长沙解放路陆续东延至车站路，西延至沿江大道，成为贯通东西的一条主干道。长沙新世纪的“时尚风向标”也由此竖立：以解放西路为中心，逐渐云集了数以百计的酒吧、KTV和剧场，“娱乐之都”长沙由此声名鹊起，“不到解放西路等于没来过长沙”成为年轻人时常挂在嘴边的一句话。

属猴的80后长沙小伙彭登，在解放西路上创办了一家名为“猴子博物馆”的酒吧。他说猴子天生有一种自由的野性，他希望自己能给长沙注入一种全新的自由音乐氛围。2016年，他从西班牙电子音乐节中汲取到灵感，先后两次在橘子洲头沙滩公园为上万人带来全新的电音体验。彭登眼中闪烁着光芒："我们邀请了全球知名的百大DJ，年轻人跟着音乐的节奏自由地跳舞，工作人员带着大家上台展示自己，每个人都是沙滩上的主角。"

为引导长沙解放西路上的娱乐文化朝着健康阳光的方向发展，从2009年开始，长沙市推出了一系列文化活动，"万名市民进歌厅"是其中的重头戏。长沙市文化旅游广电局副局长吴洪介绍，仅2018年，长沙就发放了免费消费券近20万张。此举让解放西路"惠民生显担当"的娱乐精神独树一帜。

如今，在长沙解放西路走一走，你会发现：长沙"笑工厂"里，本土方言相声和小品座无虚席；青山祠巷内，湘剧、长沙花鼓戏、长沙弹词等传统非物质文化遗产"老戏新腔"再现生机；魅力四射酒吧中，创作团队将湖湘文化与世界音乐潮流融合，演艺的节目备受年轻人的追捧……注入了文化内涵的解放西路，正引领着新的长沙时尚。长沙魅力四射酒吧的董事长李志对未来充满信心："我们准备搞一个老长沙印象，通过电音制作，把老长沙文化的点点滴滴搬上舞台，让大家知道长沙的酒吧不仅是蹦蹦跳跳，还蕴藏着深厚的文化。"

短短的一条解放路，诠释了长沙人心忧天下、敢为人先的精神品质和文化精髓。当人们站在国金中心楼顶，眺望着解放西路的尽头，绚烂的橘子洲焰火点亮的不仅仅是"幸福长沙"的城市名片，更是长沙人在习近平总书记"撸起袖子加油干"的勉励中用创新与实干对美好生活的不断追求。

长沙解放西路夜景　李凡摄

扫一扫
听音频

湘潭

20世纪50年代湘潭解放路的风貌，此时的解放路已经是城市主干道

··· 史料链接 ···

湘潭解放路位于雨湖区，全长近3千米，分为解放北路和解放南路，一直都是比较繁华的地带。坐落在这条路最北端的中国兵器工业集团江麓机电集团有限公司始建于1958年，由晚清洋务运动湖广总督张之洞创办的名震中外的汉阳兵工厂演变发展而来，与解放路相互辉映，共同见证了新中国70年来的蝶变。

威武战车从这里驶来

湖南广播电视台广播传媒中心／孙侠　采编

常年生活在湘潭解放路附近的人们，对来自江麓机电集团（以下简称江麓厂）厂区内的轰鸣声已经习以为常，但他们或许不会想到，以往在国庆阅兵上看到的不少装甲战车，正是从这条解放路上开出，继而纵横驰骋在祖国的万里海疆或者大漠戈壁上。

说起江麓厂，不少湘潭人的第一反应是：尽管厂里不少工人都在湘潭土生土长，但是他们说的话却不是湘潭话，而是湖北话。这是为什么呢？原来，始建于1958年的江麓机电集团，前身是创建于19世纪、赫赫有名的汉阳兵工厂，不少工人祖辈都是从武汉迁来的，因为相对封闭，所以形成了一种独有的“江麓话”。

除了湖北以外，江麓厂的许多职工都来自五湖四海，为了祖国的军工事业齐

20世纪80年代的国营江麓机械厂厂门　江麓宣传部提供

湘潭解放北路街景

聚在湘潭。尽管工厂白手起家，条件艰苦，但是工人师傅们硬是靠自己的双手造出了性能优异的国产坦克。

1962年，国家正式确定江麓厂为长江以南轻型坦克生产厂。这一年，江麓厂仅仅具备履带板铸造、拉孔、负重轮铸造等简单部件生产能力，无法自己生产甲板。甲板是坦克的“甲胄”，甲板都不能生产，哪里称得上是坦克厂呢？而生产甲板，必须要有大型压力机。于是，上世纪70年代，一场轰轰烈烈的2500吨水压机大会战开始了。

水压机上的零件有两个特点：一是大，最大的有50多吨重；二是技术要求高。工人们别说没干过，就是见也没有见过，完全靠一颗雄心一身胆，一点点地干出来。

6米长、3米宽、2米多高的横梁热处理，就是用蚂蚁啃骨头的精神啃出来的。当时厂里的退火炉，最大的只有5米长、2米宽，况且也只有一台10吨桥式吊车，要对50多吨重的铸件退火，简直无法想象。送到衡阳去退火，成本又太高。最后决定土法上马，利用铁路边锅炉房的高大烟囱，在露天场地临时砌了一个长10米、宽6米，外用红砖、内衬耐火砖的退火炉，不到一个月时间，就搞出了退火炉。那时正值初春，阴雨连绵，又是露天操作，干部、工人夜以继日，风雨无阻。雨天外衣被雨淋得透湿，里衣被汗水浸得透湿，但大家都憋着一口气，不叫一声苦。经过热处理的大件往外吊运时，几百上千度高温，把下雨淋湿了的工作服烤得直冒烟，谁也没有哼一声。

随后，四大立柱的机械加工又成了一块硬骨头。立柱直径5米，长10米，江麓人发挥聪明才智，将清政府遗留下来的床身长8米的老机床，与两台G650车床排在一起，组成了一台三机合一的简便机床，一刀一刀慢慢车。共产党员汤著，就利用这台土设备，几十个日日夜夜坚守在机床边，吃住在机床边，他说："党交给的任务，就是上刀山、下火海，也要完成。"就这样，这块硬骨头被"啃"了下来。

2500吨水压机的制造，存在许多技术难关，光靠蛮干是不行的，必须苦干加巧干。比如，大铸件、横梁和工作台等共四大件，毛坯上百吨重，3吨炼钢炉超负荷运转充其量也只能炼6吨钢水，怎么办？就只好借用湘钢的平炉和钢包了，那是铸钢锭用的。没有浇注产品的设施，只能利用其工房、平炉和钢包。首先在那里挖一个深6米、10米见方的造型地坑，砂子、砂箱、泥芯、配砂、工具、焦炭等都在厂里配备，然后运到湘钢去。100多人的铸造队伍前往湘钢工地，正值寒冬腊月，热饭送到工地后冰冷难咽，工人们蹲在四周无墙的工房里造型，手指冻得发麻，清鼻涕直流。但大家心里还是热乎乎的，干部每天工作十五六个小时，甚至通宵达旦地在现场值守，质量上一丝不苟。浇注那天，场面十分壮观。总指挥一声令下，浇注开始，装有100多吨钢水的钢包徐徐升起，然后渐

江麓广场鸟瞰图　唐海燕摄于2019年7月

江麓机电集团有限公司大门　王慧崎摄于2018年4月

渐对准浇口，钢水便从钢包里奔流而下，钢流映红了整个工房，犹如瀑布一样壮观，人们终于松了一口气。

一个又一个难关被攻破，一个又一个窄口被解决。据统计，仅围绕水压机制造而实现的技术革新项目就达16项。水压机制造的成功，是江麓人打的一场志气仗，一场智慧仗，一场争气仗，为后来人树立了光辉的榜样。

2018年，由俄罗斯国防部发起，俄罗斯、中国等7个国家共同承办，189支参赛队参加的“国际军事比赛-2018”在俄罗斯展开角逐。比赛中，中国兵器江麓集团生产的3型履带式步兵战车分别代表中国陆军、中国海军、中国空军参赛队出征“苏沃洛夫突击”“侦察尖兵”“海上登陆”“空降排”战车组4个项目的比赛，获得两个团体冠军。其中，在中国海军首次承办的“海上登陆”赛事中，中国、俄罗斯、委内瑞拉、伊朗4个国家的参赛队，全部使用江麓集团生产的05式两栖装甲步兵战车参加接力赛。

经过近60年的艰苦创业、锐意创新，江麓机电集团已发展成为我国唯一一家同时为陆海空三军提供装甲装备的总装单位。公司研产的主要装备先后作为独立整车方阵参加了国庆50周年、国庆60周年、抗日战争胜利70周年、建军90周年大阅兵，先后参加了“和平使命”中俄联演、“蓝色突击”中泰联演、国际军事比赛、装甲与反装甲日等重大活动，展示了国威、军威，并多次受到中央军委及其装备部门的通令嘉奖。

扫一扫
听音频

衡阳

改革开放初期的衡阳解放路　《衡阳日报》提供

··· 史料链接 ···

衡阳解放大道在清朝和民国年间并不叫解放大道，而是先后被称为铁炉门横街、道后街及大西门正街。

1950年，衡阳市将大西门以东的道后街、铁炉门等几段老街和大西门以西的山丘、菜地、池塘连接，进行拓宽改建。修建后的街道更名为解放路，东至解放路码头，西至汽车站，长1760米、宽34米，分机动车道、非机动车道和人行道，双向6车道。

20世纪90年代，衡阳市高新技术开发区建设，又沿解放路延伸建设了汽车西站至华新车站一段，并将整条路命名为解放大道。

神秘的“核六所”

湖南广播电视台广播传媒中心 / 孙侠　采编

清晨的衡阳解放大道，人流熙熙攘攘，在“核六所”站，一位白发苍苍的老者从公交车上走下来，快步走进了南华大学的南门。

他叫丘寿康，原核工业第六研究所的教授。作为现在南华大学资源环境与安全工程学院的项目顾问及导师，每天来到实验室与学生们交流，让他乐此不疲。

今年已经82岁高龄的丘寿康教授在上海长大，1953年，他考入了北京大学化学系。在大四上学期，因为新中国急需发展核工业，品学兼优的丘寿康被学校选中，在北大旁边的一个小红楼里学习原子能知识。当时，让他坚定核工业理想的是来讲课的著名科学家钱三强。虽然时隔几十年，但他仍然记得老师说的话，搞放射性不要怕带来危害，科学地认识它、利用它，就能为国家作出贡献。

经过几年的学习，丘寿康掌握了基本的原子能知识。当时，我国核工业处于起步阶段，需要大量相关领域的工作人员，于是他被分配到刚刚建立的衡阳矿冶工程学院做老师，几十名满怀报国之情的年轻人汇集在现在解放大道旁的一处山头，虽然条件简陋，开学典礼都是在一个草棚子下进行的，但拓荒建校的激情岁月却让他终生难忘。

衡阳有相对优越的铀矿储备，因此，位于南昌的矿业研究所在20世纪70年代便转而迁至衡阳，与矿冶工程学院联合，最终成立了核工业第六研究所，简称“核六所”。技术、人才与资源的重组使得新机构焕发出勃勃生机，这里成为全国第一所铀矿开采以及应用的研究所，一系列新技术相继问世，其中“核六所”创造的溶浸采铀技术现在还在全国普遍使用。这之前，采铀普遍都是以在地下挖洞爆破的方式，溶浸采铀技术则是使用溶浸，也就是用溶液来采集——打钻井，倒酸碱，把下面的铀溶解后再提上来。

在众多核物质中，氡是一个对普通人来说显得陌生的化学元素，但它又是一种无色无味同时无处不在的放射性气体，会导致肺癌，已被世界卫生组织列为19种主要致癌物质之一。从1959年到2019年，60年来，丘寿康教授一直在进行

20世纪70年代的衡阳解放路 《衡阳日报》提供

衡阳解放大道气势如虹　罗盟摄

核防护领域的研究，他牵头成立的南华大学氡湖南省重点实验室是国家唯一授权的氡及其子体专项计量检定实验室，用他的话说，自己这辈子都用来与“氡”作斗争了。

经过许多像丘教授这样的科研工作者的默默付出，原“核六所”氡实验室已经成为国际氡计量组织的亚洲区域协调实验室，为15个国家和地区的200多家单位提供比对测量、刻度、检定、仪器测试和科研试验等技术服务。除了在实验室做科研，在铀矿山实地采集数据也是他们的日常工作内容。

核，是种带有巨大磁场的物质，它自身所特有的机密性，长期以来，让衡阳解放大道的这个“核六所”更是披上了一层神秘的面纱。在2002年“核六所”并入南华大学之前，这里一直由部队驻守。

2002年，随着原核工业第六研究所并入南华大学，不少科研人员从实验室走进教室，开始教书育人，为学校涉核专业的建立提供了强大的技术支撑。现在，学校已拥有矿物资源工程等7个涉核专业，因为国内相关专业稀缺，毕业生就业率接近百分之百。

站在解放大道上，回溯历史，从衡阳矿院，到核六所，再到现在的南华大学，变的是名称，不变的是“事业高于一切、责任重于一切、严细融入一切、进取成就一切”的中国核工业精神。无数核工业奋斗者的默默付出，使得中国完成了从核大国到核强国的跨越，也铸就了今天中国核工业在民用服务和国防安全上的辉煌功勋。

郴州

20世纪80年代的解放路风貌　周建生摄　郴州市城乡建设档案馆提供

··· 史料链接 ···

郴州解放路北起火车站，南至北湖桥，全长约600余米，兴建于1933年，与粤汉铁路株韶段同步建设，作为铁路连接郴县城区的配套工程，起初无路名，俗称火车站路。1936年9月，随着粤汉铁路全线通车，火车站路正式启用。

新中国成立后，火车站路正式取名解放路，移交地方管理，1954年改建为水泥路。1979年11月28日，解放路突发大火，火灾过后，解放路扩建改造，新式楼房拔地而起，街区面貌焕然一新。

解放路头的郴州站

FM99.2郴州综合广播 / 吴湘、黄翔、李小平　采编

郴州火车站，坐落于郴州解放路的起点。1968年冬天，铁路工人王崇明第一次来到这里。

51载光阴流转，染白了王崇明的须发，也点亮了郴州解放路的发展变迁。

郴州火车站背倚苏仙岭，面朝流星岭。王崇明记事时，站台又挤又小，两个站台之间没有天桥，围墙斑驳中泛着黄，站房南北两端搭建着红砖黑瓦的矮小平房，只要下雨，地面就会积水，一片泥泞……岁月斑驳的痕迹在王崇明的脑海中慢慢浮现，可他却觉得郴州火车站特别雄伟，那年他只有8岁。

1936年，京广铁路南段粤汉铁路全线通车，郴州火车站建成。黄泥地、低矮房，当时还叫郴县站，除了候车大厅，周边一片空旷，当地人管这里叫"半边街"，距离城区有两三千米。

解放路是火车站通往城中的主要干道。1978年，中国迈出了改革开放的步伐，原本狭小、拥挤、萧条的解放路，真正开始"解放"发展，踏上了极速革新的快车道。

解放路"领头"的火车站，站台经过扩建，多了许多青砖房，铁路服务能力大幅提升，火车站成了"闹市"。人流量陡增，带火了解放路的经济。在解放路上，许多人"伺机而动"，摆起了小摊位，卖水果、卖杂货、卖服装、卖小吃……解放路一跃成了这座南方小城最繁华的街道。那一年，王崇明18岁。

"那时都是人工售票，购票的乘客排队要排很久。排队的人群经常从售票厅排满了整整一条解放路，这也带火了当时解放路上的经济，旅馆、饭店、服装饰品店、五金百货店、鞭炮玩具店等都在这里开了起来，解放路因为紧邻火车站，成了当时郴州城区最繁华的地段之一。"

1987年，衡广铁路复线全线通车，郴州火车站继续扩建，郴州站站台向北扩展了约500米，还在站台上搭建了雨棚和天桥，终于成为现在郴州站的模样，不断为解放路的发展注入新鲜活力。

"那气派，可以说是当时郴州市的标志性建筑，车站站房改善了，配套也更齐全，有了独立的售票厅，有了单独作业的行包房，有了候车区域，焕然一新。再也没有乘客因买票排队排到解放路上的景象了。"

突然听到清脆、嘹亮、新奇的汽笛声，王崇明他们这些平时听惯了蒸汽机车的粗犷轰鸣声和轰隆轰隆行车声的人感到特别新奇，王崇明知道，新时代的汽笛已经吹响了。

20世纪90年代初，王崇明调入郴州站工作，每天往来于解放路和车站之间。在浩浩荡荡的历史潮流中，他见证了郴州火车站经历的岁月变迁，也见证了解放路的日新月异。

1995年，国务院批准郴州撤地设市。从那时起到现在的这24年里，郴州发生了翻天覆地的变化，交通、旅游、经济、城市建设等领域均取得了骄人的成绩。解放路从以前的黄泥路，变成了如今的柏油马路，由狭窄的小道扩建成宽敞的四车道，老铁路医院拆迁，周边的小平房、青砖房也被拆除，新的高楼建起来了。

2014年7月，华灯初上的火车站广场焕然一新，历时3个月的广场提质改造工程全部完工，如今已成为城市公交集中站点，通达郴城各处，夜晚则是市民休

郴州解放路　2019年摄

闲娱乐的好去处。而解放路社区的挂牌成立，还帮居民们甩掉了不少生活上的烦心事。杨芳家住在解放路上的一个老小区，小区地势较高，抽水泵的位置也很高，所以小区经常停水。于是，杨芳把这个问题反映给了社区领导。很快，社区组织施工人员把抽水泵搬到一个较低的位置，解决了社区用水问题。同时，针对小区地势高、出入要经过一个很陡的高坡，出行不便、有安全隐患的问题，社区还安排附近商户在陡坡的楼梯处装上了扶手。解放路社区居民冬淑佩今年74岁，唐山人，在唐山大地震中不幸失去了一个小儿子，如今她的老伴儿因病瘫痪在床，需要她来照顾。但生活的磨难没有磨去老人达观的心气，她说，这都源于自己平时常看电视了解时事——以前火车站广场这带"脏、乱、差"现象严重，治安案件频发，这些年，郴州致力于打造市容整洁、环境优美、文明卫生、秩序井然的城市新形象，生活环境发生的喜人变化，令老人感到了满满的幸福。

现今，郴州火车站设有2个站台、5条线路、3个候车室、8个售票窗口和2个行李寄存处。京广铁路线穿城而过，每天都有190多列火车在这里停靠。2016年，国家发改委公布了《中长期铁路网规划图》，兴永郴赣铁路被列入促进脱贫攻坚和国土开发铁路项目，并确定过境郴州，一条填补湘南、黔东南、黔南、黔

郴州火车站雕塑《苏耽跨鹤》

西南地区的路网空白，连通京九线、京广线、焦柳线、洛湛线等铁路干线的重要通道将在未来不久穿越郴城。今天，再也看不到当年买票排队排满整条解放路的“盛况”，郴州到长沙的最短时间被高铁刷新，一个小时南下广州、北上长沙，高铁正在改变郴州人的生活半径，高速公路、铁路、高铁、飞机，大家出门的方式越来越多，老城区改造和新的项目建设也是目不暇接，这为郴州发展带来新的腾飞。但人们始终不会忘记，解放路为郴州跨步发展作出的重要贡献。

今天，越来越多的人从解放路起点出发，踏上去往他乡逐梦的路途。火车站广场中央立起的《苏耽跨鹤》雕塑是郴州老城的标志和象征，昂首朝天的样子，就像我们祖国如今的面貌一样，让人每次看到都感觉心潮澎湃。站在人潮中，王崇明说自己今年就退休了，但仍舍不得离开铁路，他想从自己工作了一辈子的解放路头郴州站出发，去走一走、看一看，切身感受我们祖国的变化，也祝愿伟大的祖国繁荣昌盛。

扫一扫
听音频

永州

老解放路　谭莉提供

史料链接

1951年，零陵专区（今永州）扩宽零陵县城关区（今永州零陵区）第一条街道，将其命名为"解放路"，以纪念零陵和平解放。

解放路与中山路平行，南北走向，北起正大街七层坡巷口，南到太平路，通太平门渡口，可通过人工摆渡到潇水对岸的朝阳岩。此外，这条街还可通往零陵县城著名的小西门和太平门，不仅是著名的商业街，更是永州古城南北向的主要道路之一。2013年，解放路相关街区被正式批准为解放南路历史文化街区。2015年5月11日，零陵解放路和正大街合并，正式改名为正大街。

听，解放路又唱起了花鼓戏

永州人民广播电台 / 宋燕、李颖、陈彦希　采编

从湖南永州零陵区解放路的花鼓剧院走过，很可能会听到零陵花鼓戏的经典曲目《双盘花》，唱这戏的是湖南省非物质文化遗产项目——零陵花鼓戏的代表性传承人李江元。

1951年，永州出现了解放路。同年10月，李江元的父母和一群小调演唱者在解放路159号成立了大众楚剧团，1954年更名为零陵花鼓戏剧团，60年代最负盛名的《琼花》《霓虹灯下的哨兵》等戏就是在这里登上舞台，走进了大众的视线。

这条解放路孕育了零陵花鼓戏，也孕育了李江元。他从小耳濡目染，上小学时就跟着上台演出《收租院》。李江元回忆道，当时的解放路两边都是木质吊脚楼和平房，不少商贩在这里做买卖，市民常来这里买东西，非常热闹。

人们当年看花鼓戏的盛况

花鼓戏老剧照

在一出出样板戏的排练与演出中，10多年时间一晃而过。借着改革开放的春风，零陵花鼓戏剧团开始排练第一部古装花鼓戏——《刘海砍樵》，男主角刘海的扮演者就是李江元。

当时李江元去省里学习《刘海砍樵》，并对刘海的步伐进行了改良，如上山时步伐应由“拖”改为“抬”。这一改良得到了省里老师的认可，此后，刘海就用李江元改良版演出。

《刘海砍樵》在永州第一次上演便轰动全市，演出场次达到300多场。连续一个月，演出票没有单卖过一张，全被各个单位订走了。那些买不着票的人，只能趁着排练的时候，到剧院门口过个眼瘾。

解放路的青石板上留下的不仅仅是前来过瘾的票友们的脚印，也见证了零陵花鼓戏的鼎盛时期。《刘海砍樵》火爆永州后，零陵花鼓戏剧团陆续又排练了《雕龙宝扇》《董永重会七仙姑》等自创戏目，不仅拿下了省里各大奖项，还连续多年被桂林等地邀请到当地县区演出，名噪一时。

据李江元回忆，那时一票难求，乡村百姓跋山涉水只为看一场演出。剧场里人山人海，买不到票的人还和工作人员急眼。演出结束后，演员们还没收拾好，就被观众争先恐后地拉着去家里吃饭，俨然一出大型追星现场。

20世纪90年代初，随着电视机的普及，解放路上的电视声越来越多，到花鼓剧院看戏的人却越来越少。1991年，零陵花鼓戏剧团的《野坳谷》虽在湖南省花鼓戏会演的8项大奖中囊获7项，但仍无法挽救戏曲的颓势，零陵花鼓戏开始走向衰落。

渐渐地，解放路的石板路变成了水泥路，两旁的木房变成了砖瓦房，红极一时的花鼓剧院却被挂上“危房”的标识，这条路上再也没有响起过戏曲声，直到2009年——实在放不下花鼓戏的李江元，召集之前的团员，决定复兴零陵花鼓戏。可这时，能唱戏的不到6个人，年龄最小的都40多岁了。演员少，只能唱小戏，剧院也因多年荒废而无法使用。为了零陵花鼓戏，再难，戏还是要排下去！怀着这样的信念，李江元和其他演员们就在旁边的居民楼道和门口的小平台里排练。

就是在这样艰苦的环境下排练出来的零陵花鼓戏《双盘花》，在2009年湖南省艺术节上获得了非遗保护特别突出贡献奖，随后又拿下了中国中南六省曲艺大赛二等奖，闻名全省。备受好评的《扶贫计》《打赌》等戏也随之诞生。

2015年，为了打造零陵历史文化名城的氛围，政府修缮解放路，将其和正大街合并，改名为正大街；2017年，花鼓剧院翻新，剧团也开始了他们每周末在东山景区的演出。刚开始演的时候，只有十几二十个人去看，后来，人慢慢地多了起来，到现在，一场演出有上千人观看，剧团人员也在逐渐增多。

如今，零陵花鼓戏正在慢慢复兴，表演形式和传播方式也在与时俱进，正如已成为历史文化街区的解放路，它们不仅是历史的见证者、文脉的传承者，更是未来的开创者。

零陵解放路标志性建筑

扫一扫
听音频

广州

广州解放路

史料链接

广州的解放路位于市中心越秀区，原名为中华路。解放路原南起一德路，后因修建解放大桥延伸至沿江路，北接机场路，全长约5千米，是广州南北走向的主干道。旧时，解放路两边以骑楼建筑为主，明清时期已是广州的重要道路。1949年10月14日，中国人民解放军解放广州。为纪念这一翻天覆地的历史事件，1951年八一建军节期间，广州市政府决定将解放军进入广州城踏上的第一条路中华路正式更名为解放路。

吴国材和东方宾馆音乐茶座

广东广播电视台文体广播／童瑶、李伟良、夏文嘉、冯嘉雯　采编

“解放北路口站到了，请前往东方宾馆的乘客在这里下车。”第一次见到作曲家吴国材先生，是他一个健步从7路公交车走下来。已年过七旬的吴老师，说自己喜欢绿色出行，坚持不让节目组接送。他神采奕奕地走进东方宾馆，回忆起当年，自豪之情溢于言表。

“这是中国最早的国营五星级宾馆，也是来参加广交会的世界各国商人首选的入住之处。1978年，广州东方宾馆开办了全国第一个音乐茶座，我是乐队队长。那时候，我才30出头，正是敢想敢做的年纪。”

20世纪70年代末的一个夜晚，醉人的港台音乐在东方宾馆露天花园音乐厅奏响，为广州的夜空增添了一道亮丽的色彩。

1978年，中国迈出了改革开放的步伐。为了在广交会期间给外宾提供一个文化消费的场所，东方宾馆在户外的西餐厅里搭起了一个方形的表演舞台。当时的轻音乐队，由广东音乐曲艺团担任作曲指挥的吴国材领衔，歌手有刘欣如、李华勇、陈浩光等人，乐队拥有爵士鼓、电吉他、弦乐、管乐等乐器，七八位广州文艺团体的演员组成了初期的现代电声乐队。每天傍晚，吴国材忙完曲艺团的工作，就骑着自行车前往东方宾馆进行音乐茶座的演出。

晚上9点，音乐茶座准时开演。舞台坐落在大厅的正中间，大厅四周挂满了霓虹灯，观众围绕着舞台落座，可以一边听歌跳舞，一边喝茶吃点心。那个时候，歌厅的演员通常会演唱一些世界名曲，观众也可以把想听的歌写在纸条上传给歌手。来自日本的宾客，就经常会点《邮递马车》《苏珊娜》等经典歌曲。

对于吴国材来说，能够在音乐茶座上演出，是一件很享受的事情。当时的中国，无论是音乐厅还是剧场，舞台与观众席都截然分隔两边，而东方宾馆音乐茶座表演场地的布置，颠覆了国内演出的常见形态，拉近了观众与舞台的距离，场面十分轻松。有些外国人在听歌时，还会拿杯子与歌手一起碰杯，同演员一起跳舞，完全没有台上台下的感觉，场面愉快而温馨。

音乐茶座一推出，便在那个舞厅还未兴起的年代引起了轰动，顿时引来高朋满座，宾客如云。最初，广州东方音乐茶座规模不大，设有210个座位，而且只在广交会期间举办，面向外国来宾开放。观众须凭护照，用7元的外币或外汇券购票入场。1979年，东方音乐茶座开始全年开放，港澳台同胞也可以入场了，吴国材的东方宾馆乐队的名声也从此传到了香港。

从那个时候开始，吴国材将《小李飞刀》等港台的流行歌曲也加入到歌厅演出的曲目当中。上台表演的歌手还会在一起比拼，看谁模仿得最像。翻唱港台歌曲走红的茶座歌手不断出现，比如“广州刘文正”吕念祖、“广州郑少秋”陈浩光、“广州苏芮”张燕妮等。最有趣的当属“广州罗文”李华勇，他的知名度甚至还吸引了罗文本人前来广州东方宾馆与之相会。那个晚上，香港亚洲电视台采访摄制组来到东方宾馆音乐茶座拍摄了整整一个晚上。临别时，真罗文和“假”罗文还一起合影留念。

敢为人先的广东人尝到了娱乐经济的甜头，音乐茶座如雨后春笋般涌现出来，名声大噪的吴国材也被邀请到广州解放南路附近的广州宾馆和华侨大厦等星级酒店组建歌厅乐队。那时候，广州的工人一个月的工资不过二三十元，而一张音乐茶座的门票便要7元钱，这在当时可以说是一种很高级的娱乐享受了。尽管如此，音乐茶座依旧在广州城里掀起了一股潮流。每晚，广州市各处涌来的年轻人把东方宾馆翠园宫的前厅挤得水泄不通，走廊上还经常加位，连隔壁的后厅也挤满了人。

歌手在东方宾馆音乐茶座演唱

在音乐茶座演出，轻音乐队每晚有70元的酬劳，平摊下来每个成员有七八元的收入，一个晚上就能赚到在单位一周的工资。丰厚的收入不仅吸引了不少体制内的演员前来“炒更”（“炒更”来源于粤语，形象地说明要取得业余收入，就必须把握好晚上的时间），也带动了中国流行音乐的发展。吴国材回忆道：“吕念祖最开始是在广州话剧团当演员的，后来我

广州解放北路上的越秀公园

把他拉去唱歌，帮他排练，他唱的‘阿美阿美几时办嫁妆’这首歌原唱是刘文正，一演出就很火爆。广州是全国流行音乐的基地，那时候，广州市的流行音乐演出很火的，很多北方的歌手都来广州发展，广州的演出有市场。”

吴国材是当年广州流行音乐的第一人，他创作的许多粤语流行歌曲如《星湖荡舟》等，都成为改革开放后首批流行歌曲。而广州音乐茶座歌手的走红更是点燃了广州流行歌坛的激情，从早期对港台音乐及国外音乐的模仿，到本土原创歌曲的百花齐放，广州流行歌坛迎来了黄金发展期。广州涌现出李海鹰、陈小奇、解承强、毕晓世、捞仔等一批著名的音乐人，以及一大批从广州红遍全国的流行歌手，如我们耳熟能详的毛宁、杨钰莹、甘萍、陈明、林依轮、李春波等。

回想当年，广州音乐茶座的萌芽和发展对中国流行音乐的蓬勃发展功不可没，这是伴随改革开放春风而生的新鲜事物。它以广州解放路为起点，顺着城市的血脉流动，如星火燎原，开创了中国流行歌坛一片欣欣向荣的新时代……

扫一扫
听音频

深圳

20世纪50年代，宝安县人民公社成立，游行的队伍走到东门老街　郑中健摄

··· 史料链接 ···

自清初至1957年前，深圳墟一直是方圆数十里范围内的重要商业墟市，清朝康熙二十七年（1688年），深圳墟已是当时新安县的一个著名的墟市，“谷行街”（今解放路）是经营农产品的地方。1950年，改墟为镇，深圳老街正处在有着“边陲小镇”之称的深圳镇的中心地带；1979年，“深圳”成为市名，深圳墟则改称“东门老街”。先有深圳墟，后又成了深圳镇，今天的深圳市就是由此而得名。经过了数百年的人文历史，数百年的商圈集市，特别是改革开放后深圳经济特区的建立，如今解放路上已遍布数以万计的商铺，林立着各式各样的建筑。可以说，解放路真实地记录着深圳城市发展的一段历史，是深圳历史文化积淀的一个组成部分。

深圳解放路与麦当劳

广东广播电视台南粤之声（深圳优悦广播）/ 张琛、高原　采编

从1978年的改革开放至今，深圳始终站在改革开放最前沿，是改革开放取得伟大成就的一个缩影。在大多数人的眼中，深圳是一个年轻有朝气、承载希望的城市。不过，很多人却不知道，位于东门老街的解放路路段，是已有300多年历史的商业墟市“深圳墟”所在地。

“时间就是金钱，效率就是生命。”——1979年7月，中国改革开放的“第一炮”在深圳蛇口打响。此后，深圳成为中国对外开放、吸引外资的重要窗口。凭着“敢为人先的闯劲”，深圳人总是冲在时代的前沿，创造了许多全国的“第一次”：从在全国首次实行住房商品化改革、率先发行股票、首次取消票证，到在全国率先开展行政审批制度改革、首次破冰商事制度改革、率先推行法检人员职业化改革……深圳敢为人先，勇立潮头，充分发挥了体制改革“试验田”的作用。

1982年的东门区域　何煌友摄

1981年，东门街景 何煌友摄

20世纪90年代初，麦当劳进入中国内地，得益于改革开放出台的一系列政策，我国投资环境大为改善。深圳具有毗邻香港的特殊地理位置，作为中国改革开放的前沿城市，市民对新鲜事物接受程度相对较高，而且，解放路不仅位于深圳最热闹的商业地段，还临近当时最主要的陆路口岸“罗湖口岸”、公共交通枢纽“深圳火车站”，距离香港咫尺之遥。

中国内地第一家麦当劳“光华餐厅”，就位于深圳东门老街的解放路。麦当劳是西式连锁快餐业的巨头之一，让每位顾客享受汉堡、小食、甜品等各类食物，风靡全球，圈粉无数。当时，光华餐厅也是唯一能接受人民币和港币支付的麦当劳。

“兼职4个小时挣10块钱，而且还可以吃18元的麦当劳工作餐，值！”这是光华餐厅第一批员工陈影宏的感叹。陈影宏当年18岁，在同学的力荐下到麦当劳应聘。光华餐厅开业筹备的骨干来自香港麦当劳公司，工作人员先后分两批进行社会招聘，共收到了6000多封应聘信，最终筛选出600多位员工。

人员到位了，紧接着就是岗位培训。陈影宏回忆，培训的第一项内容就是学习炸薯条、做汉堡、端餐盘这样的“技术活”。餐厅初具规模，但设备还未安装好，麦当劳就制作了一些产品道具，用木块做成“牛肉饼”，用吸管做成“薯条”。陈影宏夜以继日地进行反复练习，把薯条按照长、中、短依次摆放在盒子内。麦当劳在中国内地至今开了近30年了，大家还依旧能看到薯条“整整齐齐的靓仔样”，也是得益于老前辈们的扎实功底。

1990年10月8日，麦当劳光华餐厅开业。从这一天开始，麦当劳让中国人开始接受一种新的饮食文化，也见证了中国近30年来的发展与变化。虽然是西式连锁快餐，但麦当劳的开业仪式中，“舞龙”“点睛”环环相扣，极度迎合中国的传统文化。开业仪式还未结束，餐厅大堂早已挤满了顾客，光华楼外人山人海，大家都等着仪式结束后，抢先品尝第一个巨无霸，吃麦当劳一时成了潮流和身份的象征……

麦当劳开业当日，前来观看麦当劳餐厅开业盛况的顾客，把大半个东门老街挤得水泄不通，顾客对麦当劳的热情超出了所有人的想象。陈影宏当时负责在一楼大门口拉绳子，对顾客做分流。等到营业结束的时候，他已接连工作了十多个小时，回过神来才发现双脚已累得没了知觉，好像不是自己的。后来据统计，当天营业额及就餐总数创下当时全球麦当劳单店最高纪录。

90年代初，深圳人总戏称：没丢过几辆自行车，就成不了深圳人。当年自

1990年，深圳东门老街解放路充满南粤风情的老房子与首家落户中国内地的麦当劳餐厅

行车曾是深圳人的重要交通工具。陈影宏回忆说：“当时，很多顾客骑着自行车，不分男女老少纷纷从四面八方涌来解放路，路边停满了单车，排队的长龙延伸到广场外。很多人手里拿着100元人民币、500元港币，其实大多数顾客也不知道什么是巨无霸，但一来就要10个巨无霸、20个汉堡。”

光华餐厅作为中国内地第一家麦当劳，绝大部分来体验的顾客是抱着对异国风味的好奇而来。陈影宏回想起首批顾客，更是津津乐道：“很多顾客吃薯条的时候，会用刀叉将薯条一条条切着吃；还有很多顾客没有喝过咖啡，找我们投诉‘为什么咖啡那么苦’，因为他们并不知道要自己加糖、加奶。”在陈影宏看来，不同的文化渗透在饮食当中的小细节，给了顾客很多新的体验。

后来，深圳工人的收入得到了大幅提高，新兴白领也开始以在麦当劳聚会为荣，仿佛解决的不是肚子问题，而是一种餐饮文化。许多人带着认同感、需求感去吃麦当劳，更重视它难得的公共社会空间。

据说，当时一个深圳工人会花1/6的月收入带全家去享受一次“西方的餐饮方式”。每逢周末，陈影宏便可以看到很多熟悉的面孔，三代同堂一起分享美食，其乐融融。孩子们选择在这里开生日宴会，更是最值得期待、最骄傲的事情。

随着改革开放，人民的需求在衣食住行用等方面都发生着改变，更加多元

1990年的解放路　廖俊鸿摄

化、个性化。光华餐厅在近30年的历史当中，陪伴和见证了许多80年代、90年代出生的人从嗷嗷待哺到三十而立。如今，麦当劳已经完全融入中国，“金拱门”的称呼让人眼前一亮。各种公共社会空间遍地开花，咖啡店、奶茶店、小吃店分散在城市的大街小巷，为上班族和休闲人群提供餐饮和休闲服务。

1990年至今，陈影宏已经在麦当劳工作了快30个年头了。陈影宏说：“当年，面对所有工作，我们从来不会想‘为什么’，只会说‘做什么’。或许，当时那个年代所有来深圳打拼的人都是抱着这样的态度。”在麦当劳的近30年里，陈影宏也从一名普通餐厅员工，成长为管理着300多家餐厅与15000多名员工的经理。

陈影宏很感恩改革开放的春风，让他选择了深圳，来到了深圳，扎根在深圳，把最美好的青春，都奉献给了这个城市。未来的日子，他也将继续与深圳在一起，不忘初心，感恩前行，为更美好的明天，为共同的中国梦、深圳梦，努力加油！

深圳是改革开放的试验田，从当初的边陲农业县到如今快速成长的经济特区，从当年的百废待兴到今天的风生水起。改革开放，让陈影宏有了实现自己梦想的机会。八九十年代有许多年轻人背井离乡到深圳，从最底层一点一点地打拼，他们珍惜机会，他们努力工作，他们敢于追梦，就是这些基层奋斗者铸就了这座城市希望的灯塔。改革开放铸就了陈影宏的深圳梦，也铸就了许多人的中国梦。

2019年的解放路　高原摄

扫一扫
听音频

南宁

2019年6月，南宁市解放路路口　张鸿飞摄

史料链接

南宁解放路在清代是一条仅4米宽的碎石路。解放路的前身是5条街，东段叫下沙（纱）街和上沙（纱）街，因摆卖布纱得名；中段因有一座似城楼的巩阁横跨街面，叫巩阁街；西段为鸡行头街和镇北街。1932年，因李宗仁捐资修建，将沙街、巩阁街、鸡行头街、镇北街合并改称为德邻路。1950年，因纪念南宁解放，德邻路改名为解放路。解放路东起民生路，西至镇北桥，长743米，宽17~29米，是沥青路面。

解放路曾经是南宁最繁华的商业街之一，沿街是商住合一的骑楼建筑，商贾云集。在民国时期，南宁解放路上就设了钱庄，开有洋纱商行、副食品商行等各种商铺，在这里还诞生了大盛祥酱园、和行腊味店、如意酒楼，以及始创于清代的万宝堂药店等众多南宁老字号，南宁商会旧址、两湖会馆、新会书院等也都集中在这条路上。

2015年，南宁市启动“三街两巷”历史文化街区改造项目，以保护和传承老南宁历史脉络为核心，遵循“修旧如旧、建新如旧”原则，对解放路、兴宁路、民生路三条街道，以及金狮巷、银狮巷两条明清时期古巷进行改造建设。项目整体建成后，“老南宁·三街两巷”将成为一个集文化遗产保护、经营创新于一体的城市人文会客厅，形成文化、旅游、商贸相结合的新业态。

2019年3月，南宁市解放路上的解放路小学和新会书院　张鸿飞摄

寻梦老南宁　童声诵民谣

广西广播电视台综合广播 / 蒙剑媚、吴霞、彭龙　采编

南宁这座城市的名字寓意为“南疆安宁”，在和平年代里，更像是一座“南方宁静的城市”，舒适又惬意。比起成都、青岛这些休闲城市的热情洋溢，南宁多了几分亲和，这里最有名的小吃就叫作“老友粉”。

解放路是这座南方城市里最具代表性的一条老街了，至今保留着最地道的南宁味儿：“打金有条金狮巷，附近就是水塔脚，新会书院看大戏，水街美食随便试。”这里还曾是南宁商业最繁荣的地方：“骑楼街，不怕雨淋太阳晒，铺面一间又一间，想要什么都有卖。”而坐落在这里的南宁市解放路小学，与南宁保留最完整的清代会馆新会书院相邻，建校已经71年，致力于传承和发展传统文化。现如今，学校里的孩子每个人都会唱上几段南宁传统民谣。

说到南宁民谣就不得不提南宁特殊的方言环境。因为历史原因，最为大家熟知的南宁话其实是粤语的分支“邕浔片粤语”。通过《氹氹转》这首南宁传统民谣的歌词，我们就能深刻体会到南宁方言的特色：“氹氹转，菊花园，阿妈背我去睇龙船。龙船毋好睇，返嚟睇鸡仔。鸡仔大，抓去卖，卖得几多钱，卖得三百五银钱。买只风车仔，转得好好睇。”

南宁民谣很多都记录着南宁的发展变迁和历史风物，像《双孖井水谣》《闹元宵》就非常有代表性。随着时代发展，有些地方可能已经改名更张，有些传统风俗大家也都不再沿袭，然而蕴含其中的“风骨”却早已融入南宁人的性格中。当年码头工人的号子“鬼叫你穷啊，顶硬上啊”和今天这座城市温和而又坚韧的性格一脉相承。

犹如流沙河先生笔下《就是那一只蟋蟀》中的秋虫，曾经南宁的老民谣唱遍了城市大街小巷，如今却只能依稀听见。但在南宁解放路，却有一群人想让这个声音更响亮，想让这座城市的记忆更加温暖鲜活，他们就是致力于南宁民谣收集和传承的志愿者们。吕静便是其中一员。

作为土生土长的南宁人，吕静从小就在解放路一带老街和小伙伴们踢着毽

子，唱着《三六九》，晚上在路边打着地铺，听着老人唱《月光光》长大，对于这些老南宁民谣自然难忘。但对她来说，更难忘的是现代人普遍缺失的那种“老南宁”的快活“风骨”。她认为，传承南宁民谣并不是要“向后看”，执着于往日的生活，而是在传唱民谣的过程中，让人们找回那种幸福感。吕静说，小时候外婆会抓着她的手唱《点虫虫》，那种家人间的亲密，会让她内心充满安全感，现在人与人之间更多时候变成了“点赞之交”，难免会有些疏远。

在南宁市解放路小学担任语文老师的吕静萌发出创编一套南宁民谣校本教材的想法，可是，没有文字传承的南宁民谣去哪里收集？吕静首先找学校的老教师寻找素材，再扩大到身边的老街坊、老朋友，把他们小时候唱的民谣都收集过来。她还常常逛旧书摊、查旧书、上网淘……收集民谣过程中遇到的热心人，传承民谣过程中家长、孩子的支持，都让吕静感受到了南宁“能帮就帮、敢做善成”的城市精神。特别值得一提的是，她遇到了许多志同道合的伙伴，

2019年7月，南宁解放路航拍图
张鸿飞摄

其中有一位就是解放路小学的老校友、广西非物质文化遗产项目南宁民谣代表性传承人——今年66岁的谢桂友。

谢桂友介绍，南宁民谣是运用南宁本土白话、平话以及壮语方言口头吟唱，唱出了人间百味。20世纪五六十年代，南宁的大街小巷里处处可以听到幽默风趣的南宁民谣，在那个娱乐方式稀缺的年代，唱民谣成了老南宁人的精神支柱。

现在，学美术出身的谢桂友对于推广南宁民谣有自己的独特办法，那就是运用手中的画笔，将很多民谣中已经消失的场景用绘画还原出来。老谢觉得笔下的世界更有温度，他的画带有对南宁这座城市的情感。

谢桂友常去采风写生的地方就在解放路、金狮巷、银狮巷一带。他说，这里是南宁最老的城区，老南宁风俗保持得相对完整，在这儿和老友“倾倾计”（南宁白话“聊天”之意），坐在路边啖碗粉，听到什么有意思的就赶紧记下来；看到什么有趣的就画上两笔或用相机拍下来。带上这些有趣的民谣绘画，他回到儿时的母校，把它们分享给孩子们，在孩子们的吟唱声中，老谢仿佛回到了自己的

1997年2月，南宁市解放路一段　郭小平摄

童年。

通过努力，吕静收集编辑的60首经典南宁民谣汇集成了《南宁市解放路小学白话童谣集》，谢桂友也收集到了200首流传广泛的南宁民谣，正在编绘《书画南宁民谣》一书。吕静和谢桂友还开启了南宁新民谣的创作之路，记录新时代新生活。他们将传统民谣创作手法融入今天的生活，在这些民谣中，老友粉和高铁和谐并存，记得住乡愁，讲得出自信。他们创作的南宁民谣，还常常出现在中国东盟文化交流活动中，通过南宁国际民歌艺术节、中国东盟戏曲周走上了国际舞台。

晨钟暮鼓，鸟鸣蝉唱，每座城市都有属于自己的声音，南宁民谣就是南宁的声音，它封存在南宁人的记忆里，而今又被再次唤醒，随着南宁前进的脚步变得更加丰厚。正如吕静在她创编的新民谣里写的那样：“解放路、老街道，旧城改造新面貌，新颜迎接四方客，解放路将来展宏图。”南宁的未来和这条老街的未来，一样美好。

扫一扫
听音频

玉林

建设中的玉林骑楼街，2004年摄于十字街。自2004年起，玉林市委市政府先后投入巨资，全面启动改造骑楼街的工程。　李创新提供

··· 史料链接 ···

玉林解放路位于玉林老城区的中心地带，呈东西走向，长约800米。在解放路的两边，具有岭南特色的“骑楼”成为独特的景观。这里曾是玉林旧城十字街和七弄八坊的所在地，20世纪六七十年代，玉林城区还没有现在这么大，人们主要活动的地方就集中在解放路这一带，繁华的解放路浓缩着一代又一代玉林人简单、平静、安逸的生活图景。

变化的时代，不变的情怀

玉林广播电视台综合广播 / 潘冬、宁晓波　采编

玉林解放路位于玉林老城区的中心地带，以解放路为轴，周边有许多小巷和独具特色的骑楼建筑，正因如此，本地人习惯称解放路这一带为“骑楼街”。这里每天穿梭着来来往往的车辆和熙熙攘攘的人群，是玉林最繁华的商业中心。

骑楼建筑，是由于南方独特的气候及人文生活习惯而逐渐形成的。“玉林自古就是岭南都会，商贸业很繁荣。”玉林文化时空的谢荣方老师一直从事玉林历史文化研究工作，他介绍道，“以前本地人做生意很多都是在街道两旁摆卖，由于南方的气候时晴时雨，慢慢地，骑楼就顺应人们的生活习惯而产生了。”

早期的骑楼是由泥砖和木板构成的瓦房，大多只有两层，一楼是商铺，二楼用来居住。在老玉林人的记忆中，骑楼与玉林货如轮转的繁华商业和手工业是分

1991年，玉林庆祝中国共产党成立70周年游行　李创新提供

不开的，一些玉林人耳熟能详的老字号，是伴随着骑楼一起深深烙在老玉林人的心里的，比如竹篾行、东风照相馆、大同饼家、果然酒家等。商业，慢慢成了玉林骑楼街的主要功能。

20世纪70年代就来到解放路谋生的陈天龙，对当年的骑楼生活有着许多难忘的回忆。他说，那个时候，骑楼底下有着各种各样的小摊，不管是豆腐花还是木薯饼，这些玉林特色小吃的香味顺着摊主的叫卖声一起飘散开来，让人垂涎三尺。这里还有一家传统手工制作煎包的牛奶铺，卖的牛奶非常浓郁香醇，甘甜的热气直飘散至整条解放路。师傅们穿戴着白围裙、白帽子，白瓷砖的灶面擦拭得干干净净，椰汁一样的鲜奶咕嘟嘟炖在铝锅里，一碗五毛钱；还有油滋滋煎得金脆的煎包，一咬满口肉汁。那时候，上课前或者是下课后，到牛奶铺喝一碗鲜奶，吃一个煎包，是许多孩子学习之余最向往的事情。

周冰是解放路的老街坊。她说，在当年那个物资匮乏的年代，她家是为数不多拥有电视机的人家，只要家里放电视，街坊邻居都会跑过来一起看。而骑楼街上一段又一段的廊柱，也成为她和小伙伴游戏玩耍的根据地。“以前在骑楼底下，小孩子们弹棋、拍公仔纸、跳橡皮筋，老人喝茶乘凉、开铺做生意，走在骑楼街上，既不怕日晒雨淋，也不用担心车水马龙。”回忆起当年的情景，周冰依然感觉仿佛就在昨天。让周冰怀念的还有当时融洽的邻里关系。到了吃饭时间，

改造修缮前的解放路骑楼，墙体已经斑驳　牟雄提供

玉林玉州路、内环路和解放路的骑楼，一起构成了玉林繁荣的商贸景象　曾宜提供

只要街坊邻里摆好饭菜，大伙儿都会挨家挨户串门夹菜，尝遍美味。老街坊们朴实的生活方式体现着人与人之间的信任与和谐。

解放路伴随着玉林的发展，见证了玉林的变迁。目前，解放路上的骑楼在原貌的基础上进行了改造，最大限度还原了当年的繁华风貌与特色。改造后的骑楼街风格统一而又各具特色，有的骑楼矗立着尖顶塔楼，有的加入了西方柱饰，再加上多姿多彩的花饰、浮雕、铁艺等墙面装饰艺术，洋溢着典雅别致的欧洲韵味。在这里，东西方建筑艺术水乳交融，高雅世俗和谐共处，书写了玉林商业文化的新篇章。

在玉林人看来，宽敞高大的骑楼底下，依然是玉林最繁华的商业中心。玉林骑楼街因其悠久的历史、优越的地理位置、舒适的购物环境和丰厚的文化氛围而成为玉林第一条步行街，除了一些早就扎根在这里的老字号外，一些知名品牌也纷纷落户于此，每当夜幕降临，骑楼街便灯光璀璨，流光溢彩，闪烁成几条灿烂的人间银河。这里的人群依然川流不息，明亮的店铺里商品琳琅满目，散发出热闹繁华的市井气息。

在骑楼街商圈，每天都在上演岭南都会的故事，但不变的是人们对骑楼街的往事情怀。一端生气蓬勃，一端安详宁静，解放路骑楼街，体现着岭南文化的意韵。或许，正是这种从容，让这里的繁华能够延续数百年，生生不息。

扫一扫
听音频

百色

1988年12月11日，百色市政府举行长跑日环城赛跑活动，图为各队正跑过百色解放街粤东会馆
百色市右江区委党史办公室提供

史料链接

广西百色解放街位于百色城东南的澄碧河边，成街于清乾隆年间，至今已有近300年的历史。解放街原名“大街”，后因解放军从这条街进入并解放百色城而更名。街道总长300多米，是百色骑楼历史建筑保存最为完整的一条老街。

解放街见证了过去300年发生在百色的重要历史事件，邓小平同志曾在解放街上的粤东会馆领导和发动百色起义，一代文豪梁宗岱曾在这里生活了将近30年。2018年，百色解放街申报“历史文化街区”获广西壮族自治区人民政府确认通过。未来3到5年，百色市将实施“古城恢复·红城提升”工程，把解放街打造成集文化旅游、公共服务、商业贸易于一体的历史文化名街。

文豪的故居　文化的传承

广西广播电视台综合广播 / 唐佳、蔡俊聪、张鸿飞　采编

百色地处广西西部，城里有一个三江口，鹅江、右江、澄碧河在这里交汇，一条岭南骑楼建筑风格的街道沿河而建，这就是百色解放街。

百色解放街成街于清朝乾隆年间，至今已有近300年的历史。当年，来自广东等地的商人溯江而上，在解放街大码头这一带上岸抵达百色城，带来了洋纱、火油、香烟等日用轻工业产品。这些产品经分装后用驮马运往云贵地区，又把百色及云南、贵州山区盛产的山货如八角、药材、茶叶等集中后，装船运往南宁、梧州、广州等地。后来，不少广东商人干脆坐地收购、批发、零售商品，靠近大码头的澄碧河沿岸也就成了“街”。因为在这里做生意的多是广东人，他们按照岭南骑楼风格建起店铺，就有了现今解放街的雏形。

据史料记载，到了清朝光绪年间，百色已是“城厢内外，市肆喧闹，舟载马驮，百货云集”。就在光绪二十九年（1903年）的农历七月十四，这条街上诞生

如今的百色解放街　张鸿飞摄于2019年6月

百色解放街街景　张鸿飞摄于2019年6月

了一位享誉世界的集诗人、理论家、翻译家于一身的大文豪——梁宗岱。

当年，梁宗岱的祖父以小本生意起家，创办了“梁全泰”商铺，主要经营日用轻工业用品以及山货等。到梁宗岱的父亲梁兴坡接管生意后，“梁全泰”在百色下辖的几个县都开了分号。在“梁全泰”生意如日中天之时，又迎来了爱子的诞生，让梁宗岱受到了父亲更多的宠爱。

在百色生活了13年后，梁宗岱回到了广东新会老家，并于1917年考入广州培正中学，1923年被保送进入岭南大学，1924年踏上他向往已久的法兰西土地。在法国，梁宗岱结识了象征派诗歌大师保尔·瓦雷里以及诺贝尔文学奖得主罗曼·罗兰，并将大师的作品翻译给中国读者。1941年，受聘出任复旦大学外国文学系主任的梁宗岱跻身著名诗人、学者行列，以“怪才”著称。

而在梁宗岱的出生地百色，当地人更是对他在翻译、诗歌领域取得的成就如数家珍。百色市右江区党史办公室副主任吴文庆介绍道：“梁宗岱精通法国、德国、意大利等国家的语言，28岁学成回国成为北京大学教授，后来还转入复旦大学、中山大学等名校任教。他把我们中国的诗词，如陶渊明的田园诗，翻译到法国，再把法国的诗歌介绍到国内。梁宗岱是抱着文学救国的思想，从诗歌中寻找光明。”

梁宗岱在百色解放街生活了将近30年，其间他参与了行健中学的办学以及西江学院的创办，翻译了《莎士比亚十四行诗》《浮士德》等作品，为我国翻译、诗歌事业的发展作出了巨大贡献。

1956年，梁宗岱离开百色到了广州，任教于中山大学，直至去世再也没有回到过自己的出生地百色。然而，梁宗岱与百色的缘分并未随着他的离开而消逝。在梁宗岱离开百色6年后，又一位才子在百色解放街上呱呱落地，他就是右江民族医学院教授程家惠，同时他也是百色市梁宗岱研究中心的负责人。

“长辈啊，特别是祖父母这一辈一讲做学问，就会提到梁宗岱，当时这对于我而言是比较抽象的概念。”据程家惠教授回忆，小时候自己的祖辈经常提起梁宗岱，希望自己也能像梁宗岱一样发奋读书，成就一番事业。

功夫不负有心人。1979年，程家惠考上了广西师范大学英美语言文学专业，后来一直从事外语教学和翻译工作。渐渐地，梁宗岱的名字在他的脑海中从抽象到具体，越来越清晰，激发了他的研究热情。程家惠说：“2008年，我有个同学在做桂林抗战文化研究，他发现抗战时期梁宗岱也在桂林活动过。所以他就问我：‘你是百色人，为什么不研究梁宗岱？’我说：‘好，我关注一下。’所以，当年我们就出了一篇论文叫《梁宗岱的故乡之辨及其译作中的“乡音”》。”

2019年6月，百色解放街航拍图 张鸿飞摄

2014年，在学校的支持下，程家惠和他的同事韦祥刚教授在右江民族医学院成立了“梁宗岱研究中心”，致力于研究梁宗岱在百色时期的成长经历、译作、诗作，以及中年时回到百色从医从药的活动。谈到创立“梁宗岱研究中心”的初衷，程家惠说：“第一，注重梁宗岱翻译的研究；第二，在百色本地形成一种文化氛围；第三，给我们的学生做人文思想教育。”

情之所系，乐此不疲。如今，程家惠已不再局限于研究梁宗岱其人及其作品了，而是努力把优秀的中华文化通过自己的翻译传播出去。

2016年，程家惠将梁宗岱的诗集《芦笛风》翻译成英文，并于2017年2月刊登在美国专业诗歌刊物《胜过星巴克》网站杂志上，他也由此成为《芦笛风》的国内外首位外文译者。2017年，他成功申报了教育部人文社会科学规划项目“梁宗岱诗作英译研究”。2018年，他主持翻译的《中国经典古诗词精选100首英译》由美国学术出版社出版。近年来，他翻译的其他中国古诗词和现代诗连续在《中国诗歌网》《译原电子杂志》和美国《诗殿堂》等发表。已有一家英国出版社计划出版他主持翻译的作品《梁宗岱诗集英译》。

繁华已不复，骑楼依旧在。饱经风雨的百色解放街犹如一位老者，将所有的传奇故事深藏于心，静看世事变迁。2019年，百色市提出实施“古城恢复·红城提升”工程，计划实施包括解放街步行化改造在内的古城风貌恢复项目。位于解放街上的梁宗岱故居将得到更加系统、全面的修缮和保护。不仅如此，一些专家也在为如何扩大梁宗岱的文化影响力献计献策。

百色市发展和改革委员会认证中心负责人董杰就提议，面向全中国乃至全世界设立“梁宗岱翻译奖”“诗歌奖”，并把百色作为该奖项的永久颁奖地，对推动百色经济、文化、旅游、教育等方面将产生积极的影响。

如今，程家惠已经从解放街的老宅里搬出，但他还是会时常回到解放街看看。他说，自己心底一直有这样一个梦想：“梦想到我更老的时候，拄着拐杖走在解放街上，有人问我：‘你是这里的人吗？’我会自豪地说：‘是，我是这条老街上的老人。’‘你在这条街做了什么事情啊？’我可以说：‘我做了些对外传播、翻译的工作。’‘翻译谁的东西？’‘就是同一条街的我们的大文豪梁宗岱的作品。’这可能是最美的一个梦想了。”

扫一扫
听音频

海口

海口解放路上人流如织　詹国荣摄

··· 史料链接 ···

老街是一座城市的底牌。从清末民初走来的永乐街，新中国成立后变了脸也易了名。1953年，永乐街（现解放东路）打通博爱路，扩建为解放路。之后，解放路向西伸展，填塘建街，分为解放东路、解放西路两条路。全线修通后，整条街长998米，宽18至20米。解放东路和西路，建筑风格截然不同。解放东路在新中国成立前就存在，是海口的娱乐中心，路两边的建筑都是南洋风格的骑楼；而解放西路是在后来建成的，逐渐成为海口文化及商业中心，是海口的繁华街区之一。

海口解放路上的“闯海人”

海南广播电视总台音乐广播／梅纳、唐嘉珩　采编

随着空客A330的轰鸣，飞机在北京起飞，在海口降落；轰鸣声再次响起，空客A330在海口起飞，然后在北京降落……特型演员陈姗姗已经记不清有多少次，自己这样行色匆匆地在北京和海口两地之间穿梭。

很多人，尤其是海南的影迷是通过电视剧《解放海南岛》认识陈姗姗的，可很多人并不知道，陈姗姗和海南、海口解放路之间，还存在着千丝万缕的情感。

出生在中原大地河南信阳的陈姗姗，一直把海南当作自己的第二故乡。从1988年第一次来到海口，至今已经30余年，陈姗姗不仅把家安在了海口，从心底里也把自己当作一个真正的海南人。

陈姗姗是影视圈内一人可以饰演共和国十大元帅中两位元帅的资深特型演员。2005年，电影《太行山上》上映，陈姗姗在这部电影中塑造了开国元帅聂荣臻的形象。这一次和“聂荣臻”结缘，是因为潘冬子的扮演者祝新运的牵线搭桥和导演韦廉的慧眼挖掘。《太行山上》之后，陈姗姗又在多部影视剧中再现了聂元帅的形象。2007年，导演杨文军发现了陈姗姗除了“聂荣臻”之外的另一个特型之处，因此在《记忆之城》里，他成了“林彪”。2009年，电视剧《解放海南岛》开拍，制片人兼编剧郝瑞钦点陈姗姗，让他得以再次饰演林彪。此外，除了饰演林彪，他在这部剧中还饰演了国军的一个营长。

因为电视剧《解放海南岛》，陈姗姗和海南的感情更深了。

回忆拍摄《解放海南岛》的过程，陈姗姗总是乐于拿电视剧和史实作对比。拍电视剧跟当年登岛完全不同，拍戏时剧组不敢让演员冒险，可当年解放军的小船离海岸还有好远，战士们就都要跳进海浪里，蹚着海水往前冲锋。打仗需要装备，可当时的第四野战军几乎什么也没有，就连小帆船都是用渔船改造的，再加上第四野战军的战士绝大多数都是东北来的旱鸭子，所以渡海作战面临着很多问题。但无论在现实中，还是在电视剧《解放海南岛》中，解放军战士都克服了困难，学习海战战术，和冯白驹的部队打出了漂亮的配合战。

陈姗姗常常感慨，解放海南岛的登岛海战轰动全世界，也成了战争史上一个以小博大的传奇，这归功于共产党领导琼崖革命23年红旗不倒，在海南岛留下了革命的火种，才保证了解放海南岛这一战役的胜利。

69年前，解放军解放海南岛的这段波澜壮阔的历史，陈姗姗有幸成为演绎者。30年前，在十万人才登陆海南岛的这段崭新的篇章中，他，更是亲历者。

1988年的海南岛，建省办经济特区的消息甫一传出，就吸引了数十万年轻人从天南海北来到这里。闯关东、走西口、下南洋……他们与中国历史上著名的几次人口迁徙潮一样，有一个响亮的名字——“闯海人”。海口，解放路，也成了闯海人陈姗姗记忆中梦开始的地方。

1988年，陈姗姗第一次考察海南岛时，在雷州半岛坐船。回忆当时的情景，陈姗姗说，这片海曾经出现在自己的梦中，当真正在海边闻到了鱼腥味儿，感受到新鲜的空气，他就知道海南岛一定有很多新鲜的东西在等待着自己，因为这片土地充满了生机，充满了希望！

1991年，陈姗姗来到坐落于海口市解放西路的工人文化宫担任秘书。解放路是当时海口老城区最繁华的中心，文化宫旁边就是青少年宫和东湖，这一片成为当时特别热闹的人才市场，也是很多闯海人梦想萌芽的地方。

陈姗姗剧照　陈姗姗提供

解放路街景，在这里依然可以看到当年闯海人追梦的足迹 封烁摄

在文化宫担任秘书时，陈姗姗创办了大众舞台，他的想法是建立一个大家能自娱自乐、展现自我、交流信息的平台。很多闯海人通过这个平台相识，并成为了夫妻。在没有互联网的时代，通过自己创办的海口市工人文化宫大众舞台，陈姗姗不仅在解放路上收获了爱情，也让这股交友风潮风靡海口：受到这股风潮的影响，解放路上的一些婚姻介绍所纷纷改名为婚姻交友俱乐部，后来在海口很著名的四海联谊会也应运而生。随后，陈姗姗在解放路上成立了一家信息公司，收获了人生的第一桶金，并作出人生的一个重大决定——学习影视表演。

因为小时候的电影情结，以及对电影的热爱，当时的陈姗姗毅然决定报考北京电影学院进修影视表演，他的人生也因此发生了转折。个人命运总是与时代命运紧紧捆绑在一起，在恢宏的时代背景下，陈姗姗用自己的努力改写了命运。从1996年到现在，陈姗姗当了20多年的演员。如今，当他回忆起那段激情燃烧的岁月，无不感慨地说，正是自己选择到海口市解放路的工人文化宫，才有机会得以重新选择自己的人生走向。

彼时的青春之歌，如今变成了陈姗姗的新计划。陈姗姗现在的梦想是希望把当年那一拨人的闯海经历，拍成一部电视剧，为闯海人留下一段历史的回忆。为此，他在海口成立了影视公司，申报拍摄项目。陈姗姗说，这是一个闯海人的情结，自己也想借此为海南的影视文化作出一点贡献。

闯海人是那个时代最不安分又最有梦想的人，一代代闯海人的努力，让海南这座曾经落后的小岛，从仅有一条铁路到建成我国第一条跨海铁路，再到全球第一条环岛高速铁路通车，遇水搭桥，迎难而上，天堑变通途！海南的蜕变，折射的正是闯海人敢为人先的特区精神，也是新中国成立70年来神州巨变的生动缩影。

但无论沧海桑田，不变的是千千万万像陈姗姗这样的闯海人对于这座岛屿的眷恋。“归来吧归来哟，浪迹天涯的游子……”费翔的《故乡的云》是陈姗姗最爱的歌谣，也是他手机的音乐播放器里循环次数最多的单曲。在路上、在机场、在飞机上的陈姗姗，总爱轻声哼唱这首《故乡的云》。

每一次飞离海口，都是为了下一次更好地归来。“日暮乡关何处是”在陈姗姗这里已经不再是一个难解的疑问，因为他心里最清楚：海南，永远是自己的归处。

扫一扫
听音频

三亚

解放路的骑楼老街风情　姬梦瑞摄

··· 史料链接 ···

1950年4月，三亚（时称崖县）解放，三亚解放路因此得名。1996年，解放路扩建成6车道，并分为解放一路、二路、三路和四路四个路段。如今，三亚解放路雄踞于市中心，是市区最为繁华热闹的街道，从三亚港至回新路（海榆西线），横跨了新风街、吉祥街、金鸡岭街等重要街道，沿街分布着三亚汽车总站、三亚国际饭店等著名的城市地标。位于解放二路的三亚步行街是目前三亚唯一的一条步行街。2016年，三亚解放路升级改造为具有东南亚骑楼风格特色的街道。古老而年轻的道路，承载了三亚的过去、现在和未来，是三亚最闪亮的一颗明珠，是三亚这座城市的灵魂。

祖国最南端的解放路

三亚广播电视台天涯之声／孙聪、文东　采编

在南国的艳阳下，穿梭的车辆井然有序，忙碌的人群涌入站台，电动车和行人在十字路口等候通行，椰树掩映下的骑楼老街吸引着游客拍照留念……没错，这里就是三亚解放路——中国最南端的解放路，比邻水清沙白、椰树摇曳的三亚湾。

由东向西贯穿市中心的解放路，承载着这座城市由荒凉到繁华的影像，以及与之关联的所有人文记忆。这条路从历史的深处走来，在其横亘市区东西的路面上，天然与繁华相生，平凡与高贵共舞；弥漫着市井老街的底蕴，又喷薄着现代城市前卫的气息……解放路，街路短、年纪轻，人文荟萃、胸怀宽广，为这座城市雕琢出无可复制的文化气韵。

解放路步行街夜景　姬梦瑞摄

年近六旬的陈开福，是三亚市第一批交警。1984年，他与11名年轻小伙子一起穿上白色上衣和蓝色长裤，开始在解放路上站岗指挥交通，他们都觉得能为老百姓服务既帅气又光荣。陈开福住在解放路，也工作在解放路，从当年的初生牛犊到如今的花甲之年，35年的栉风沐雨，陈开福伴随着解放路一同成长，解放路的点滴变化也深深地刻在他的心里。

当尘封的记忆重新开启，一幅幅老照片在陈开福的脑海中徐徐显现，构成了一张“解放路交通图”。回望上世纪80年代海南建省前的三亚，“五个一”是外人对三亚的印象：一个港口，一条解放路，一条红旗街，一个电影院，一个菜市场。那时，三亚市区的主干道只有一条解放路，双车道，道路两旁还没有完全实现硬化，种着成排的椰子树，路面尘土飞扬。道路的交通设施也很简陋，没有电子红绿灯，只有两个遮阳台式的红绿灯，指挥行人与车辆全靠交警吹哨子和挥舞手中一节白一节红的木棒，而且交警执勤的交通工具还是自行车。当时解放路上最高的楼是7层高的三亚宾馆，其余普遍都是二三层的楼房。

岁月从不说话，却在不经意间向前迈了一大步。1988年海南建省，三亚打开了对外开放的大门，新鲜事物的出现、创业人才的涌入，让三亚热闹、活跃了起来，解放路也焕发了青春光彩。陈开福心中的“解放路交通图”在迅速丰富和变化：路面执勤的时间更长了，需要劝导和教育的交通行为更多了……可这些改变更增添了他的责任感和使命感。1989年以后，街上的摩托车、汽车开始明显增多，特别是分几个批次逐步投入营运的几百辆的士和中巴车，以及解放路旁边三亚货运港口、三亚渔码头运货的大卡车，让解放路更加拥堵，交通更加繁忙。1996年，解放路扩建为六车道，并分成4个路段，逐步配置了电子交通指挥设施，区分更加明确，分段管理更加规范。2000年之后，解放路成了三亚市的交通要道，也是老城区人口和车辆聚集较多的地方，这给陈开福他们带来了更大的交通疏导压力。

在陈开福眼中，解放路是他一辈子用心守护的“家”，无论风吹日晒，无论台风暴雨，他始终坚守岗位，因为他知道，越是这个时候，就越需要良好的交通秩序。三亚属热带海洋性季风气候，长夏无冬，全年日照时间为2563小时，天气燥热，紫外线强烈。于是，陈开福警服下面黑白分明的皮肤上留下了岁月的痕迹，脖子、胳膊等处经常被暴晒得脱了皮，显得更加黝黑。而与暴晒相对应的是三亚的台风天，路面上几乎没有人，星星点点的身影，一定就是巡查的交警。每当遇到这样的天气，陈开福就在警队办公室里坐不住了，即便被风吹得难以站直，他也要和同事们一起到路上看看，他说只有这样才能安心。

在科技强警的今天，三亚交通的发展驶入了“快车道”，陈开福心中的“解放路交通图”也越来越丰满：解放路的交通设施越来越与国际接轨，高清摄像头违法抓拍、4G执法记录仪、无人机监管交通、GPS定位、电子围栏、自动计时信号灯等的出现与使用，让陈开福深感欣慰。在科技交通的新时代，越来越多的警力被解放出来，但这些年陈开福养成了一个习惯，就是每天在路上行走5千米，观察路面情况，及时为交通参与者解决问题。在他看来，只有这样才最接地气，才最能走进老百姓的心里，成为老百姓值得信任的守护者。

2018年4月13日，由习近平总书记亲自谋划、亲自部署、亲自推动，赋予海南建设自由贸易试验区、中国特色自由贸易港的历史使命。连接着三亚港国际游艇基地、凤凰岛邮轮码头、三亚湾水上飞机基地的三亚解放路，承载着历史的厚重底蕴，将走向更加美丽浪漫、优雅端庄的明天。新时代的“解放路交通图”正徐徐展开，从这条路上走出的守护者陈开福，用坚守引领着和谐有序的三亚文明交通。

古老而年轻的解放路，一路流淌出渔舟唱晚的欢歌，穿越翠绿的椰林。听，那车流的汽笛声在背山面海的城市中欢腾，一座年轻的城市正在日渐成长。有了解放路的底蕴，这座城市多了一些理性的哲思，兼具了浪漫的人文情怀与从容不迫的宽广胸襟……解放路，形同横亘在这座城市中的肱骨，成为城市之魂，撑起成长中的身躯，为城市带来无穷的灵感，开启更广袤的空间。

空中俯瞰背山面海比邻三亚湾的解放路 姬梦瑞摄

扫一扫
听音频

临高

20世纪80年代的临高县城

史料链接

1950年4月海南省临高县解放时，临高县城仅有长1000米、宽4.5米的石板街道。1950年至1959年，县里填平了城东门桥边的深水涵洞，拆掉了旧城墙，开辟了一条1.5千米长的解放路，这是县城真正意义上的第一条道路。1970年后，解放路的东、中两段铺筑成水泥路，开挖了排水沟。1984年后，按照第三次临城镇总体规划图进行市政建设，填平了解放路西段占路面600米长的低洼臭水塘，填土方1.4万立方米；兴建了两个排水涵洞和一座长15米、宽12米的桥梁；拆除了一批障碍物，使解放路全路通车。之后，解放路经不同程度的加宽、改直、填平、延长，建成为现在人、车分道的三板式街道。

从车马邮路走进万物联通

海南广播电视总台交通广播／温志敏、贾陆辉、赵燕、李晓婷　采编

遥想当年海南解放战争时期，海南岛的地理位置可以说是“孤悬海外”，在远离党中央的敌人控制十分严密的孤岛上，中国人民解放军在海南岛上的人民武装——中共琼崖纵队，孤军奋战，坚苦卓绝，在海南岛解放战争中，成功地接应和配合了渡海大军作战。

解放海南岛的战役中，中共琼崖纵队与中共中央保持联络，接应渡海大军，是夺取战争胜利的重要一环。时任中共琼崖纵队第一总队第七团三连连长的符莹现年已94岁，在回忆那段激情燃烧的岁月时依旧心潮澎湃。他告诉记者，当时中共琼崖纵队与渡海大军联络十分困难，仅有的几部电台是当时最便捷的通信工具，是中共琼崖纵队和渡海大军的“眼睛”和“耳朵”，在海南解放战争中发挥着不可替代的作用。

在海南解放后，临高县城修建起真正意义上的第一条道路，它被命名为解放路。1951年，临高第一家邮电局（现为邮政局）在这里成立，至今依然矗立在临高

临高邮政大楼　王宝中摄

县解放路上。那时，悬挂在空中的几条明线和一栋二层小楼，成了全县的通信枢纽。

革命烈士的后代王广道是新中国的同龄人。1969年，20岁的王广道进入位于解放路上的临高县邮电局工作，一干就是40年。他见证了新中国成立以来，通信工具和通信方式的改变，以及通信事业的蓬勃发展。

刚开始工作的两三年，王广道是一名邮递员，骑着自行车走街串巷地送信。他说，人们一般都是寄平信。那时候，“车马很慢，书信很远”，无论是省内还是省外，寄一封信一般要十天半个月才能收到。

当时，乡下的路很多都还是土路，王广道每天骑单车去送信送报，晴天一身土，雨天一身泥。但是看到别人收到信后高兴的样子，他觉得再苦再累也值得。他深知，一封封薄薄的家书，承载了太多的温暖与感动。

那时候，人们也可以选择发电报，但由于是按字收费，比较昂贵，人们一般只有在紧急情况下才会发电报。

而后，通信方式的一次大变革，就是固定电话走进了百姓家。

20世纪六七十年代，电话是稀罕物件，那时的电话还是“摇把子”的手摇电话，需要人工转接，通信质量差。

到了80年代，王广道调到临高县通信部门工作，他所在的团队经过技术攻坚，使得海南第一批半自动电话机于1984年率先在临高县城铺设使用。临高完成了电话通信由手摇人工转接到拨号自动连接的变革，固定电话也开始进入千家万户。但刚开始，家里装一部电话成本还是比较高，要5000多元钱，相当于一个人一年的收入。

1988年，海南建省办经济特区，开启了通信能力增幅最大、业务发展最快的时期。那一年，全省新装室内自动电话1.54万台。第二年，海南开办了第一家无线寻呼台，老百姓腰间带上了BB机。不过，与其他大众通信工具相比，寻呼机流行的时间可谓“昙花一现”。

90年代初，移动电话开始出现。当年大板砖式的移动电话，俗称为“大哥大”。那时，“大哥大”要一两万元一部，相当于普通老百姓三四年的收入。所以，那时的“大哥大”不仅是通信工具，还是身份、地位的象征，能拥有一部“大哥大”，是很神气的事。

1997年，海南模拟移动电话发展到最高峰，移动通话的门槛不断降低，走进了寻常百姓家。如今，可以说是人手一部手机，功能也不限于打电话、发短信了。王广道说，现在他不仅用手机打电话，还用手机上网、发微信，用手机写材料也很方便。智能手机的功能越来越强大了。

王广道的三儿子王晓华，大学毕业后也在通信企业工作。三年前，他响应国家“一带一路”倡议，前往柬埔寨工作，积极投身于柬埔寨通信事业的支援建设。王晓华所在的公司，主要是将国产的通信设备引进柬埔寨，帮助柬埔寨完善通信网络。

目前他们公司输出到柬埔寨的通信设备，都是国内技术比较先进的，给柬埔寨通信事业带来了高速的发展，也展示了我国高水平的通信科技实力。

随着通信科技的发展，我国的通信事业又将迎来能够载入史册的历史性跨越，5G时代要来了。如果说4G改变生活，那么5G将改变世界。海南已列入我国首批5G试点地区，预计明年5G规模化商用时将实现全岛覆盖。

海南省工业和信息化厅厅长王静介绍，二者相比，5G的速率是4G的40倍以上，甚至有可能达到100倍。未来5G全息技术的发展，可以让远方的人立体地呈现出来，栩栩如生，仿佛那个人就在眼前。

新中国成立70年来，人们的通信方式，从车马邮路到即时通信，从见字如面到万物互联，时空在发展中“穿越”，距离在变化中缩小。王广道工作的临高县邮电局也从当年的一栋二层小楼，扩建成集邮政、邮电、银行、办公为一体的商业综合楼。

现如今，临高解放路道路两边商铺林立，成为临高县城的主要商圈。这是时代发展的脚步，也是人们幸福生活的印记。

临高县城航拍图　王宝中摄

扫一扫
听音频

重庆

如今的重庆解放碑

史料链接

在明清时期，解放碑一带是官方督邮衙门（今邮局处）的所在地，督邮街便因此而得名。督邮街四条街道交会处的开阔地，被称为大什字，就是如今的解放碑中心一带。

1947年，为纪念抗战胜利，在“精神堡垒”的原址上建成了“抗战胜利纪功碑”，新中国成立后改名为“人民解放纪念碑”，时任西南军政委员会主席的刘伯承为“人民解放纪念碑”题写了碑名。从那时起，解放碑就成为重庆最具代表性的城市地标。

2018年，解放碑CBD已成为全市高端产业最密集、经济活动最活跃、配套设施最完善的区域。

重庆解放碑，重庆的魂

重庆广播电视集团（总台）广播音乐频率 / 吴兰、胡馨月、黄睿　采编

仿佛一夜之间，重庆突然成为网红城市。山水地貌架构出的立体城市，奇异的建筑、诱人的美食，像动人的魔幻乐章，迷倒众多外地朋友，点燃了人们到此一游的欲望。这些年，每逢假期甚至是周末，游客们便涌向那些新奇的网红景点打卡：排队一两个小时乘坐长江索道体验缆车，专门等候轻轨跨越山水再穿楼而过的一瞬间，走进现实版类似《千与千寻》场景的吊脚楼洪崖洞……当然，大家总会来到重庆的地标性建筑——解放碑，在这个繁华摩登和市井小巷并存的极具烟火气的城市中心，感受重庆的历史和发展变化。

如果你问一个重庆人“你是重庆什么地方的人”，他要是回答你“解放碑”，

秦廷光画

其时他的神情和语气一定是骄傲和幸福的。因为家住解放碑，意味着他是地道的重庆人，犹如家里最受母亲宠爱的孩子——没错，渝中半岛是重庆的母城，而解放碑就在母城最核心的位置，时刻紧贴着母亲怀抱的孩子怎能不幸福呢？

对解放碑认同的并不仅仅是周边的居民，对于重庆人而言，解放碑也是他们关于故乡最精确的地标，甚至是唯一的代号，正所谓“三千年江州城，八百年重庆府，一百年解放碑”。近百年来，重庆解放碑风雨兼程，造就出这座城市一个最具代表性的区域，这里繁荣、时尚、文艺、市井……同时也造就了成千上万耿直、热情又不服输的重庆人。

黄绮珊和秦廷光就是其中的两位：一位是从解放碑唱到全国的著名歌手，一位则是几乎和解放碑同龄的画家。谈起自己和解放碑的渊源，黄绮珊笑称，解放碑已经长在了自己的生命中，这种感觉很微妙，会给自己带来源源不断的力量。秦廷光则表示，自己就是因为经常去碑旁边的美术馆看展览，才爱上画画的。因为对解放碑割舍不掉的情怀，秦廷光想到用画画的方式，画出解放碑的前世今生，献礼新中国成立70周年。

1947年，为纪念抗战胜利，“抗战胜利纪功碑”建成。新中国成立后，改名为“人民解放纪念碑”，简称“解放碑”。之后，解放碑就逐渐成为了重庆最具代表性的地标。秦廷光说，从那时起，“走，进城”就成了重庆人心知肚明的暗号，一说起进城，大家就知道是要去解放碑了。

20世纪90年代的解放碑就是个“花花世界”，重庆最好的三八百货商店、长江文化用品商店、新华书店、古籍书店、和平电影院、群林市场、亨达利钟表、四宝斋、淳辉阁、美术公司，还有解放碑餐厅、颐之时、陆稿荐、一四一火锅……吃的、喝的、玩的全都集中在这一片。不仅如此，最顶级、最奢华的娱乐场所也汇聚于此，黄绮珊的歌唱事业就是从这里起步的。看过秦廷光画的八九十年代的解放碑，黄绮珊不禁回想起自己每天往返在解放碑，奔波于不同歌厅之间的夜生活。有一年的大年三十，她是和一帮哥们儿、姐们儿在碑下耍到天亮的。那时候的她不仅是个歌手，唱遍了解放碑的每一个角落，还开了一间火锅馆，做起了老板娘，尽管时间不长，却在生活的点滴中收集了很多音乐素材，也成为她在日后离开家乡打拼的岁月中，关于家乡珍贵的回忆。提起家乡，这个爽朗的重庆妹子自然而然地说起了家乡话。

1997年，解放碑步行街开街，人山人海。现在，解放碑依旧在记录着重庆的历史与文化，承载着重庆的过去和未来。如今的解放碑已是中央商务区的代名词，是重庆核心的城市名片，是重庆十大文化符号之一，有“西部第一街”的美

重庆解放碑老照片

誉，被评为“全国特色文化广场”“全国精神文明创建活动示范点”“中国十大新地标商务区”。2017年的微博国庆大数据显示，各个年龄层次的网友来重庆旅游最爱去的地方，解放碑、洪崖洞位列其中。2018年，解放碑共接待游客6374.9万人次。

作为重庆的城市名片和经典地标，居于长江、嘉陵江两江交汇处的解放碑，不仅仅是一个标志性建筑，更是重庆和重庆人的精神象征，代表了重庆坚忍顽强、乐山乐水和开放包容的城市品格，承载了无数老重庆人的历史记忆和深厚情感。如今，随着城市化进程的发展，城市出现了多个中心，但在重庆人心目中，解放碑仍然是他们的精神图腾，无可替代。秦廷光用画笔记录下了现在的解放碑，在他的笔下，我们看到这里人头攒动，80多岁的老人坐着轮椅回到这里重温小时候的记忆，许多外地游客第一时间在这里打卡留影。在秦廷光的画作中，黄绮珊注意到，被周边高楼林立的建筑簇拥着的解放碑明显变小了。不过在她的心里，解放碑依旧高大、挺拔，如果有空，应该在碑下泡一杯茶，或者端一杯酒，坐在那里和它对话，那一瞬间你会认识重庆，爱上重庆。

秦廷光画

扫一扫
听音频

成都

1949年12月30日，四川大学师生在盐市口欢迎解放军入城

史料链接

1968年，四川成都将当年解放军进城时走过的街道命名为解放路：由驷马桥至武侯祠的进城路线，从北至南，依次命名为解放北路、解放中路和解放南路。在1981年的地名普查中，取消解放中路和解放南路，将驷马桥至北门大桥的解放北路统称为解放路。老成都人经过解放路时，都会回忆起1949年12月30日解放军进城时的画面。

如今，这条解放大道已经发生了翻天覆地的变化，旧日的街道早已耸立起鳞次栉比的高楼。而袁强，也见证了这座城市的变迁。

解放路上的剃头匠

四川人民广播电台 / 罗芸芸、张玲　采编

成都的初夏，早已满街碧玉，绿树成荫，极尽悠闲地装点着每个人的生活，迎来每一天的微凉清晨。袁强还跟往常一样，来到解放西路9号院，开始了十几年如一日的准备工作。打开收音机，一丝不苟地穿上绿色工装外套和红色袖套，烧热水，整理好电推剪、修面刀还有梳子。收音机里放着李伯清的散打评书："有句话说得好，有副对联写得好，宝剑锋从磨砺出，梅花香自苦寒来。各行各业，它都可以出人才……"

上帝关上了一扇门，必然会为你打开另一扇窗；你失去了一种东西，必然会在其他地方收获另一个馈赠。

小时候的袁强，本来也可以像别的孩子一样，拥有一段黄发垂髫怡然自乐的

20世纪90年代，解放北路一段　严永聪摄

岁月，可是7岁时的一场大病，却让他的视力和身体受到了重创，小小年纪就挂上了一副1000度的“厚瓶盖”。生了病之后，袁强的身体变得特别虚弱，稍微重点的活都干不了，个子也不怎么长。当时去医院检查，医生判定他最多只能再长4厘米。父亲思来想去，最终决定送他去学理发的手艺，至少工具相对比较轻巧，容易操作。当时谁都没想到，就是这样一个简单的原因，让袁强这一辈子都和理发结下了不解之缘。

一把电推剪，为他开启了一段新的苦乐人生。椅子、镜子、剪子……在成都解放西路9号的院落门口，袁强的这个理发摊，一支就是16年。

人生旅途，没有人是无缘无故出现在你的生命里的。

早些年，袁强在前面沙河边上摆摊剪头发。后来为了配合市容市貌管理规范，不能随地摆摊，就搬到解放西路9号院，在社区和街坊邻里的帮助下落脚，又把剪头发的手艺捡了起来。

最早支摊时理发收2元，到现在5元、6元、7元、8元不等，顾客给多少都行。来理发的大多是老年人，袁强每天能理十多位。

巷子尾的刘伯伯是这儿的老顾客了。10多年来，他的头发已经变得花白，为他理发的小伙子也已经不再年轻，如今，他们早已是无话不谈的朋友。“都是冲着他手艺好，价格相对便宜。上了岁数的人，没那么讲究了，袁强细致，就爱上他这儿来，一个月来两次左右。”刘伯伯住在解放路也30余年了，聊起解放路，他有说不完的感慨：“以前从成都梁家巷北门汽车站坐车去青白江，车上很挤，路很陡，那时还没有二环高架路，沿解放路北一段出去都是田坝，售票员会问你哪一个站下车，不同的距离价格还不一样。现在不同了，上车都刷卡，还可以刷手机，这光景，那会儿想都没想过。”

岁月变迁，街道变化越来越大，街坊互助越来越亲。

如今，十几年过去了，袁强已经记不清自己剪过多少名顾客的头发、看过多少个满意的笑容，但是他对解放路一砖一瓦、一花一木的变化却如数家珍：坑洼的石头路变成了水泥路，水泥路又改造成了沥青混凝土；绿化景观升级了；污水排放点又改造了；以前的老房子如今变成了高楼林宇；儿子小时候读的解放北路第一小学也扩大了，现在成了社会满意、家长信任、学生向往的优质小学校。

他手中理着发，眼睛里看着的是解放路的旧貌不断地换着新颜，但不变的是街坊邻里之间那份守望相助的真心。

在袁强的心里还有一个小骄傲，就是自己那个在宁夏当兵的儿子，那个跟自己一样也在解放路上长大的儿子，那个10多年来陪伴着自己从贫瘠到吃低保再

袁记剃头匠

到脱贫这一路风雨走过来的儿子。他的成长、入学、入伍、工作，见证了整个家庭的付出，也见证了政府的扶持和街坊的帮助，这样的情深似海，这样的恩同再造，让他们父子不再孤独、不再无助，每一段行程都充满了暖阳。

每个人的精彩，都是时代洪流中一道别致的风景。

感叹于解放路的变化，袁强没想到自己有一天也会在这条历史悠久的道路上，书写下属于自己的浓墨重彩的一笔。当地社区感动于他的自强不息，将他的故事画在摊位旁边的墙上，配以“袁记剃头匠”几个大字，这成为解放路上一道别致的风景。

居委会党支部书记姚秀玲对袁强的帮助也颇多，在她看来，这位残疾人自强不息、坚韧不拔。“不但把自己生活搞好了，还能把儿子培养出来，社区很支持他，给他置办了收纳柜，并根据社区特色把他的故事绘成了墙画，就想帮他做点实事，鼓励他继续好好生活。”

在曾经最困难的日子里，袁强靠着勤劳的双手和街坊的守望相助一路走了过来。如今，袁强也经常为邻居们免费理发，整个院子充满了温情。

太阳东升西落，袁强的日子也就如此循环往复着。现在解放路上街边理发的人越来越少，不变的还是那身穿绿衣忙碌的身影。把艰辛变成收获，直面人生，解放路上剃头匠的故事历经岁月的涤荡，愈加动人闪亮。

扫一扫
听音频

绵阳

绵阳解放街粮油公司

··· 史料链接 ···

四川绵阳解放街自古就是绵阳的行政中心，清代及民国时期，绵阳公署、县衙、衙神祠、马王庙、千总署、都监府（武官衙门）、绵州试院、师部坝、子午报社纷纷坐落于此。而在更早以前的1007年，北宋时期著名的文学家欧阳修诞生于这里，后人为了纪念他，在解放街建起了一座“六一堂”。新中国成立后，解放街依然是绵阳行政部门集中所在地，当时的绵阳地委、绵阳广播局，后来的涪城区粮食局、绵阳军分区、绵阳市公安局都在这条路上。如今，解放街的两端路口处，分别立有“绵阳市双拥一条街”的红色标牌，高约5米，格外醒目。往事越千年，沉淀在岁月中的气韵，依然在解放街的小巷深处回荡……

解放街上的生命守卫者

绵阳广播电视台交通广播 / 文佳琳、蒲雨、赵晨、陈佳杰　采编

不知道解放街存在多久了。于很多土生土长的绵阳人而言，最初的记忆便是背着书包上学时，路边那一家一家的包子铺、酱饼摊、饺子馆、烧腊店、米粉店……每次经过时腿仿佛生了根似的舍不得走，正是小屁孩们所谓的“口水直流三千尺，疑是银河落九天”。

懵懂不知的岁月里，解放街是城中心的象征：那里人多车多，机关单位多，商贩也多。梧桐树迎风摇晃叶子欢迎着来人，来来回回间，几十年在这条街上走过成千上万趟，后来读乐府诗集，看见“桐花万里路”，总是会想到它。

修建于2014年的六一堂也在解放街上，红墙碧瓦，飞檐斗角，为重檐式仿

绵阳解放街民居

古建筑。当年的风物都已不可见，只有殿中字画和口耳相传的故事，聊寄远人罢了。而对于其他人来说，想起它或许又掺杂着其他细节：解放街和文庙街的交错口，是1路公交车的终点站；市广播局的对面，十几年前还能找到修电视、收音机的地方；解放街上还有几家卖军用品的店，随新中国成长起来的那代人，他们很多都喜欢穿军装、戴军帽、系军腰带……

被公安部授予“二级英模”称号的抗震救灾老民警徐根发出生于1954年，他的军人情结更浓。部队转业之后，他就来到了解放街17号公安大院，在绵阳市公安局装备财务处任职。2008年5月12日，汶川8.0级特大地震，绵阳境内北川、平武等地的信号全部中断。考虑到老徐在部队学的汽车驾驶技术相当过硬，在对越自卫反击战中，他在广西中越边境坚守阵地的86天里，多次驾驶军车成功往返于敌人的封锁线之间，组织临危受命派出徐根发独自驾车为当时受灾最严重的北川老县城送去了第一部卫星电话。就是这部卫星电话，让国家领导人、全国人民了解到灾区情况，使这里不再是一座孤岛。

任务完成后，老徐并没有返回绵阳城，他给自己安排了更为艰巨的任务：坚守北川城内唯一一个观测唐家山堰塞湖的北川县城大桥。横跨湔江的北川县城大桥，是进出北川的交通咽喉，是北川城内观测唐家山堰塞湖最近、最直接的地方，也是唐家山堰塞湖灌水后冲击的第一站。

北川老县城有一个地名叫“三道拐”，三道连续180度的急转弯，被外地司机称为“三道鬼门关”，徐根发每天都要在这条便道上往返十多次。孤悬在崖边，行驶如临渊，老徐已经记不得遭遇了多少次余震和山体滑坡，每一次都像是到鬼门关走了一圈。他一直不让同事们随他出警，每次都是只身前往那充满未知数的险地。

之所以孤身犯险走一条难走的路，为的就是让更多人能够走一条康庄大路。徐根发觉得，自己守在那里，群众就会远离疫区，也会避免盗窃分子铤而走险，只要有警察在，北川就能保持自己的尊严。如今，老徐已经退休，受他的影响，三个孩子也相继加入了人民公安的队伍。徐根发用自己半生的坚守抒写了人民公安的责任与担当，就像这条解放街，不管时代如何变迁，传承下来的精神都会塑造着新一代绵阳人的成长，并陪伴他们去展开更加漫长的时光之旅。

如今，徐根发每天仍旧会花上一些时间在解放街上徐徐踱步，而在解放街上，这样闲庭信步的身影还有很多很多。岁月静好，现实安稳，解放街不是兴建伊始就是这样，也不是历经世事依旧如此，如今看上去既风轻云淡又喜乐融融的街景下，其实是有些人在负重前行：他们于危难之时力挽狂澜，肩负起民族大

掩映在梧桐树下的绵阳解放街　程希星摄

义，他们勇立于潮头，用青春书写着时代华章！桃李春风一杯酒，江湖夜雨十年灯，他们的故事何止10年，新中国成立70年，解放街上的每一寸土地，都是他们在夯实着基础，他们用初心映照着来路，用信心延伸着前路。

侧身回首，一条老街似乎也还没长到望不到尽头，但时光流转间，确确实实有太多平凡人的故事在这里上演又落幕。每代人都有每代人关于解放街的记忆，从舌尖到心尖，从往昔到今夕，官邸严肃是它，庭院深深也是它。它在某一刻被郑重地命名，自此城市发展依此为据点，东西隔开，铺展而来。生活在这个小城的老老少少，茶余饭后但凡聊起解放街，聊起解放街的某处或某事，或多或少，都能不谋而合，意外地达到某种聊天的默契。

也许在你眼中，这条路只是阡陌交通中极其普通的一环，你每个星期都会走一两趟，抑或日常的三点一线都要穿行于此，但除了停下来喝杯水，或是寻个吃饭逛街的好去处，基本不会驻足停留。如果有机会，希望你可以对解放街多一点了解，去寻找其中蕴含的绵阳特色。

而这或许也能成为这座城的一个切面，让我们看到这座城市，乃至这个国家，70年来未变的坚守与传承，和日新月异的发展与变化。

扫一扫
听音频

自贡

20纪80年代的解放路正街

··· 史料链接 ···

自贡解放路自明末至清代逐渐形成规模，至清咸同年间已成为当地最繁盛的街道。自贡解放路西起新桥桥头，自西向东依次为迴龙街、转角井、三倒拐、正街、八店街、三圣桥、兴隆街、竹棚子。1929年至1932年期间，当地驻军将其中原本曲折的迴龙街、转角井、三倒拐取直后更名为新街，其街道走向维持至今。1949年12月5日，自贡市和平解放，次日，自贡市民在这条路上举行了盛大的仪式欢迎解放军入城，此后，这条路更名为解放路。在2018年的旧城改造计划中，原八店街至竹棚子一段将作为中国国家历史文化名城的核心区域，恢复为城市传统风貌街区，呈现出它本来的历史特色。

画笔中的解放路

自贡市广播电视台广播中心／蔡新明　采编

2019年初，一场名为“自流井史画”的展览在自贡市自流井老街拉开帷幕，8位本土艺术家带着充满乡愁与温度的主题绘画作品，引领自贡人穿越历史，去寻找曾经的记忆。

自贡，位于四川盆地南部，有着2000年的盐业史，曾是中国最富庶的城市之一，也是抗日战争期间全国捐款额度最高的城市，有“千年盐都”“恐龙之乡”“南国灯城”和“美食之府”之称。

曾经繁华的自贡吸引了全国各地前来“淘金”的商人，也吸引了大量务工谋生的移民。在此次展出的200多幅画作中，最早的一幅诞生于1961年，它的作者

如今仅剩的老解放路

俯瞰十字口　黄宗壤画

黄宗壤就是因此来到了自贡。

1945年抗战胜利后，年仅3岁的黄宗壤随祖父和父辈由重庆迁居自贡，落户于自流井的正街。

正街，是当年自贡的政治、经济、文化中心，自清末民初以来，就以经营绸布、百货、西药、书刊、首饰等行业为主。在正街上，仅绸布百货店就有京帮、江西帮、乐山帮、井帮等20多家，首户“庆成商行”从成都、重庆、上海、香港等地进货，批零兼营。与正街西面衔接的新街，经营山货、海产、油酒、铁器、木器、家具等。正街往东的八店街是清代中期陕帮八大盐号旧址，街长约100米，为当时的金融中心；再往东是三圣桥街，这里是茶楼酒肆的集中地。《自贡市商业志》中写道，那时，“正街一间店面，一年租金要几百或上千银元”，可见其商业之繁荣。

当年富足的自贡人文化生活丰富多彩。黄宗壤的父辈们开办起一个茶馆，取名“普鲁花园”（普鲁既普罗列塔利亚，为无产阶级之意）。茶馆里经常放映电影，时常有双簧、京剧、川剧、话剧等演出。没有这类演出时，黄宗壤的父亲就会带领兄弟们亲自上场唱。

黄宗壤的父亲黄巨良先生毕业于北京工业大学。黄巨良兄弟几人在父母的影响下，从小就对戏曲有着浓厚的兴趣。他们来到自贡，入乡随俗，逐渐掌握了川剧的演奏技艺，成为赫赫有名的资阳河河道（川剧艺术流派）的著名川剧玩友。后来，黄巨良曾担任自贡市川剧院第一副院长，老九黄一良曾代表中国川剧随周恩来总理出访东欧。

黄宗壤回忆道："当时我父亲司钹，六叔打大锣，幺叔打小鼓，唱'小喉咙（小嗓）'；大伯唱花脸，七叔和九叔唱须生。我们家被同行、玩友们称为'行行有人，方方不缺'，关起门来自己都能演，这给茶馆带来了很多生意。"从小生活在这样的艺术氛围里，黄宗壤的心中种下了一颗文艺的种子。

1949年12月5日，自贡和平解放，黄家所在的正街和新街、八店街、三圣桥街、兴隆街、竹棚子合并，正式更名为解放路。解放路上陆续建起了百货商店、人民电影院、工人文化宫、新华书店等。

新建起的新华书店是黄宗壤经常流连的地方，《李有才板话》《吕梁英雄传》《逼上梁山》《小二黑结婚》……他都看得津津有味。

喜欢读书的黄宗壤，后来考入四川美术学院附中专攻美术。1961年毕业时，正好赶上"三年自然灾害"，为照顾病危的父亲，同时减轻家庭负担，黄宗壤放弃了继续深造的机会，被分配到解放路上的自贡人民电影院。从那时起，黄宗壤就开始用画笔记录他所熟悉的大街小巷。

黄宗壤说："那个时候我是随时待命，画板、画架、画箱、小板凳、水壶……只要一有时间，我就自己或者带学生一起出去画画，从我工作开始到现在近60年了。正因为当初的坚持，现在留下来的画比较多，光自贡解放路的就有几十幅。"

在那个照相机还未普及的年代，黄宗壤的画作，特别是其中一些记录建设场面的作品，如今看来更是弥足珍贵，具有史料价值，被称为"史"画。

"文化大革命"以后，黄宗壤先后担任过自流井区文化馆馆长、自贡市书法协会主席、自贡市文联委员等职，他的艺术方向也逐渐由绘画转为书法。

改革开放之后的解放路曾极度繁荣，新街一段甚至在道路中间搭建起售卖商品的摊位，并且开放夜市。从早到晚，这段路上都是人潮涌动、摩肩接踵。那时的解放路，随处可见由黄宗壤题写的店招。

进入21世纪，随着经济的发展，1000多米长的解放路已经承载不下自贡的繁华，老旧破败的建筑也有损自贡的城市形象。于是，政治、文化中心南迁至汇东新区，商品经济也进行了分流，当时的黄金地段——原来的新街和正街被改造成为现代商业街区。只是，那曾经最熟悉的地方却只能在记忆里、在过去的画作中才能找到了。

黄宗壤说，当初的四川省盐务管理局，就在现在市人大和市政协的新址位置，但那些房子现在已经荡然无存。旁边文化局、财政局、劳动局一直到电影院背后的那条路上，曾经有很多修得很好的大院，有很多砖雕和石雕，也都销声匿迹了。

老解放路现存的一段街区——八店街至竹棚子，目前也正在打围改造，按照“自流井老城复兴规划”，这一段将打造成为历史风貌街区。对此，黄宗壤充满了期待，“我认为至少修一点仿古的民居，修成深宅大院，把它作为公益性的会馆或展览馆，不以营利为目的，展览自贡的书法、绘画作品，展览自贡的‘小三绝’（龚扇、扎染和剪纸），让它成为自贡文化的一个窗口，成为老城区非去不可的一个地方。”

在新的规划中，建成于1954年的“自贡国营百货商店”大楼将会保留下来，“西秦会馆——中华路历史文化街区规划”内有价值的历史建筑也会保留下来——这是对历史的敬畏与尊重。自贡解放路，将随着代表城市传统风貌的街区的复兴，变身为串联传统与现代的奇妙所在，成为一幅新的历史画卷。

今日的十字口

扫一扫
听音频

南充

南充解放街

史料链接

清嘉庆年间，在明、前清古南充县城的基础上，重建了一条主街，定名为“正南街”。民国初年，在后来的果山公园内建有一功用不明的六角砖塔一座，后军阀罗泽州占领顺庆，将六角塔改建，更名为“戡乱碑”。抗战胜利后，国民政府又将其改建为“抗日阵亡将士纪念碑”，碑身刻有正楷蓝色题字“呜呼壮士，英勇无双。名芳千古，永志不忘”，落款蒋中正。同时，将正对此碑的正南路改为“中正路”。1950年，纪念碑改建为“南充市解放纪念碑”，同时，将中正路更名为“解放街”。

在烈火中永生

南充915交通音乐广播／宋涛、周英、陈林涓　采编

家住南充市解放街85号的赵智敏，是南充市杂技团的团长，国家一级演员，从小就跟着父母在位于解放街22号的杂技团里学艺。南充市杂技团属于南充市职业技术学院的传统文化沿袭班，这里的孩子们从小一边学习杂技艺术，一边学习文化课程。

2019年4月18日，对孩子们来说是普通的一天，孩子们和往常一样起床、晨跑，如明媚的晨光一般，蓬勃地开始一天的练习。刚开始热身的孩子们被团长赵智敏的话音打断："孩子们过来集合，今天的早功，我们要提前结束，因为我们今天要去做一件重要的事情——送别我们的消防战士蒋飞飞英雄，他在这次凉山森林火灾中，为了保护人民的生命财产安全，在救援中不幸牺牲。我们南充杂

解放街街景

技团的小学员，作为南充人的一分子，去送烈士蒋飞飞最后一程。”

送别消防英雄蒋飞飞，是当天南充城里最重要的事。

2019年3月30日傍晚，四川省凉山州木里县燃起一场森林大火，当地的森林消防队员迅速奔赴一线扑火。春节之后，他们几乎每隔几天，就有一次这样的紧急出警。可在这次扑火行动中，突然改变的风力风向引发了罕见的林火爆燃，巨大的火球瞬间吞噬了出警的队员。4月1日傍晚，30名扑火队员的遗体全部找到，其中就有南充籍消防指战员西昌大队三中队中队长蒋飞飞。

蒋飞飞的哥哥蒋松城说，1990年飞飞出生的时候，家里特别穷，从小学到高中，飞飞的成绩在学校始终都是名列前茅。飞飞17岁就以国防生身份考入北京林业大学，毕业后进入四川森林武警，是全家人甚至全村人的骄傲。

蒋飞飞的家人说，春节过后不到50天的时间里，飞飞已经出警13次，而接到这次任务后，他还在朋友圈发了出发路上的视频："前三天连打了两场，回来衣服泡起还没洗呢，又通知走了。"

哪知这一走，便是永远的离开。

飞飞的英魂安葬在南充市西山烈士陵园。像杂技团的孩子们一样，数万南充人自发有序地来为飞飞送别，安静地聆听着令人悲痛的悼词。杂技团的小朋友们为蒋飞飞献上了鲜花，轻声地唱着那首送别的歌："长亭外，古道边，芳草碧连天，晚风拂柳笛声残，夕阳山外山……"

那静谧中难言的伤感场景，与4月5日全城迎接飞飞回家的情景一模一样。那天，近50万南充人从高速出口排到了烈士陵园，每个人都哽咽地喊着："飞飞，欢迎回家！"收音机里电台主持人声音微颤地说着欢迎词："今天是2019年4月5日，现在是下午15点32分。亲爱的听众朋友，蒋飞飞烈士已经回到了南充。飞飞，欢迎回家。今天的南充，已有了些许夏天的味道，这味道是不是你熟悉的南充的味道？听说你今天要回来，家乡人一早就开始准备了，你还不知道吧，迎接你，是今天南充人最重要的事。这些年南充变化大，怕你不识路，大家从高速口就开始等你，沿途都有人给你指着路；怕你看不清楚，大家手里都拿着花，这些花，差不多已经是全南充所有的花了，每一朵都开得正盛，就像你的年华，那样鲜活而明媚。"

传说中有一种鸟叫凤凰，它毫不畏惧地在焰火中飞舞，只为得到生命的永恒。我们看到你飞跃高山火海，终于飞回来了。今日，西山不语，默默刻录下这个春天悲伤的故事。出走时的少年，归来时的英雄，来年今日，会有鸽子飞来，落在你的墓碑上，安然的岁月，我们一直会把你记在心里，我们知道，你的远行，不会孤寂。

回解放街的路上，赵智敏跟学员们说："孩子们，我们每天能安宁地在练功房中练功学习是许多人负重前行换来的，不要辜负每一份守护。上世纪40年代，我的母亲在战火纷飞中跟随一个从盐城逃难出来的杂技草台班子一路逃到了南充，在解放街街头卖艺求生，后来社会安定下来，才有我们团参加新中国成立10周年演出，走出国门在纽约百老汇连演42场，将传统艺术发扬光大的故事。我们要永远记得我们的团训——顽强拼搏，为国争光！"

孩子们没有应声，只是在满脸泪痕中默默地点头。

那天的团训日记有一篇是这样的：2019年4月18日，星期四，天气晴。29岁的蒋飞飞哥哥，你好！我是13岁的杂技小学员。今天，我们在西山烈士陵园相遇。从7岁练杂技到今天，我哭了无数次，无数次想逃离杂技团，可是今天我见到你，才明白，能够在练功房里练功也已经是难得的安宁。

在烈火中逝去的英雄已永远活在孩子们的心中，并在每一个平凡的日子里告诉他们：阳光普照，是因为有人尽忠职守；岁月静好，是因为有人负重前行。面对灾难、意外和危险，总有人矢志坚守，总有人向火而行。他们赌上生命，把汹涌而来的黑暗挡在无数人视线之外，他们燃尽生命，诠释了"英雄"这个词的含义！

南充市解放纪念碑

扫一扫
听音频

贵阳

1995年，解放路小巷子

史料链接

贵阳解放路始建于1954年，全路东起市南路口，西至解放桥，1957年建成通车时，是通往四川、云南、湖南、广西等省份的过境干线，称得上是贵阳市最繁华的路段之一。大昌隆、体育馆、国鼎家电商场等在贵阳人心中有着重要地位的地标，以前都在这条路上。而提到贵阳解放路，就少不了解放路59号那一碗让贵阳人爱不释手的肠旺面。

贵阳人的“常旺”情怀

贵州广播电视台旅游广播 / 陈荟宇　采编

行走在贵阳的大街小巷，总能看到“肠旺面”的招牌。猪大肠和猪血这两样曾被人们所嫌弃的猪下水，摇身一变，成了贵阳人餐桌上不可或缺的食材，再加上面条，三者相得益彰。鸡蛋挂面与秘制红油辣椒的碰撞，新鲜脆哨和爽滑豆芽的结合，成了贵阳人打开一天听觉、味觉的方式。且“肠旺”是“常旺”的谐音，寓意吃了肠旺面便会吉祥常旺。

在解放路59号，早上7点，“师赐福”面馆门口就排起了长队。这是一家经营了20多年的面馆，老板黄伟曾经发出过这样的感慨：“在解放路开面馆这么多年，多少张违停罚单，都没有把爱吃面的食客罚怕。”走进面馆不乏许多老面孔，许多食客都住在解放路，吃惯了这个味道，一吃就是十几年。黄伟从祖辈就

1995年的贵阳解放路

开始经营面馆，在解放路的24年间，他历经了这座城市的沧桑巨变，道路不断拓宽修缮，面馆前后三次搬迁却始终不离解放路。

黄伟介绍道，“师赐福”面馆自开业以来，一直注重质量、选材和加工，慢慢就赢得了大部分顾客的喜爱。他印象最深的莫过于一对80多岁的老夫妻，两人最初吃面都是靠步行，后来由于腿脚不便就特意买了一辆三轮摩托车，这一吃就是10多年。无论面馆如何搬迁，食客们都风雨无阻，每天的生活就从这碗面开始。

贵阳夏天平均23℃的气温也吸引了一大批前来避暑的游客，其中不乏想尝尝当地味道的吃货们，不少年轻人通过导航专程来到面馆，为的就是这一口正宗的味道。

面馆所在的解放路在20世纪60年代被称为外环，出了解放路就是市郊。如今，解放路周围曾经的矮旧楼房摇身一变，成为高楼大厦，逸天城、鸿通城商圈的修建为市民的生活带来了便利，道路的扩建也拉近了南明区、经开区、花溪区、贵安新区等几个城区居民的距离，一条路的扩建达到了推动一个区域整体发展的效果。家住解放路的林女士得知要实施扩建工程后异常高兴，这样她就可以直接开车到大学城上班，路上能节省近40分钟的时间。

贵阳夏季凉爽的气候吸引的不只是游客，还有投资者。解放路扩建后，从市区驱车50分钟即可到达贵安新区，苹果公司在中国的第一个数据中心就建在这里。因气候凉爽、用电成本较低、自然灾害少等优势，贵安新区还吸引了数十个大规模数据中心在此集聚，快速发展成为我国南方最大的数据中心基地。2015

“师赐福”老板黄伟正在制作肠旺面

2019年，解放路与花冠路交叉口

年6月17日，习近平总书记考察贵州时，在参观了贵阳大数据应用展示中心、食品安全云、贵阳大数据交易所等地后，提出“贵州发展大数据确实有道理”。

而中国国际大数据产业博览会自2015年创办以来，已在贵州连续成功举办了4届。作为全球首个大数据主题博览会，凭借国际化、专业化、市场化的领先优势，数博会成为全球大数据发展的风向标和业界最具国际性和权威性的成果交流平台。大数据，不仅仅是时代前进的先声，更是贵州未来发展的方向。

新中国成立70周年，经济不断发展，生活逐步改善，消费层次不断升级，人们对美好生活有了更加丰富的需求。端起解放路59号的这一碗肠旺面，时光的变迁，文化的氤氲，让人未及品尝便已香飘心头。一碗面、一条路见证了城市的变迁，不变的是美味，变化的是城市的日新月异和居民繁荣富饶的生活。

城市的变化和解放路修建的点点滴滴老百姓都看在眼里，贵阳渴望改变，也正在改变。公园里绿树成荫，水石相映，树上的鸟雀叽叽喳喳，一派生机。生活在城市里的百姓享受到城市改造的成果，生活得更加舒心。这样的改变也给男女老少带来了新的希望，期待着贵阳的快速发展与变迁。

解放路在世事变迁中保留了这座城市可以触及的心跳，也在贵阳人不断的努力耕耘下，书写着更加丰富的历史，辉耀着一座城市更加美好的明天。

扫一扫
听音频

遵义

20世纪60年代的遵义老城

史料链接

遵义市解放路位于红花岗区子尹路与洗马路交接处，紧邻遵义会议会址纪念馆，是遵义市老城最繁华的路段之一。该路全长800多米，呈“U”形连接着子尹路、民主路、洗马路与石龙路，由东向西依次为营门口、城隍庙、水井湾、忠字卡。

遵义城区的主要街道，清朝以前多以某点命名，民国以来，街道名称一是多变更，二是以整街为名。解放路原名县府街，民国时期被称为法院街，新中国成立后正式更名为解放路，但是老遵义人依然习惯把解放路称为法院街。

红色基因的传承

遵义市广播电视台综合广播／周敏、税兵　采编

1935年，中国共产党在遵义召开了著名的“遵义会议”，挽救了党，挽救了红军，挽救了中国革命，成为党生死攸关的转折点。几十年过去，紧邻遵义会址的解放路就犹如一条奔流不息的长河，源源不断地传递着遵义会议精神，滋养、灌溉着遵义人的心灵，给人注入不竭的奋斗力量。

申家信已经在解放路上生活了79年，虽然年纪已大，但身体非常硬朗，一说到有关遵义会议的内容，老人便滔滔不绝。“我家距离会址只有300米远，小时候常被父辈讲的红色故事所吸引，一想到红军当时就在现在自己脚下的这片土地上生活过、战斗过，我就感到很自豪。”

20世纪70年代，申家信攒了3个月的工资，花了100多元钱买了一台海鸥牌相机，深爱家乡的他决定用相机记录这座红色城市的发展变迁。此后，他的空闲时间都用在了拍摄上，50年来，他背着二三十斤重的行囊，走遍了城市的每个

20世纪60年代的解放路

70年前的遵义老城面貌

角落。尤其在改革开放后，遵义城市的基础设施建设得到了快速发展，申家信更是激动不已，用镜头记录了大量城市建设的照片。翻看自己拍摄的照片，申家信不禁感叹遵义发展变化得太快："这张照片是70年前拍的，你看照片里的桥很矮小，人烟稀少。你再看看新的照片，高楼林立，现在的建筑都是20多层甚至是30多层的楼房，对比十分强烈。"

申家信老人拍摄的照片，从黑白到彩色，城市现代化气息愈发浓厚，富美乡村新面貌逐步呈现：2012年遵义新舟机场正式建成通航，2018年渝黔快铁建成通车，2019年富庶美丽的乌江小镇……从与摄像结缘开始，申家信用相机记录了遵义上万幅珍贵的画面，透过他的镜头，我们看到了一座经济繁荣、社会和谐、环境优美、充满活力的城市正在改革中发展，在开放中奋进，焕发出前所未有的蓬勃生机。

如今的遵义正处于蓬勃发展阶段，年近八旬的申家信表示不会停止拍摄的脚步："我要趁自己还走得动，多做些自己想做的事、有价值的事。遵义在打造800万人口的城市进程中，城市会越来越漂亮，我要用镜头继续记录这些发展变化。"

70年来，遵义的发展翻天覆地，这些变化都与长征精神、遵义会议精神密不可分，是先辈们坚定的革命信念凝聚起了遵义人奋斗新时代的强大力量。为传承好红色基因，近年来，遵义通过开展"长征文化进校园""小小红色义务宣讲员"等活动，弘扬红色文化。目前，全市已培养出500多名优秀的"小小红色义务宣讲员”，年龄普遍在9到15岁之间，家住解放路的张瑞凝就是其中的一名。

张瑞凝今年11岁，是一个活泼自信、声音甜美的小女孩，自儿时起就喜欢听发生在遵义这片红色圣地上的红色故事，喜欢阅读历史故事，因此，她对红色文化有着发自内心的热爱。2017年，张瑞凝报名加入“小小红色义务宣讲员”以来，节假日经常到遵义会议纪念馆为各地游客宣讲红色故事、红色文化。张瑞凝说：“我每周来两三次，有时候要顶着大太阳讲，一讲就是一两个小时，但是这些我都不怕，能给大家讲清楚，能让更多的人了解遵义会议精神、知道发生在遵义的红色故事，我就是再累都值得。”

除了在遵义宣讲，张瑞凝和其他小讲解员还先后走进盐城、绍兴、银川、南京、西安等地，为当地市民和高校学生宣讲红色文化，对外展示遵义红色魅力，持续掀起弘扬长征精神、传承红色基因的热潮。

张瑞凝说，习近平总书记2015年来遵义考察时对讲解员的叮嘱，已成为她前行的动力：“习爷爷说要给大家好好讲，告诉大家我们党是怎么走过来的。作为小小红色宣讲员，我们应该牢记这句话。”

近些年来，随着红色文化的传播与推广，遵义的红色旅游也得到迅速发展，这就不得不提到生活和工作都在解放路上的贵州省首席红色旅游专家黄先荣。黄先荣今年已73岁，从小在红色故事中浸润长大，大学毕业后，在政府部门工作的他十分关心遵义红色文化的宣传和推广。

如今的遵义解放路　周敏摄

黄先荣首先想出了将红色文化和旅游相结合的发展模式，大胆作出“遵义会议是遵义旅游最大品牌”的判断。1995年8月，原遵义地区旅游事业局组建，黄先荣被任命为第一任局长。经过调查，他认为遵义的红色旅游大有前景，尽管困难来自多方面，但他仍坚定地成为遵义发展红色旅游的第一批“拓荒者”之一。

不懂政策法规、营销方法，黄先荣就到处买书学习；为了开发景点和线路，他四处争取政策支持，到有关部门及单位“软磨硬泡”、据理力争；为了推广景区，他一字一句写下了第一本导游解说词《赤水河之旅》，重点介绍赤水河流域的红色文化渊源……他始终相信：“我们不能为保护而保护，文物摆在陈列室是死的，发展旅游让更多人来看，红色文化才有生命力。”

1998年3月，黄先荣参与策划了“遵义会议、息烽英烈革命历史回顾展”，这场在北京举办的展览14天内接待观众8万余人次。次年，来遵义旅游的人数就翻番了，遵义的红色旅游从此开始火了。这些年，通过黄先荣和一代人的不断努力，遵义红色旅游已呈井喷发展态势。

遵义城区现代风貌　申家信摄

退休后，黄先荣更加专注于研究和宣讲遵义红色文化。10多年来，他写了25部共计500多万字的关于红色文化的作品，并用生动、鲜活的故事在省内外宣讲红色文化，深受听众喜爱。14年来，黄先荣举办过上千场演讲，累计为14万人次讲述长征故事。

如今，黄先荣晚年最大的愿景，就是用长征精神来学长征、讲长征：“我作为一个共产党人，党龄已经40多年了，我要继续宣讲长征精神，对外宣传红色遵义，做到自己做不动为止。”

伟大精神激发强大动力，强大动力创造伟大事业。红军长征、遵义会议等孕育传承下来的革命传统和宝贵财富，已成为老区人民最持久的精神力量。而居住在遵义解放路的申家信、张瑞凝和黄先荣的故事，仅仅是全市的一个缩影。近年来，遵义正加快建设西部内陆开放新高地和黔川渝结合部中心城市，不忘初心、牢记使命，传承好红色革命精神，奋力谱写百姓富、生态美的遵义新篇章，已深深根植于每一位遵义人心中。

扫一扫
听音频

个旧

工作中的赖庆国

··· 史料链接 ···

云南省红河哈尼族彝族自治州个旧市位于云南省南部，以盛产大锡而闻名，是全国有色金属工业基地之一，是中国最大的锡工业基地，具有悠久的矿业开发历史，素有“锡都”之称。个旧是因锡而立、以锡而兴的冶金工矿城市，至今，红河个旧仍流传着“先有(云)锡，后有(城)市”之说。

个旧解放路就位于闻名遐迩的锡文化和梯田文化的锡都的中心繁华地带。一座小城，一段辉煌，一帧画面，一个故事，个旧解放路就在这每秒有24帧的小城里，见证并记录着个旧的发展和历史变迁。

赖庆国与个旧斑锡技艺

红河广播电视台综合广播／李剑、张兵、张桥猴、杨幼媛　采编

夏日的云南省红河哈尼族彝族自治州个旧市，天气温润。在一个绿树成荫的园区里，一位留着长须的长者，正在敲打着手中的器物。他叫赖庆国，是中国锡工艺美术大师，个旧锡工艺斑锡技艺代表性传承人。

“锡的金属性质好，是保鲜、抗氧化极强的金属材料，熔点较低，延展性比较好，容易成型、制作、装饰。”提到锡，赖庆国侃侃而谈。云南个旧盛产金属锡，2000多年前的汉朝便置官吏在个旧督办锡物，个旧因此被尊为世界“锡都”。

1963年10月出生的赖庆国，自小就喜欢画画，一有空就会跑到当时的个旧解放路上，去看沿街的锡工艺品师傅们制作锡器。因为家境困难，赖庆国16岁时就跟随师傅学习锡器制作，“当时就觉得这门技艺很有意思”。

赖庆国初中毕业后开始学习锡器工艺，跟着几个六七十岁的老师傅，口手相传，没有什么理论架构，也不会刻意培养审美素养，几年后他觉得这样不行，于是就考到艺术学院进修，学习工艺美术，恶补绘画。毕业后又到学校教了3年书，提升了理论素养，之后才觉得可以从事锡艺事业了。

“我接触斑锡的时候，是八九十年代。斑锡是一种特殊的工艺技术，是一种高纯锡表面在物理转换过程中产生的一种斑花效果。”赖庆国评价自己学习勤快、喜欢动手、经常思考，日积月累，不仅继承了传统的锡器制作工艺，还成功将斑锡制作工艺运用到传统锡工艺制作中。“锡制品经过碾坯及车光以后结晶会受到破坏，经过重新结晶和工艺显斑处理，锡器表面会重新产生结晶斑化，使锡器表面呈现出黑、白、灰不同明度和多层次变化的肌理效果，让斑锡工艺品更加玲珑剔透、流光溢彩，这是一种创新工艺。”

早先，个旧锡制品更多地出于人们生活的需要，以实用为主，不大注重器型的美感。有人开玩笑说，“下里巴人”的锡器也就是装装东西而已。赖庆国的女儿赖维然也这么认为，她曾经给锡器下过四个字的结论：“土得掉渣”。

赖庆国深为锡工艺品的前途担忧。他虚心向老艺人学习传统技艺，与同行交流心得，最后结合现代工艺美术理论不断总结并发展斑锡等锡工艺制作理论，

“总之在还原的过程中又有了新的突破，掌握了一些新的技术”。复杂的工艺探索实践过程，被赖庆国几句话草草带过。

锡，具有良好的延展性；锡制品，闪亮而柔和，让人爱不释手。赖庆国最喜欢制作锡茶储。中国储藏文化源远流长，锡茶储可以让锡制品实现“下里巴人”和“阳春白雪”的完美结合。就算是一个小小的茶仓，赖庆国细算起来也有四五十道工序：下料、成型、焊接、抛光、磨光、配盖……有些细节还要反反复复经过许多次。

在个旧锡文化创意产业园的一角，有两个砖砌的灶台，点上火，往铁锅里放入锡块，温度达到231℃后锡便会熔化，舀一瓢缓缓注入模具，很快就能冷却成型，再敲打锤炼。赖庆国介绍到，从锡金属到文化创意产品，每一件作品都是由冰冷的矿石转化而来，都要经过设计、刻模、浇铸、碾片、放样、下料、成型、焊接、修整、内外车、显斑、打磨、抛光、贴花雕花等流程。“它们有手工打磨的温度，有本土文化的内涵，有作者及受众文人情怀的体现，是一段浓缩的锡产业发展历史，也是对中华传统文化的创新与延续。”赖庆国说。

赖庆国说，人生的各种机会和选择很多，自己对锡长达40多年的坚持是他总结的成功经验第一条，“我们要经常学习充电，我再忙，也会抽时间去写生、画画，当作休息。练了30年，现在画画仍然是必修课”。

潜心沉淀，方出精品。在近40年的锡工艺制作生涯中，赖庆国设计制作的经典锡工艺品数不胜数，其作品多次荣获国家大奖，其中的九象奇妙壶、四象普洱茶锡堡（斑锡）、十二吉象普洱茶珍品锡储（斑锡），被中国国家博物馆永久收藏。

赖庆国说，以前的斑锡是一种偶然，当今的斑锡则是一种必然，技术也实现了可控。从某个角度来说，是赖庆国赋予了个旧的锡工艺品以新的生命和灵魂。巧合的是，赖庆国的女儿赖维然在大学学设计的时候，碰巧听老师提到了父亲的作品和理论，“真想不到，”赖维然略带自嘲又有些自豪地说道，“我不知道有这么多人会认可这个！”

2016年7月，赖维然决定回到父亲身边学习锡工艺，这一年，赖庆国53岁。看着女儿用心制作的锡罐、锡盘、锡碟等工艺品，赖庆国十分宽慰。“任何一个工艺种类，任何一项技艺，都得用毕生去努力、坚守、完善、创新。”

如今的赖庆国，每有闲暇，总会抽时间去个旧的一些老街老巷转一转，用他的话讲，就是寻寻根、找找乡愁。

“以后这个行业，可能没有赖大师了，”采访结束，赖庆国说，“但是我们有很好的传统，有热爱家乡文化的匠人团队，这项优良的工艺技术一定会得到传承和保障。”

扫一扫
听音频

拉萨

拉萨金珠路

史料链接

20世纪90年代，城市急剧发展，新街道向四面八方延伸。拉萨市政部门对街道和街区作了全面的规划，八廓街南面的林廓南路改为金珠路（解放路），一直延伸到西郊，至堆龙德庆县东嘎镇，分为金珠东路、金珠中路和金珠西路，成为拉萨城的主干道之一。

如今的金珠路，就是当年十八军进拉萨城时所走的路。“金珠”在藏语里的意思就是“解放”，金珠路是西藏人民的解放路。

共产党带来的好日子

西藏广播电视台／罗华、高广重、邹雨瞳　采编

2019年5月2日，我们走访了一位在拉萨居住近60年的汉族老人。老人叫王义明，今年76岁。

王义明老人见到我们十分高兴，爽朗的笑声加上一口略带四川方言的普通话，便与我们攀谈起来。

1950年，人民解放军进藏，打通并连接了川藏线和青藏线两条进藏线路，形成了现在拉萨市区的交通主干道之一金珠路的雏形。而王义明老人口中所说的金珠公社，也就是现在的金珠乡，就位于现在的金珠西路和北京西路沿线，北靠拉萨之肺“拉鲁湿地”。

老人介绍到，包括八一农场这一片全属于金珠乡，原来都是庄稼地，是公社的农民赖以生存的土地，种青稞、种菜，小麦、萝卜、莲花白啊，什么都种。后来来了解放军，解放了这里，“永远不会忘记解放军解放了我们！”

本着不拿群众一针一线的纪律，十八军进藏后就在现如今拉萨市西郊的当巴社区和“拉鲁湿地”周边开垦荒地，自力更生。随着“农垦岁月”逐渐淡出历史舞台，农垦厅、七一农场、八一农场的土地使用归了地方。

金珠路对于拉萨乃至整个西藏其实有着更重要的意义，如果说青藏铁路通车前的拉萨是货车拉出来的城市，那么金珠路则是所有物资的必经之路。

谈起金珠路和金珠公社，老人打开了话匣子，60年的时间，她一直居住、工作、生活在这里。她说：“这前面是金珠乡政府，我就在后边住。”

看着金珠西路上来来往往的车辆，王义明老人回想起了当年艰苦的岁月。她说：“男女同工同酬，同吃同住同劳动，那个时候大家都很拥护共产党。没有吃的，就种一点青稞。金珠乡属于西藏自治区的扶贫公社，缺水，没有电，就那么一两亩地，完全是靠天吃饭。”

说话间老人将我带进了她所在的当巴社区的一家甜茶馆，甜茶馆的老板是她的邻居，叫边巴次仁。两磅甜茶、一碗藏面，就是很多拉萨人的下午茶。

王义明：57岁还是54岁？

边巴次仁：谁？

王义明：你。

边巴次仁：64岁！

王义明：他就是金珠乡土生土长的人。

边巴次仁：1955年生的。

王义明：哦，1955年，西藏实行民主改革之前。你那个儿子，一开始我还不知道那是你儿子。

记者：您儿子今年多大了？

边巴次仁：8岁，老三。

王义明：他那个儿子可乖了。

边巴次仁：老大在出版局工作，老二在居委会……

记者：自治区出版局吗？

边巴次仁：嗯，自治区。

王义明：龙王潭那个地方。

在拉萨知名度较高的光明甜茶馆、鲁固甜茶馆在计划经济时代都属于村里或者公社的集体经济，也就是归属于光明公社和鲁固社区。计划经济时代以及之前的年代里，金珠路上乃至整个金珠公社都没有一家真正意义上的甜茶馆。20世纪80年代伴随着改革开放，拉萨的大街小巷才开始星星点点地出现了甜茶馆，如今已随处可见。而王义明当年跟随丈夫进藏时，金珠公社这一带很难找到一家甜茶馆。

王义明说："刚到西藏的时候是农历三月，气候比较干燥，想喝口水，但是一个茶馆都没有，只有居委会那里有个甜茶馆，其他路上真的没有。口渴了吧，去路边水沟里头喝就行了。现在都不一样了，你看金珠乡，像次旦卓嘎她们这一家，原来家里很穷，就靠着那么一点点的地，家里还有好几个孩子。后来，她在家里开了个小甜茶馆，甜茶8分钱一杯，喝的人少，大家也没钱喝。其实那个不是奶粉，就是自己挤的牛奶，舍不得喝拿去卖，卖一瓶才挣几分钱。"

从金珠公社开垦荒地到金珠乡青稞遍地，再到现如今当巴社区的藏式小院一排排鳞次栉比，当地人的生活起居发生了翻天覆地的变化。王义明老人说："现在每家每户都有电视、网络，暖气都安到了家里。原来取暖烧的是牛粪，墙上贴的也都是牛粪，用草和牛粪和在一起贴到墙上。共产党给金珠乡、给金珠乡的农民带来了好日子。原来这个时候大家在地里干什么呢？女的给女的梳头编辫子、找虱子，全身都是补丁，到了中午喝点清茶，连酥油都喝不起。我们下乡一个月才一斤半的酥油，七毛五一斤。现在到处都有酥油，冲赛康那里到处都能买到；到处都是甜茶馆，喝甜茶、吃糌粑、吃油饼、吃火锅。房子，200 多间的都有，变化太大了。现在吃的喝的很好，什么水煮肉片、炖羊肉、芒果啊，以前见都没见过的东西，有一些我们连名字都叫不出来，还有很多进口的东西，说都说不完。”

现如今，金珠乡已经被划分成了多个社区，王义明老人所在的地方属于当巴社区鲁定安居院第二小区，随着拉萨西延东扩的城市发展，如今的当巴社区早已融入了拉萨的中心城区。

拉萨金珠路

扫一扫
听音频

西安

20世纪30年代的解放路

··· 史料链接 ···

西安市解放路位于古城墙内的东北部，北起火车站，南达东大街大差市口，全长1.9千米。

解放路虽名“解放”，但其发展历史悠久，自唐代至今，这里一直是城市的核心区域。唐代时，政治中心大明宫就在这条大街的正北面。清朝时，这一带又成为“满城”所在地，八旗兵和其家属在此驻守和居住。1928年，西安市政府将“满城”旧址划为新市区进行开发，是年秋，修建了泥拌碎石路，被唤为“尚仁路”，这就是今天解放路的前身。1947年，尚仁路改名为“中正路”。1949年，西安解放，同年7月，中正路正式更名为“解放路”，中正门改名为“解放门”。

井盖上的解放路

陕西广播电视台都市广播 / 魏诠、马佳、孙飞、何磊　采编

西安市新城区既是西安市中心城区也是老城区，辖区的历史文化资源丰富，尤其是解放路，在西安发展史上具有特殊的历史地位，所谓“一段解放路，半部老西安”。解放路北接西安明城墙，城墙之下便是西安火车站，老西安人大概都不会忘记，陇海铁路贯通后，西安火车站成了西北最大的交通枢纽，随之而来的便是解放路上商贾云集、人山人海，涌现出了在西安乃至全国范围内都大名鼎鼎的商业典范。

解放路历来被当作西安的名片，但是历史变迁以及城市改造等因素，使得解放路商业区发生了根本性变化。时至今日，解放路商圈在城市新兴商业的猛烈攻势之下渐渐淡去了昔日的明星光环，“振兴解放路商圈”，恢复解放路的昔日风光成为每一个西安人心中的夙愿。

下班的时间已过，西一路街道办事处的小刘风风火火地拿着厚厚一沓图纸，敲响了党政办主任曹佳睿的门：“曹主任，这是解放路饺子馆的井盖设计方案，

20世纪80年代的五路口天桥

20世纪80年代的西安火车站

您看一下。”翻看了大概五分钟后，曹佳睿皱起了眉头：“我建议不如直接用饺子的造型，毕竟解放路饺子馆这个实体已经不存在了，如果用建筑的造型难免会给外地游客造成误导，而且视觉感官体验不强，井盖上如果都是建筑的造型，那还怎么区别解放路上各种文化、饮食、娱乐元素的特点呢？你觉得呢？”小刘恍然大悟：“那行，我们再改一改！”说着，飞奔出曹佳睿的办公室。

西一路街道办事处紧邻解放路，去年年初，街办的一群年轻人突发奇想，准备从一块块小小的井盖入手，在解放路区域内实施“古城记忆”城市文化系列工程。想要通过在解放路沿街的井盖上做文章，振兴解放路商圈？这葫芦里究竟卖的是什么药？

“大家第一眼看到这个方案的时候，第一反应可能是‘不就是在井盖上写解放路的历史吗？’其实这只是冰山一角。”曹佳睿在给主管领导汇报时说道，“在整个城市文化系列工程中，包含了树坑盖、唐妞墙绘、唐妞隔离桩等一系列科学规划的历史文创市政设施，这些特色设计元素既彰显了老西安的历史文化底蕴，又展示了新西安的时尚靓丽风采。”

要想做好“古城记忆”这么宏大的课题，并且包罗解放路近半个世纪的历史元素可不是件容易的事，解放路饺子馆、八姐妹旅舍、珍珠泉洗浴、八路军西安办事处纪念馆这些在国内外闻名遐迩的历史记忆，要全部浓缩在一块儿小小的井盖上，着实让曹佳睿和他的团队下足了功夫，也吃尽了苦头。一方面，作为距离陕西省行政中心最近的一条市政道路，任何一项城市规划建设都要经过严格的审批；另一方面，这个年轻的团队很少有人亲身经历过解放路商业繁荣的那个时代，对史料的搜集和筛选也是一项烦冗和浩大的工程。

虽然长路漫漫、阻力重重，但街道办事处主任王宇楠还是被这群年轻人的想法打动了。被打动的原因，一方面是大西安国家中心城市建设进程的加快，以及区委“振兴解放路商圈”口号的提出，对这个区域的市容环境提出了更高的要求，如何讲好解放路的故事，让更多的游客了解西安、记住西安、爱上西安，是他们当下亟待解决的问题；另一方面，王宇楠是一个土生土长的西安人，在解放路生活了几十年的他亲眼见证了解放路从兴盛到落寞，他何尝不想重新目睹解放路商圈再次繁荣，因此，于公于私他都应该给“古城记忆”城市文化系列工程点个赞。

有了王主任的大力支持，曹佳睿和他的团队就像打了一针强心剂，立刻组织人员查阅了大量的古籍资料，采访了数位历史知情者，总结出了5个“解放路之首”、3个“解放路之最”，还有体现儒家文化的15条道路命名的典故，经过反复推敲修改，形成了最终的设计方案。历时3个月的调研、设计和施工，2018年5月底，第一批新井盖出现在了解放路的街头，短短几天就收获了大批本地市民的赞扬和青睐并迅速走红网络。一周后，不少外地游客也慕名前往打卡，亲自感受这条能看得见历史的解放路。

围观人群中的老王是一个传统的老西安，他一直觉得不论现在设计多少新玩意儿，都咂摸不出原本的味道，不过在看到井盖儿的成品之后，他还是忍不住陷入了回忆当中：“你看这儿写着呢，珍珠泉，这里当时在解放路上人都能排到城墙

如今的解放路

底下，你都没见过那场面……人一进去，澡堂伙计就赶紧迎上来给你条热毛巾，招呼着，服务很到位……我第一次去才不到十岁。”

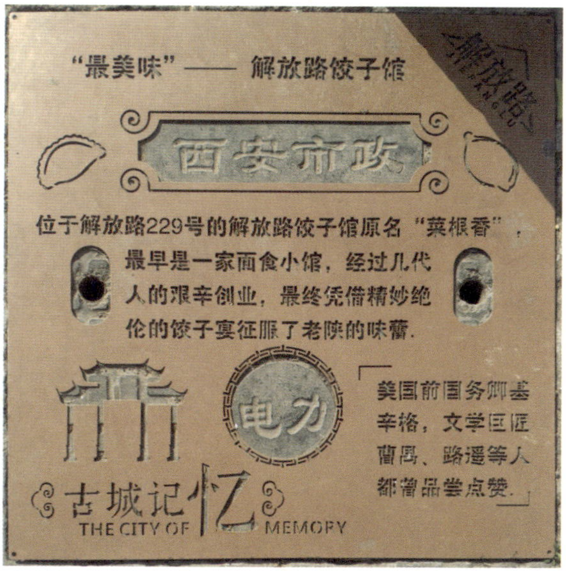

西安解放路饺子馆主题创意井盖

人群中还有一位河南游客，盯着印有“八姐妹旅舍”历史的井盖看了半天，半晌才加入到讨论当中：“我和我父亲就在这八姐妹旅舍住过，住了不到半个月，他们的老板也是河南那边的，是我们老乡。后来我父亲还学会了几句陕西话，回家见到别人就问‘吃了么’，蛮怀念的。”一句河南版陕西话逗乐了现场的所有人，而这位游客却悄悄地擦拭了一下眼角……

曹佳睿趁热打铁化身形象大使，热情地向现场所有围观的群众介绍起井盖的制作工艺：“我们初步设计并投入使用了古城记忆文化井盖共31个，都是用钢板激光切割，内部文字使用了激光雕刻、烤漆、免定胶固定这些工艺，安全环保，而且非常实用。重要的是，我们常说要了解一个城市就得先了解它的历史，如果你来到西安，想要了解解放路的历史，低头便可见，这样的城市，谁会不喜欢呢？”

市民的认可，游客的点赞，让西一路街办的这个年轻团队看到了希望，他们坚信，小小的井盖可以承担起振兴解放路商圈的重任。辉煌的历史，不应该仅存于尘封的书本中和老人的记忆里，这群年轻人，更希望通过文化创新，让人们了解西安的前世今生，了解西安的城市品位，了解西安的独特魅力；通过解放路的文化来诠释西安文化的博大精深，让解放路成为古都西安的一张靓丽名片，甚至成为中华文化的集中展示区。

扫一扫
听音频

渭南

解放路上的电影院　渭南市城建档案和规划展示馆提供

··· 史料链接 ···

渭南解放路是一条南北走向的道路，它与渭南市一起成长，见证了渭南的繁华与辉煌，也见证着渭南的发展与变化。

二院、解放路中学、新华书店、汽车站、哈家羊肉馆、二孩柿子饼……这条街上的一景一物、星星点点都记录了渭南人原汁原味的生活姿态。

随着城市建设北扩，解放路于2015年4月28日全线贯通，终于解决了渭南因老货运站区域长期不通的苦楚。随着临渭区政府经济政治中心的东移、老站广场与街心花园的改造，解放路将会成为渭南城市规划中的新中心。历经时代沧桑与变迁的解放路，在岁月的洗礼中将在新时代续写新的传奇。

在解放路和胜利大街交会处，隐藏着一座不起眼的建筑——渭南老火车站。

这座老火车站为法式风格的建筑，砖木结构，平面呈“十”字形，坐北朝南。中间有三角形突起的尖顶，正面装饰着一颗小小的红色五角星，下方四块白色的圆圈之中，隐约可见“渭南车站”几个字。修建于1933年的渭南老火车站于1934年7月1日通车，1969年改为货运场，2009年停止运营。它不仅见证了陇海铁路陕西段的风雨沧桑，也见证了渭南城市的不断发展。2014年6月9日，渭南老火车站被陕西省人民政府公布为第六批省级重点文物保护单位。 渭南市城建档案和规划展示馆提供

华阴老腔的荣光与困境

渭南广播电视台广播中心／黎英、王晓红、李静 采编

老腔，作为中国最古老的剧种之一，从西汉到现在已经有2000多年的历史，它的根基是黄河船夫号子，起源于华山脚下的泉店村。西汉时期，泉店村是京师的一个大粮仓，粮食要通过渭水源源不断地运到咸阳。因为逆水行舟，刘邦的军师张良便让士兵吼唱拉船号子来鼓舞士气，这种船夫吼唱的拉船号子后来就成了老腔最早的雏形。初听老腔的人，来不及细细品味其中真意，只觉得被一种深深的苍凉紧紧地攥住，隐约感到歌声的背后，似有沟壑纵横，华山高耸，黄河奔涌……

清晨，吃一碗解放路上热气腾腾的老哈家羊肉泡馍，在广场上吼几句老土老辣老道的老腔，便开启了渭南人一天的生活。

20世纪80年代初，解放路旁的西安路小学对面 渭南市城建档案和规划展示馆提供

常宝文是一名大四学生，对于从小在解放路长大的他来说，老腔就像一颗种子，潜移默化地在心里生根发芽。他说自己小时候不喜欢听老腔，觉得土得掉渣。那年看春晚，听到谭维维演唱《老腔一声喊》，“噌”一下鸡皮疙瘩起了一身，顿觉惊艳，不可思议老腔怎么可以这么好听，心里满是骄傲！

老腔就像来自雄浑的关中大地深处的声响，将关中人的豪迈淳朴演绎得淋漓尽致，它随记忆渗透在人们意识深处，会突然在某些不经意的瞬间涌上心头。

聂斌，华山西峰索道的一名工作人员。从解放路的家出发到工作地需要一个多小时，这段距离让他对家人多了几份深深的思念。在海拔2082米的西峰之上，他的工作常常与寒冷和寂寞相伴，酣畅淋漓的老腔成了他最大的慰藉。

在华山上吼老腔，没有扩音设备，随心所欲地吼唱，酣畅淋漓，感情所到之处，立马能体味到它的无拘无束、曲味悠长、人世沧桑。

坐上索道，华山雄浑粗犷、险峻陡峭的画面尽收眼底，而气势磅礴的老腔正是孕育在这灵秀的华山脚下。

华阴老腔最大的价值就在于本色的表演。没有华丽的妆容，一群农民，仅靠一把板胡，一张月琴，一个唢呐，一条板凳，就把关中农民的生活情趣原汁原味地表现了出来。

王振中，一位充满传奇色彩的国宝级老腔艺人，生来眉发如雪，被人称为“白毛”，他的歌声里有一种饱经世事的从容淡定。

一首崔护歌咏爱情的古诗《题都城南庄》，被王振中唱得悲壮苍凉，让闻者伤怀。今年82岁的老艺人经历过半生颠沛流离的演艺生涯后，已无法再像当年一样放声嘶喊。

张喜民，作为老腔最正统的传人，50岁之前他绝没能想到，老腔能够登上国际舞台。

据老人们讲，老腔是泉店村张家传男不传女的家族戏，其实就是皮影艺人在幕后说唱影子戏时的帮腔，也就是现在说的幕后伴唱。张喜民从1962年开始学唱老腔，到他这里已是第十代了。

听一声老腔，会让你如临战场，会感受到秦人磅礴的气势和豪放的气派。在过去的农村，每逢红白喜事和庙会，老腔都是不可或缺的。老腔在英雄人物表演方面，尤其带劲儿。

2006年，经陈忠实介绍，导演林兆华将老腔引入话剧《白鹿原》中，从而为改革后的老腔走向全国、走出国门提供了一个重要契机。2012年，电影《白鹿原》全国热映，影片中的老腔表演片段更为全国观众所熟知。

老腔火了，张喜民开始在各地演出，来拜访的人络绎不绝，他的家里贴满了各种演出的剧照和明星的合影。他感动于当今时代对于民间艺术的认可，也欣喜老腔迎来了它发展的黄金时代。

老腔红了，自然让人兴奋，可这些艺人大多已年过花甲，后继无人的现状又成了华山脚下人们的一块心病。张喜民说：“能原汁原味表演老腔的艺人本就不多，平均年龄都在70多岁，队伍单薄的老腔正面临着后继无人的尴尬困境。”

和舞台上的一时轰动相比，保护和传承则是一个更加漫长的过程，却总也找不到一个令人满意的方式。

张猛，张喜民的孙子，今年25岁的他成了张喜民最大的寄托，爷爷对他隐约的期盼，他早就察觉到了，也很难无动于衷。为此，去福建读书的张猛，专门带上爷爷给他的月琴，在闲暇之余，还唱上几句。他惊奇地发现，小时候像背课文一样背下来的老腔唱段，现在已能体味到其所要表达的情感，有悲喜哀乐，有缠绵悱恻。

老腔走到今天，实际经历了太多的苦难。“文化大革命”时期，老腔全面遭禁，青黄不接，人才流失，“文化大革命”后再度回归却难以重返辉煌。幸运的是，老腔在最为艰难的时刻，毅然决然地走上了一条改革之路。

2016年春晚，老腔与摇滚乐的结合，来自黄土高原的喊声与谭维维嘹亮的嗓音相结合，让全中国都重新认识了这沉寂已久的黄土之声。

全国走红的老腔让张猛非常自豪，平静之余却发现了隐藏在老腔背后的冷落趋势和尴尬困境。老腔改不改？怎么改？创新的尺度如何把握？这都是老腔在传承创新方面无法回避的难题。事实上，将传统与现代结合起来，需要扎实的功底，对音理、音调、衔接等有很高的要求。

渭南火车站新貌　渭南市城建档案和规划展示馆提供

渭南解放路

生活在老腔传统世家的张猛更希望能够找到一群志同道合的人，去完成老腔的继承和创新，让老腔注入新鲜的血液。他感觉这既是一种传承，更是一种责任。

面对现状，当地政府也主动担当，拨付专项资金成立“华山老腔艺术团”和“华阴地方戏曲培训学校”，吸纳所有老腔艺人进来，并与他们签订合同，统一包装。培训学校采用带徒制，让老艺人多带新人，同时大胆鼓励老腔出外演出，彰显其艺术魅力。

老腔，黄土地上生命的绝响，它不为名所累，不为诋所毁，原汁原味原生态，附着着华山之韵、黄河之魂，与时俱进，一定会在中华大地上薪火相传，风骚独行。不信，您听：远处稚嫩的老腔童音，又将谱写一个新的时代。

扫一扫
听音频

兰州

解放门旧图　兰州史志专家邓明提供

··· 史料链接 ···

兰州解放门最早是一个城门，明代时叫绣川门，老百姓称之为西稍门。1949年8月解放兰州时，因解放军由西稍门突破进城，所以兰州在新中国成立后称西稍门为解放门，称西关路为解放路。1958年，时任甘肃省委书记的张仲良要求把兰州的地名全部改成甘肃省的县或者市的地名，因此解放路改名为“临夏路”，但解放门的称呼一直没变。

解放门位于兰州市中心西关十字一带，是城关区和七里河区的分界点，四通八达之地，兴建于2001年的解放门立交桥是兰州市城区第一座立交桥，是缓解区域交通压力的重要通道，也是兰州这座城市的新地标。

老马一家三代的牛肉面情怀

甘肃都市调频广播／赵燕、李峰　采编

对于居住在兰州市东岗东路的老李夫妇来说，每周能去解放门的磨沟沿老字号牛肉面馆吃一碗牛肉面，那是再舒服不过的事儿，哪怕坐半个多小时的公交车也是值得的。对他们来说，这碗面吃了四五十年，早已习惯了磨沟沿的味道。

兰州人的一天是从一碗牛肉面开始的。每个清晨，天还没有完全大亮，遍布金城大街小巷的牛肉面馆就都开始忙碌起来，烧好了牛骨汤，揉好了面，备好了香菜、蒜苗、萝卜片，调好了一大海碗红艳艳的油辣子，迎接早起的每一位食客。

老李夫妇大早赶来吃的这家牛肉面，叫磨沟沿老字号牛肉面，出面口等着端面的人已经排起了十几米的长队，从店里一直蜿蜒到了店外。来吃面的大多是住在解放门一带的居民，或者曾经住在解放门，习惯了磨沟沿味道的老顾客。

兰州解放门立交桥　甘肃都市调频广播提供

老板马秀珍

解放门位于兰州市中心，是兰州城关区和七里河区的分界点。此处四通八达，东去是西关和广武门，西去是文化宫和西站，南去是白银路，北去是黄河。因为地处城市中心，解放门几十年来一直是各类商业门店集聚之地。

磨沟沿老字号牛肉面位于解放门西侧，被当地人评为兰州最好吃的牛肉面之一，也是为数不多的传统流派的牛肉面馆之一，至今已有50多年的历史。店老板叫马秀珍，今年57岁，生在解放门，长在解放门。从她妈妈海兰英开始，到现在侄子马鑫接手经营，磨沟沿牛肉面从一个小棚子发展到现在拥有五家连锁店，三代人倾注的不仅仅是心血，还有一份坚守与情怀。

马秀珍回忆，上世纪六七十年代，人们普遍比较穷，母亲海兰英在兰州市饮食公司清真餐厅上班，负责拉面。四个孩子经常吃不饱饭，马秀珍是老大，她清晰地记得自己小时候在餐厅门口一边看着妈妈拉面，一边流着口水。

那个年代，很多人饿肚子，能吃一碗牛肉面是件奢侈的事情，这种情况直到80年代初才有所改善。当时国家允许个人承包经营，海兰英就在解放门一带承包了一个小餐厅开起了牛肉面馆，叫“文化宫牛肉面”。解放门人口密集，很多人都喜欢吃她家的牛肉面，来吃面的人店里坐不下，就蹲在门口吃。后来面馆从文化宫搬到磨沟沿，面馆的名字随之改为“磨沟沿牛肉面”。在马秀珍的记忆中，母亲海兰英特别能吃苦，每天清晨3点钟准时到店里开始张罗；母亲也是善良的，总是跟伙计交代要把面量给足。也正是秉持这个理念，几十年来，磨沟沿牛肉面的食客每天都排着长队。

80年代中期，马秀珍和弟弟妹妹们先后从学校毕业。妹妹马秀华跟着妈妈经营牛肉面馆，马秀珍和两个弟弟虽在单位上班，但工作之余几乎都在牛肉面馆帮忙。那时候人们的生活水平已经好转了许多，但是很多人家依然吃不起牛肉面，解放门一带的老顾客们经常是端着饭盒买一碗面，让多舀些汤，回到家泡上馍全家人一起吃。

到了90年代，人们的生活得到进一步改善，牛肉面的价格也从几毛钱涨到了一块、一块五、两块。马秀珍和两个弟弟相继遇上了下岗潮，都转到了牛肉面馆来工作，母亲给他们发工资。1995年，海兰英已经50多岁了，她把生意全部交给子女打理，但是每天依然早早来到牛肉面馆，看着师傅和面、下料。

进入21世纪，国家整体经济飞速发展，磨沟沿牛肉面的生意在马秀珍兄妹四人的苦心经营下也已经初具规模。每天吃面的人依然是排着长长的队，人多的时候，一天能卖出1000多碗，牛肉销量在500斤以上；店面也越来越大，从最初的二三十平方米扩展到现在的200平方米。2007年，磨沟沿牛肉面注册了商标"兰州磨沟沿老字号牛肉面"，成立了兰州市磨沟沿老字号牛肉面饮食服务公司，店面扩充到5家，年营业额在2000万以上。

马秀珍告诉记者，这些年她见证了自家的牛肉面馆从几平方米的路边摊发展成占地几千平方米的连锁店，也见证了解放门一带由低矮的土坯房华丽变身为高楼林立、立交桥纵横的繁华商业中心。看到黄河边上、水车园、马拉松公园绿树成荫，看到整个兰州市的城市建设、市容环境越来越好，马秀珍打心眼里高兴。如今，他们兄妹四人每家都换上了带电梯的大房子，孩子们也都相继成家，生活过得有滋有味。但是有时候想想，似乎还有一些不甘心：这几年类似"舌尖尖""东方宫"等新兴的牛肉面馆迅速发展壮大，她觉得后生可畏，自己欠缺的是年轻人的胆量和魄力，要想把"磨沟沿牛肉面"这个品牌做大做强，可能还需要靠下一代人的努力。

好在，马家的第三代已经正式加入了牛肉面馆的经营。马秀珍的侄子马鑫去年在雁滩新开了一家店，发展势头良好。未来，他还准备把磨沟沿牛肉面开到省外，甚至是国外。他要把祖辈留下来的"磨沟沿牛肉面"招牌，以及祖辈们勤劳、善良的精神一起传承和发扬。因为对他们家族来说，磨沟沿牛肉面不仅是一门生意，更是一种情怀，面馆倾注了一家三代人的青春与心血；而对很多兰州人来说，吃一碗磨沟沿牛肉面不仅仅是为了果腹，也是一种对过去的回忆，是一种情怀。

黄河距离磨沟沿牛肉面馆仅百步之遥，在哗啦啦的黄河流水声中，磨沟沿牛肉面馆从一个路边摊变成了连锁店，解放门老马家三代人的努力和坚守，传承的是一种地道的味道和传统文化。70年来，解放门发生了翻天覆地的变化，但就像巍巍白塔山、滚滚黄河水一样，有一样东西一直不变，那就是三代人的坚守不变，熟悉的味道依然不变。

兰州解放门西关清真寺　甘肃都市调频广播提供

扫一扫
听音频

西宁

20世纪50年代的西宁解放路

··· 史料链接 ···

西宁市城中区解放路也称隍庙街，得名于西宁的城隍庙。西宁城隍庙始建于元代，据说供奉的城隍是东汉护羌校尉邓训。邓训在任期间，关心民间疾苦，待羌胡以恩情，深得羌人心。清代初期，城隍庙前的街道被称为“庙街”，后来渐渐改称“隍庙街”。1988年，“城隍庙”被列为青海省重点文物保护单位，现仅保留有鉴心殿、东西厢房、后寝宫等。

西宁解放路的故事

青海广播电视台新闻综合广播／关玉玲、张芸　采编

西宁的解放路，是一条闹中取静的僻静老街，因街上有老西宁的城隍庙而得名隍庙街。1949年9月5日，西宁解放，隍庙街改名为解放路，省政府随即选址在西大街和解放路之间的位置办公，解放路成了省政府的后街，街上改造了旧有的图书馆，老城隍庙也改成了孩子们的少年宫。

张明亮师傅是解放路上的路灯管理员，从1982年开始，他每晚都会巡查路灯。老人说，他和一盏盏小小的路灯一起见证了解放路上发生的那些最重要的变化……

20世纪90年代的西宁解放路

解放路西口

张老说新中国成立前的西宁没有电，之后，随着省图书馆、少年宫的落成，解放路修了一排用电照明的路灯。虽然只是简单的白炽灯，但足以让行走在解放路上的每一颗心都透出新生活的敞亮。

张老还告诉我们，青海是丝绸之路南道，1956年，西宁解放路出土了76枚古波斯的银币。考古学家论证说西宁在南北朝时就已经是重要的商业驿站了，那时候挂在古驿站门口招揽商家入驻的灯笼想必就是最早的路灯。

在日新月异的发展中，青海地处三江源的生态地位日益显现。2016年，习近平总书记在青海视察时指出，"青海最大的价值在生态、最大的责任在生态、最大的潜力也在生态"，对青海发展寄予厚望。为了保证向东流淌的每一滴水的清澈，青海将自己的发展牢牢定位在生态理念上。牧民从"三江源"核心区搬离，农民走高原生态种养殖之路，工业实现生态循环，城市依照"人与自然和谐共存的理念"建设和改造……栽树、植草、种花，青海人改变了戈壁沙漠，也让荒山披上了绿装。

如今，解放路的功能被定位为休闲老街，解放路改造时老街里的古树、古建筑得到了很好的保护，一盏盏路灯也采用了最新的环保技术——双光远三火，人行道一火，主路两火，这样既能照亮古树丛里的人行道和马路，也不会伤害古树。

秉持人与自然和谐共存的理念，解放路边长了几十年的柳树成了道路中间的天然绿化隔离带，路虽然拓宽了一倍，但是树一棵都没少；人工建筑物的规模与周边自然景观相互协调，门前街下垂柳掩映着的花坛边古风如旧。

张明亮师傅说自己明年就要退休了，他舍不得这些和他一起见证过解放路变化的路灯。每天晚上从老树的疏影里走过，他会跟每一盏路灯、跟街上那些重新焕发了生命的老建筑，像老朋友一样说话。当他得知那些由曾经古驿站门口招揽商家入驻的灯笼传承下来的湟源牌灯，被确定为第一批国家级非物质文化遗产、并作为最有高原特色的工艺品将沿着丝绸之路走得更远时，满满的幸福像明灯一样填满了张师傅的心。

大美青海，绿色西宁。西宁解放路的发展就是青海发展的一个缩影，虽然没有经历经济发展的大潮，但是对于青山绿水的守护，能够让我们抬头透过浓密的古树依然望得见满天的星辰，低头足以拾起最美的乡愁。

扫一扫
听音频

银川

1958年宁夏回族自治区成立时，解放东街鼓楼的欢庆场景

史料链接

宁夏解放以后，原来的东大街、西大街改名为解放街。1959年，解放街改建为沥青路面，这是银川市第一条沥青路，也是宁夏的第一条沥青路。此后几十年间，这里成为银川乃至宁夏最为繁荣热闹的第一大街。2008年3月，解放街改造工程动工，电力、电信等管线也全部入地，银川市最后一条主干道的电线杆从市民眼里永久消失了。近年来，随着城市的不断发展，解放街城市中心的地位逐渐被代替，但它记录并见证了银川的发展，更融入到未来的城市宏图中。如今，解放街上的鼓楼、玉皇阁、民族团结碑和绿洲饭店等仍然是银川人喜欢去的地方。

老照相馆里的银川记忆

银川市新闻传媒集团广播中心／康晓华、倪建国、马俊、锁瑞　采编

“一条马路两座楼，一个警察看两头……”生活在银川的人，几乎没有不知道这个顺口溜的。这其中的“一条马路”，指的就是解放街。作为银川市众多街道中的一条，解放街称不上最宽、最长，甚至与那些在近期才建成的街道相比，反而显得有些简陋寒酸。然而，如果行人的步履可以计量，那么在它身躯上叠加的脚印一定是所有街道中最多的。这条街，承载着银川人太多的记忆，见证着银川城的发展和变迁，就像这座城市跳动的脉搏。

2018年8月8日，银川人的微信朋友圈被一条特殊的寻人启事刷屏了：“在二三十年前，您落在士良照相馆里的照片该取了。”这条寻找老照片主人的消息发布几小时后，浏览量迅速突破5万，参与评论多达几百条，很多市民表达了对士良照相馆的怀念以及对张士良老人的支持，并引发全城参与。

张士良，一位80岁高龄的摄影师，很多年轻人并不熟知，但说到他在解放街鼓楼步行街口经营了35年的士良照相馆，在银川城可以说是家喻户晓。1959年，21岁的张士良随部队来到银川，那一年，新中国成立10周年，宁夏回族自治区成立刚刚一年。张士良每天上班必经解放街，在他的印象中，解放街就是一条石头路，没有路灯，窄小且不平，路边都是平房，商家众多。“那会儿的解放街，晴天是‘扬灰路’，雨天是‘水泥路’。”张士良老人说。

就是张士良口中的这条破烂不堪的石子路，此后几十年和他结下了无法割舍的缘分。1959年6月，自治区政府决定对全长2000多米、横贯银川市区的解放街铺筑沥青路面，这是银川乃至宁夏有史以来的第一条沥青路。此后，自治区、银川市的许多行政事业单位和商业企业都陆续汇聚到解放街上，这条街也逐渐成为宁夏当时最繁华的一条标志性街道。

回忆起当年的解放街，今年50多岁的银川市档案馆调研员丁银芝说，翻阅记录着改革开放前银川和解放街的档案，看到最多的就是一个顺口溜：“一条马路两座楼，一个警察看两头，一个公园两只猴。”虽然很讽刺，但那就是对老银

川的真实写照。

20世纪80年代初，伴随着邓丽君柔情细腻的歌声在一个个夜里从收音机里悄悄传来，改革开放的春风也在催化着一个新的时代。1983年的夏天，在银川城最为繁华的解放街鼓楼步行街口，“士良照相馆”正式开门迎客。

“照相馆一开业就很红火。那个年代照相很洋气，穿一件漂亮衣服，在公园里、小河边‘咔嚓’两下，旁人都羡慕得不得了。”张士良说，每天来照相的人很多。为什么选择在解放街步行街口开照相馆？“那里热闹，就像上海的南京路、淮海路。那时候不管干啥，出来逛一逛基本上就是去解放街了。”

70年间，银川的变化翻天覆地，解放街也早已不再是过去的模样。张士良老人说，已记不清自己拍过多少张关于解放街的照片了，而在他来到宁夏的几十年里，解放街上的鼓楼、玉皇阁、民族团结碑，一直是银川人照相的理想取景地。

一个镜头，能够定格时间；一张照片，足以留住回忆。“来，看镜头，笑一个！”35年间，士良照相馆里的这句标准用语一直没变。时光荏苒，如今已是耄耋老人的张士良在感慨之余，心中却多年一直有一个心愿：“我搞摄影几十年，不知道什么原因总有一些照片没人取，逐渐攒了很多照片，所以我非常希望这些照片的主人能来认回他们的照片，看看他们曾经年轻时的模样。”

20世纪八九十年代，解放街与民族街交叉路口

士良照相馆发出的寻人启事迅速扩散开来。2018年8月13日，已经离开故乡多年的董素珍又一次回到熟悉而陌生的家乡银川。这次回来，她和闺蜜专门到士良照相馆取回两人30多年前的一张合影，同时看望了摄影师张士良老人。在看到自己30多年前老照片的那一刻，董素珍握住老人的手久久不放，一个劲儿地说着“谢谢，谢谢”。她说：“看到士良照相馆的寻人启事，又吃惊又感叹，老人把我们的美好青春留了将近40年，还请我们回来取照片，不管相隔多远，我们都要回来！”

看着一张张老照片被认领，80岁的张士良老人也非常激动。“我太高兴了，这一桩心愿了了，我最少还能再多活10年！哈哈！”

解放街上的这座士良照相馆，不仅留存了银川一代人的美好瞬间，也留存着银川这座城市的时代变迁。2018年9月15日，由银川市新闻传媒集团主办的“我和银川六十年老照片展”在中山公园举办。这次展览不仅展出了张士良老人留存的老照片，还有市民提供的数百张老照片，很多照片都记录了银川的历史过往。“发展飞速”“幸福自豪”是每一个看过老照片展市民的心声，笑容始终伴随着他们，而这笑容来自人们对国家70年发展的自信。

解放街，这条宁夏第一街，70年来见证了宁夏各族人民的生活，写着过往的艰辛与苦涩，也写着今日的甜美与豪迈。隔着时代的烟尘，来自老摄影师的深情厚谊和市民对过往岁月的怀念，感染着每一个人，也温暖了整座城市。

张士良老人

扫一扫
听音频

固原

隆德县解放街俯瞰图

··· 史料链接 ···

隆德县位于六盘山西麓、宁南边陲，隶属宁夏回族自治区固原市。东望关陕，西眺河洮，南走秦州，北通宁朔；襟带秦凉，拥卫西辅，有“关陇锁钥”之称。地处西北要塞的隆德县，伴随着往昔的峥嵘岁月而烙进了历史的长河中，当时唯一的一条车马道也因此融入了当地老百姓红色的记忆中。这条车马道就叫解放街。

不变的“长征情结”

宁夏广播电视台音乐广播 / 赵林虎、周新文、甘露、吴海　采编

宁夏隆德县文化馆原副馆长张国勤总说一闭眼仿佛又回到了40年前他刚进入文化馆工作的时候。“隆德解放街是隆德县最老的一条街，当时彭德怀部队经过隆德一路乘胜追击，后来隆德解放……”每逢有贵客到访隆德县，张国勤就担任起讲解员的角色。1979年的冬天，那时的解放街路面不足9米宽，房檐下到处是错综交织的电线杆，当时隆德县文化馆为闹元宵社火表演扎了一条舞龙，竟然在街面上转不开身。提起这段往事，张国勤自嘲地笑了笑，这样的开场白，他一讲就是40年。

如今，隆德县的发展日新月异，解放街双向4车道，高楼栉比，不禁让张国勤悄悄感叹自己有些跟不上时代的脚步了，他总是喃喃自语现在和之前是“天壤之别”。2019年6月，隆德县文化馆新馆、图书馆、博物馆陆续投入使用，解放街俨然成了隆德县的文化大集。隆德县文化馆是国家一级文化馆，分为地下一层、地上两层，馆内资料室、排练室、演艺厅、美术馆、展陈区等各种功能室齐备，承担着全县非物质文化遗产保护工作。

现在，退了休的张国勤仍会经常到解放街上的文化馆里去坐坐，徜徉在新的馆堂里给年轻的同事讲文化馆的往事。他说，准备在条件成熟的时候，在解放街上的县文化馆里，专门举办一个红色作品展，毕竟，那里是他几乎奋斗了一生的地方。

文化馆是新中国诞生以后成立的，承担着政府交给的为公众提供公共文化服务的重要任务，同时也对群众文化艺术活动进行辅导。辅导工作主要是通过文化馆本身所开展的文化艺术活动体现出来的。由于擅长绘画、爱好摄影，张国勤到隆德县文化馆工作不久，就被任命为美术组组长。那时的文化馆，只有几间破旧的砖木结构房子，人手少，百业待兴，从什么地方入手能更有效地开展工作，就成为张国勤思考最多的问题。

红军长征胜利50周年前，张国勤参与了六盘山红军长征纪念亭的兴建工

1996年，隆德解放街

2019年，隆德解放街同一位置

作，领导把展厅布展的工作交给了他。当时张国勤带领工作组查遍了宁夏图书馆、固原图书馆，除了几本回忆录之外，手头掌握的有效资料实在少得可怜，难以撑起偌大的展厅。他注意到，在此之前，虽然有人重走过长征路，也写下了许多文字，但还没有人系统地拍摄、搜集、整理长征的资料，而这些实物和资料随时都有可能消失，必须及时搜集、拍摄、录制、抢救。

生在解放街，长在解放街，工作在解放街，热土的情感，红色的依恋，撞击着张国勤的心灵。绝不能让这段历史"不明不白"，他这样想着，便萌生了重走长征路、收集整理长征资料的想法。也就是从那时开始，张国勤结下了深厚的"长征情结"。

为了更加清晰准确地展现当年的那段历史，张国勤决定重走长征路。隆德县是个贫困县，主管部门实在难以在经费上给予很大支持，张国勤于是决定自费"出征"。他做通家里人的思想工作，把家里祖辈留下来值钱的名人字画全部卖掉，结果，这些现在可以卖到上百万元的名人字画，当时只卖了6万元，张国勤用这笔钱买了摩托车、照相机和录像机。2000年5月13日，他沿着中央红军长征的线路逆向行进，从隆德出发，再由延安直奔瑞金。这一"壮举"得到了两笔赞助，一位友人给了他8000元，还有一笔是远在浙江温岭的钱江摩托车厂负责人听说张国勤要骑着他们生产的摩托车重走长征路，很是感动，随即做出决定：如果张国勤能够完成这个壮举，他们将免费为他更换一辆新摩托车。

这是一次充满艰辛、充满危险、充满挑战的旅行，随时都要面对体力、意志、能力的考验。头发长了，张国勤自己找剪刀剪剪；胡子长了，张国勤借来刀片随便刮刮；衣服裤子脏得裹在了身上，摔倒了爬起来继续前行……一路披星戴月，也曾风餐露宿，也曾忍饥挨饿，也曾孤立无援，也曾衣衫不整……张国勤边走边录边拍照，满脑子都是长征路上的历史，"我要用红色的记号笔记录每一个乡镇当年发生过的长征故事"。

376天的时间里，张国勤的足迹踏遍了12个省（区、市）、220多个县，总行程2.24万千米，到访500多个长征遗址和纪念地，沿途搜集到200多册宝贵资料，拍摄了360多卷胶卷，录制了60多盘录像带，在长征中所有会师、会议、战役、宿营的遗址处都留下了宝贵的影视资料，仅精选出来的图片就有3400多张。

他在纪念红军长征胜利70周年之际出版了纪实摄影集《追逐红飘带》，真实地再现了红军长征的动人画卷及沿线的风土人情。

人的最高境界不仅仅是做一个诚实的人、一个厚道的人，而是要回报社会，做一个有价值的人。重走长征路之后，张国勤自觉以长征精神激励自己，任劳任

隆德解放街南北俯瞰图

怨地投入工作，长期致力于非物质文化遗产的挖掘、整理和传承。经过反复试验、揣摩，复活了已在当地消失多年的“染色剪纸”技艺，并通过举办培训班无偿地传授给当地爱好书画、剪纸的群众。2009年，他所在的文化馆成为宁夏唯一一家被文化部表彰的单位，他本人也成为宁夏被文化部表彰的三个先进中的一个。

张国勤借助“染色剪纸”技艺创作了大量书画、剪纸作品，这中间大部分都是表现长征文化、长征精神的，其中有两幅获得自治区一项大赛的金奖。为了这份挚爱的工作，他多次放弃提升的机会，直到62岁才真正退休。

生活就好像一段长征，每个人都在用自己的方式走自己的长征路。张国勤的“长征路”告诉我们，很多事情不成功并不是因为眼前的环境所造成的，而在于自己的信念和意志不够坚定。每逢遇到困难和挫折的时候，张国勤总是宽慰鼓励自己：“那么难走的长征路我都走过了，这点困难又算什么呢？”

红军长征是一部雄伟的历史画卷，也是一座永不枯竭的精神富矿；解放街从车马小路、土坯房到柏油大道、霓虹闪烁，承载着不可遗忘的英雄岁月，是隆德人民获取生生不息的精神力量的重要历史记忆。

阳光透过高高的窗棂照进隆德县文化馆新馆大堂里，洒在沙发后背上，逆光中，已经退休的张国勤操着一口纯正的隆德话，眼睛闪着光，谈往事今朝，笑声抒怀，褶皱的脸庞相当动人。如今他仍在挖掘长征精神，弘扬长征文化。他说，今年是新中国成立70周年，他要着手把自己搜集到的长征资料，运用新媒体手段整理成电子书籍，让更多年轻人了解长征文化，弘扬长征精神，让新时代的长征路拥有更加丰富的精神内涵。

后　记

2015年深秋的一个周末，我在长沙湘江边的一处咖啡馆里和三五好友呆坐聊天。闲聊之余，偶尔翻翻微信里的朋友圈，一个广播同行的微信朋友圈引起了我的注意。他在朋友圈里说：“城市里中山路上的银杏又黄了，此刻，你城市的中山路是什么样子呢?”我在评论区随手一写：“原来中国各地这么多中山路啊，一起玩个同题广播节目一定很有意思。”没想到我的留言引起了大家的共鸣，大家七嘴八舌，有说做人民路的，有说做五一路的……从那刻开始，做关于“一条路”的广播节目和活动的想法便在我的心里开始发芽。

2016年国庆假期，几个外地的同行好友来长沙游玩，我自然少不了带他们去长沙解放西路上的酒吧坐一坐。凌晨两点，望着解放西路上熙熙攘攘的人流和车流，好友们见此情景，惊讶地说，没想到长沙解放西路这个点还会有这么多人和车，太热闹了。说者无心听者有意，在新中国成立70年的时候，联合全国电台一起来做“解放路”的策划，就在2016年国庆的那个夜晚，在我的心中有了雏形。

“解放路”是和新中国相伴相生的，是观察新中国发展历程的一个独特的窗口。透过一条条“解放路”的前世今生，彰显新中国70年的沧桑巨变，分享中华儿女在中华民族伟大复兴征程中的荣光与期盼，不仅仅宣传了新中国取得的成就，更能提升广播的影响力。所以当去年在广播超级碗上，我代表湖南电台提出“我家住在解放路”的创意时，马上得到了与会各台的积极响应。尤其在今年2月通过微信公众号“电台工厂”向全国广播电台发出征集令后，有超过130多家电台报名，最终我们从这130多家电台里敲定了70家电台参与这次报道。从中国共产党诞生地上海，到改革开放前沿深圳；从新中国解放的第一座大城市哈尔滨，到高原明珠拉萨；从英雄之城南昌到转折之城遵义；从初心之城瑞金到幸福之城长沙；从中国最南端城市三亚到北国春城长春；从历史名城武汉到塞上名城银川……70个城市的70家电台通过不同的“我家”、不同的“解放路”、不同的“70年”，以及衣食住行等诸元素的有机结合，娓娓道出了70条“解放路”上的不平凡故事，解读昨天，记录今天，描绘明天，展示新中国成立70年尤其是改革开放40年来的深刻内涵，透过“解放路”读懂新中国70年的巨变。最让我们节目组感动的是，2019年7月23日《我家住在解放路》上线播出后，全国各地又有30多家电台主动要求加入到节目联播的行列，从而最终形成了107家广播电台长达70天联播一档节目的盛况。

在庆祝新中国成立70周年融媒体报道《我家住在解放路》的筹备期间，感谢中广联文委会副会长王鸣铎先生专门为本次活动创作的同名主题歌；感谢中国广播影视报刊协会副会长覃继红女士多次对项目提出建设性建议；感谢福建省广播影视集团广播传媒中心主任、交通广播总监李晓晖女士、郑州人民广播电台台长葛向阳先生、陕西都市广播总监魏诠先生、山西经济广播总监陈红女士、广西广播电视台综合广播副总监蒙剑媚女士为代表的全国107家广播电台的同仁给予项目的大力支持；同时，还要感谢长沙市委宣传部、长沙天心区委宣传部、湖南广播电视台副总编辑杨为民、宣管部主任黄自笑和湖南人民广播电台牛嵩峰、龚跃中、杨清、肖枭、何良璋、赵权、李运宗以及我台相关部门同仁对项目顺利进行予以的帮助；感谢人民日报全国党媒信息公共平台、腾讯新闻、去哪儿旅游、去哪儿网、山西教育出版社对项目在融媒体宣传上的鼎力支持。因为种种原因，一些城市没能最终入选，对此我们只能深表遗憾，借此机会一并表示感谢。

2019年是新中国成立70周年，从1949年到2019年，是不断创造伟大奇迹、彻底改变中华民族前途命运的70年。希望通过《我家住在解放路》这本书的出版，能够充分展示新中国成立70年来的光辉历程、伟大成就和宝贵经验，为读者朋友提供强大精神动力，展现媒体人的责任、担当和使命。

钟启华

2019年8月2日